今村昌弘

Tokyo Sogensha
Imamura Masahiro
Murders in the Prison of the Lunatic

兇人邸の殺人

東京創元社

目次

兇人邸 見取り図

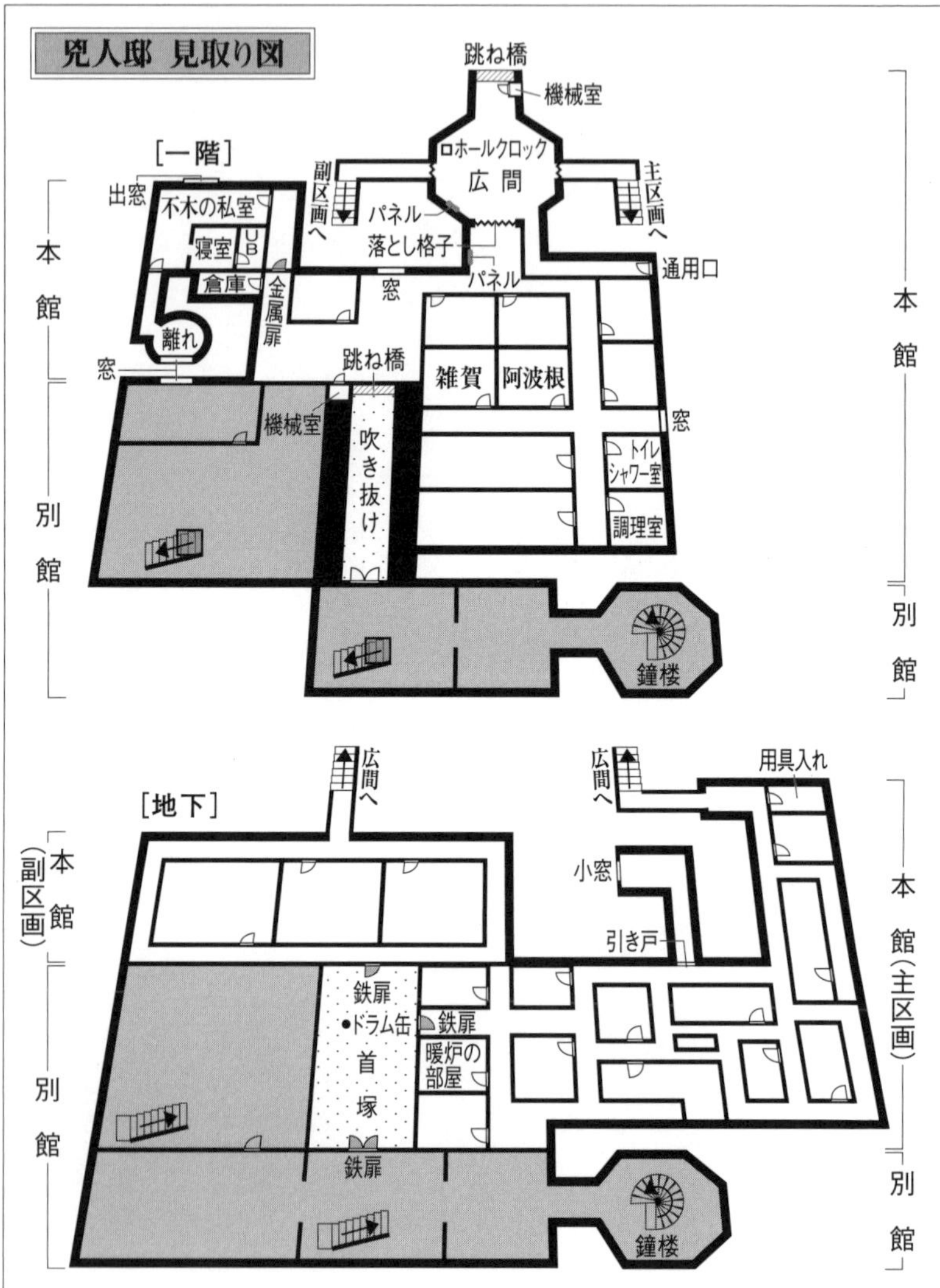

[一階]
跳ね橋
機械室
ホールクロック
広間
副区画へ
主区画へ
パネル
落とし格子
パネル
通用口
出窓
不木の私室
寝室
UB
倉庫
金属扉
窓
離れ
窓
跳ね橋
機械室
雑賀
阿波根
窓
トイレ シャワー室
調理室
吹き抜け
鐘楼
本館
別館
本館
別館
[地下]
広間へ
広間へ
用具入れ
小窓
引き戸
鉄扉
●ドラム缶
首塚
鉄扉
暖炉の部屋
鉄扉
鐘楼
本館(副区画)
別館
本館(主区画)
別館

首塚内部

登場人物

葉村　譲……………神紅大学経済学部一回生。ミステリ愛好会会長。
剣崎比留子…………神紅大学文学部二回生。ミステリ愛好会会員。
成島陶次……………成島ＩＭＳ西日本社長。
裏井…………………成島の秘書。
ボス…………………傭兵。
アウル………………傭兵。
アリ…………………傭兵。
コーチマン…………傭兵。
チャーリー…………傭兵。
マリア………………傭兵。
グエン・ヴァン・ソン……馬越ドリームシティの従業員。
不木玄助……………研究者。昭島興産会長。
雑賀　務……………兇人邸の使用人。
阿波根令実…………兇人邸の使用人。
剛力　京……………フリーライター。

兇人邸の殺人

本物の監獄のようだ。

それが目的の建物を前にした率直な感想だった。

人の気配の絶えた深夜。周囲を満たすのは風が起こすざわめきと雄大な山が放つ乾いた土の匂い。

私の前に立つ鉄柵は、左右に数十メートル延びている。高さは背丈の倍ほどもあり、内側に生い茂る木々の向こうに、皓々とした月の光を浴びて奇怪な屋敷はそびえていた。

ふと、遠い昔に国語で習った情景という言葉を思い出した。私の心情と重なるこの光景は、まさにそう呼ぶべきものかもしれない。今まで逃れることのできなかった、後悔という名の闇にようやく希望の光が灯ったのだ。

それなのに。今の私は心の底では喜んでいない。むしろできることならここで時間を止めてほしいという醜悪な臆病さが、心にまとわりつく。

そうだ。本当はこの日が来なければいいと思っていた。

ここに辿り着いてしまえば、自分が縋(すが)っていた儚(はかな)い可能性が消えてしまう予感があったから。真実を知るといえば聞こえはいいが、きっと私はその真実によって徹底的に打ちのめされ、憎悪に身を委ねて残りの人生を過ごすことになるだろう。

つまり私が今からしようとしているのは、自罰的な確認作業でしかない。
今からでも目をつむり、耳を塞ぎ、背を向けてしまいたい。
けれど、行かなければならない。
あの人はあそこで待っている。

私にとってただ一人の、大切な家族が。

第一章　アンラッキー・ガール

「葉村(はむら)のとこはさ、なんかやらんの？」

　大学の最寄り駅近くにあるファミレスでのこと。

　目の前でちゅーぞぞぞ、と下品な音を立てながらジンジャーエールを飲み干し、小山明(こやまあきら)は言った。

「新歓だよ。もう三月だろ。お前のやってるミステリなんたらも非公認とはいえサークルなんだから。勧誘くらいしないのか」

　気遣わしげな顔をしているのは、かつてサークルにいた先輩の存在に触れる話題だと分かっているからだろう。彼がいなくなってしばらくの間、俺は自分でも分かるくらい心が萎(な)えた状態だったし、今でも人前で彼の名前を出すことはほとんどない。

　俺は咄嗟(とっさ)に返す言葉を思いつかず、曖昧(あいまい)な唸(うな)りを発した。

「馬鹿だな、小山。俺だったらしないね」

　小山とは対照的に、あっけらかんとした口調で言ったのは、ドリンクバーのグラスを手に戻って来た矢口高志(やぐちたかし)だ。彼はむしろ、いちいち神妙な空気にしないことで俺を気遣ってくれている。

　彼らは神紅(しんこう)大学経済学部の同期生であり、プライベートでつるむ数少ない友人でもある。つい昨日も三人で春服を買いに出かけたばかりだ。

「勧誘しないってどういうことだよ」

　小山が矢口に話を合わせた。

「少し考えりゃわかるだろ。せっかく美人の先輩と二人っきりなのに、邪魔者を入れる必要があるだろうか。いや、ない」

「おお確かに！　頭いいな、矢口」

「そうだろう。葉村の考えることなど、とっくの昔にお見通しだ」

そんなんじゃない、と俺は言い返す。

小山はプライベートの時間のほとんどをバイトに費やす行動派だ。サークルに属しておらず、いつの間にか一緒につるむようになった。一方の矢口は純然たるゲームオタクだ。一人の時はたいてい駅前のゲームセンターに居座り、セミプロと自称する腕前を格闘ゲームで披露しているらしい。

ほぼ一年間クラスで顔を合わせ続けてきたので、反論しても無駄なことは百も承知だ。内心ため息をつきながら嚙んだストローはひしゃげたまま元の形に戻らず、ただ使いづらくなった。

「いいよなー、剣崎さん。マジ美人だもんな」

「俺たちとしかつるまない葉村が、なぜあの人と一緒にいられるのかがミステリだ。神はキャラパワーの調整をミスってるな」

矢口はそう言って、注いできたばかりの野菜ジュースを一気飲みする。生活に必要なビタミンはすべて野菜ジュースで摂取するのだという。

「なー、俺たちだけでも入れてくれよ会長」

「うちはその名の通り、ミステリを愛する人間を求めているんだ。お前たちはお呼びでない」

実際、これまでも何人かの学生に入会を希望された。けれど、単にミステリ小説好きな仲間とつるみたいのであれば、大学公認のミステリ研究会というサークルがあるのだからそちらに入ればいい。非公認の上、特に活動実績もない我がミステリ愛好会に入会を希望する者は、はっきり言って俺以外の唯一のメンバーである剣崎比留子が目的なのだ。

そんなわけで、俺は全ての希望者に「いやあ、サークルって名乗るほどの集まりじゃないんで」とお茶を濁し続け、現状を維持している。

「なら、俺たちの推理力をお前に認めさせたら入会できる、ってことでどうだ」

矢口の思わぬ提案に、俺は眉をひそめた。「推理力？」

「なんでもいい。お前が謎を出せ。俺と小山が解けたら、剣崎さんを紹介しろ」

「いいな、それ」

話を聞いていた小山までもが乗り気になる。

「入会はしないのかよ」

「ついでに入会だ」

馬鹿馬鹿しいとは思ったが、ミステリ愛を標榜していながら謎解きを拒否するのも不誠実な気がして、結局この勝負を受けることにした。問題はどんな謎を出すかだ。少し考え、俺は述べた。

「今日俺たちが顔を合わせたのは、午後からの特別講義だった。でも俺だけは午前から大学に来ていたのは知っているな？」

「ああ、諸見里教授の退官講義だろう」

そんなわけで後期の授業も終わった三月に俺たちは大学に出ていた。

神紅大学では定年退職する教官が期末後に退官講義を行う慣例があり、今日は経済学部の諸見里教授の講義が午前中、普段の二限目の時間にあった。一回生は全員参加なのだが、カード提出による代返が可能という情報を上級生から得た二人から押しつけられ、俺だけが出席していた。

そして昼休みを経て午後からはもう一つ、外部講師を招いての特別講義があった。今回は情報番組でもよく見かける経済評論家の話を聞けるということで、本来は学期内に開かれるはずだったのが先方の都合で延期され、今になってようやく実現したのである。これには二人も興味があったらしく、俺たちは午後に顔を合わせたのだ。

「葉村が授業開始ギリギリに駆けこんできて、席に着くなり『踏んだり蹴ったりだ』って愚痴るから、どうしたのかと聞いたんだ。そしたらこう言ったんだよな」

――学食で飯を食べたんだ、不本意ながらね。まったく俺としたことが。

さすがは小山、正確に覚えていたか。考えるより先に体が動くタイプだが、様々なバイトをこなす彼は日常生活の中でも非常に細やかなところに目が届く。もちろんそれを承知の上で、この問題を思いついたんだが。

「その言葉から、昼休みの俺の行動を当ててみせてくれ」

「なんだそりゃ。難しすぎねえか。推理でどうにかなるもんなのか」

早速小山が文句をつける。

「葉村が言うからには、解けるんだろうな。まあ考えてみるか」

矢口がそう言って顎を撫でた。

「そうだな、『不本意』ということは、本当は学食以外で昼食を食べたかったんだろう」

おっと、いきなり鋭いところをついてきた。

「思い当たることがある。実は今朝、葉村に諸見里教授の退官講義のことをメールでリマインドしたんだよ。しばらく休みだったから忘れているんじゃないかと思ってな。案の定、こいつはすっかり忘れていた。慌てて家を出たはずだから、きっと朝食を抜いたんだろうな」

それを聞いた小山が納得する。

「だから昼はがっつりしたものを食いたかったのか。学食の飯もうまいけど、多少高くても無性に外の店で食いたい時ってあるよな。でも、どこの店に行こうとしたのかまったく分からないぞ」

「いや」矢口は首を振り、俺のグラスを指差す。「葉村はここでメロンソーダばかりもう三杯も飲んでいる。つまりこいつは新しいものに対する興味より、慣れ親しんでいるものを選ぶ傾向がある。一人で新しい店を開拓するなんてあり得ない。きっと俺たちも知っている、行きつけの店を選んだはず」

ううむ。思ったよりも的確な推理をするではないか。

「問題は、結局そこで食べられず、学食に戻ってくる羽目になったってことだ。原因はなんだろうな」

「それこそ色々あるだろ。金が足りなかった、食いたいメニューが売り切れてた、臨時休業だったとかな」

「葉村は『俺としたことが』と言った。だとしたら失敗は葉村自身に起因することのはずだ。臨時休業や、事故で道が塞がれていたなんていう、予期できない理由じゃない。——なあ、一つ聞かせてくれ」

矢口が俺を見る。

「なんだ」

「お前は常識で考えて、効率がいい行動を取ったと思っていいんだよな。意味もなくどこかに寄り道したり、気が変わったりしたなんてことはないよな」

なるほど、推理の前提条件を固めたいということか。さすがはセミプロゲーマー、抜かりない。

「ああ。俺は目的のため、常識的な範囲で、効率のいい行動を計画したと保証する」

矢口が鞄(かばん)からノートを取り出し、タイムテーブルを書きつけ始めた。

「まず葉村がどんな計画を立てていたのか考えてみよう。昼休みは一時間。だが諸見里教授の最後の講義だ。挨拶があるなり学生から花束を渡すなりして、長引いたんじゃないのか」

フェアな勝負をするために、正直に答えた。

「ああ。十分押した」

「となると昼休みは残り五十分。キャンパスから出るには正門、南門があるが、どちらも教室から五分かかるとして往復で十分。店で注文してから料理が出るまで五分。葉村は早食いじゃないから、急いで食っても十分かかるとしよう。残り時間は……二十五分か」

「それが店までの往復に使える時間だな」

　小山がノートを覗きこんで言い添える間に、矢口はさらに推理を進める。

「慎重派の葉村のことだ、計画には余裕を持たせていたはず。今回は五分を見積もって、残り二十分と考えよう」

「二十分で往復可能で、行きつけの店か。〈ＢＬＴＱ〉、〈肉のなる木〉、〈黒河(くろかわ)〉かな」

　小山がすらすらと列挙し、矢口はそれぞれの店の特徴を書き加える。

〈ＢＬＴＱ〉は南門から徒歩十分の洋食屋。料理のコスパが非常に高く、昼休みには客が溢れる人気店で十分ほどの行列が発生する。

〈肉のなる木〉は正門から徒歩五分。精肉店が営んでいるだけあって肉の質は随一だが、メニューはどれも千円台と少々お高い。一日二十食限定の焼肉定食はすぐに売り切れてしまうので注意が必要。

〈黒河〉は正門から徒歩十分、〈肉のなる木〉からさらに五分ほど進んだ場所にある。老夫婦が「若者の腹を満たしたい」と道楽でやっているような店で、六百円で食べられるドカ盛りメニューが名物だ。大学の教授の中にも「あそこは昔となにも変わらない」と目を細める人は多い。

「〈ＢＬＴＱ〉は外せるんじゃないか。往復で二十分かかる上に、ほぼ確実に入店待ちがあるんだぞ。計算に収まらない」

　小山の指摘に対し、矢口は首を振って否定する。

「自転車を使えばいい」

「葉村は二駅隣から電車通学だぞ」

「レンタサイクルがある」

小山が「あ」と声を漏らす。キャンパスの各門には主要駅前や観光地などで見かける街乗り用のレンタサイクルのポートがあり、一時間以内ならば百円で利用できる。

「徒歩五分の距離ならわざわざ百円出して自転車は借りない。けど徒歩十分かかるなら、自転車を利用してもおかしくない」

「自転車なら移動時間を半分以下にできるな。つまりどの店でも余裕をもって帰ってこられるわけだ」

なんだか落ち着かなくなってきた。まさに二人が絞りこんだ三つの店の中に、正解があるのだ。もし本当に真相に辿り着かれたら、ミス愛のメンバーとして迎え入れなければいけない。

比留子さんはどんな顔をするだろうか。仲間が増えたことを喜ぶか、それとも……。

俺の不安をよそに推理は進む。

「三つのどれに行くつもりだったにせよ、結局葉村はなにかミスを犯したせいで飯を食えず、『不本意ながら』学食に行き、講義開始ギリギリに戻ってくる羽目になった。どんなミスだ?」

と、小山はわずかに思案して言った。

「金が足りなかったんじゃないか。それくらいしか考えられない。学食は安いから食えたんだろう」

「……いや」矢口は再び否定する。「学食だって普通に食えば五百円はかかる。そして今四百円のドリンクバーを飲んでいるんだから、それなりに金は持っていたはずだ」

「〈肉のなる木〉のメニューなら千円台だ。九百円しか持ってなくて、仕方なく学食で食ったと考えるのが妥当じゃないか」

「思い出せよ。〈肉のなる木〉は一番近い徒歩五分の店なんだ。無駄足になったとしても、時間のロスはさほどじゃない。教室から店へ行って学食まで二十分かかったとして、昼休みはまだ三十分もある」

「三十分もありゃ、学食の食事でそんなに急がなくてもいいか。正門か南門かで最寄りの学食は変わるけど、五分あれば教室に来れるもんな」

〈肉のなる木〉では金銭的なミスがあったとしても、時間の余裕があるはずなのだ。ということは〈黒河〉か〈ＢＬＴＱ〉のどちらかに向かったことになるが、どちらも九百円を持っていれば十分な価格帯の店だ。

考えに詰まった小山は一旦ドリンクバーに立ち、コーラを注いで戻ってきた。

「それにしても朝に慌てて家を出て、昼も教室に駆けこんでくるとは、葉村って意外とおっちょこちょいだよな……ん？」

小山が座席の横に置いていた俺のトートバッグに目を留める。まずい、と思った。

「葉村、昨日服を買いに行った時は小さな肩掛け鞄だったよな。それで今朝、慌てて家を出た。ということは」

「まさか！」矢口が声を上げた。「昨日の鞄に財布を入れたまま、忘れやがったのか！」

なんなんだこいつらは。まさかそこに気づくなんて。

「でも待てよ。財布がないと学食も利用できないだろ」

「ああ、今はスマホの決済アプリも色々あるが、葉村はそういうのに疎(うと)いし、使ってるのを見たことがない。だけど学生証は学内でのみチャージ式のＩＣカードとしても使える」

「普通、学生証も財布に入れているんじゃないか？　それにここの支払いはどうするつもりなんだ。学生証で支払いはできないぞ。ひょっとして俺たちに奢(おご)らせる気か？　絶対に断る！」

なんとも心の狭い小山の弁だが、安心しろ。常識的な範囲で行動しているという言葉に嘘はない。

気づいたのは矢口だった。

「いや、もう一つ、葉村が絶対に持っているカードがある。交通系ICカードだ。あれならレンタサイクルの支払いもできる。たぶん学生証と交通系ICカードだけは財布と別に持ち歩いているんだろう」

ご名答。二つ隣の駅から電車を使っている俺は、交通系ICカードを財布とは別にしてポケットに入れている。今時の飲食店はもちろん、学食でもこれを使って支払いができるのである。

こうして彼らは結論を導く要素をすべて手に入れた。

「葉村は店で席に着こうとして、財布がないことに気づいた。学生証はあるが、店では使えない。交通系ICカードにはドリンクバー程度の金額しか残っていなかった。支払いができないと分かり、葉村は泣く泣く学食に戻ってきた。〈肉のなる木〉は徒歩で片道五分、〈BLTQ〉と〈黒河〉はどちらも自転車なら片道五分。移動時間は同じだが、〈BLTQ〉だけは十分の入店待ちがある。教室から南門、南門から学食まで十分、〈BLTQ〉までの往復と入店待ち時間を足して三十分。学食で注文してから食べ終えるのに十五分、残りの五分で教室に戻ってくる。確かにギリギリの時間になったな」

「葉村が向かったのは〈BLTQ〉。『俺としたことが』の言葉に続くのは、『財布を忘れるなんて』ってところか。最初から〈黒河〉か〈肉のなる木〉に行ってりゃすぐ戻ってこられたのにな。どうだ葉村。俺たちの推理は?」

小山と矢口が自信に満ちた顔で俺を見る。

渾身の推理を披露した彼らに、俺は最大の敬意を表して告げた。

「残念。〈BLTQ〉は本格推理じゃないんだ」

二人と別れた俺は、行きつけの古本屋へ向かっていた。

今日の目的はアガサ・クリスティの《ミス・マープル》シリーズとアイザック・アシモフの《黒後家蜘蛛の会》シリーズ。どちらもミステリファンならお馴染みの安楽椅子探偵作品だ。このどちらかをミステリ愛好会の、しばらくの課題図書にしようと考えている。自らは事件現場に立たず、他人の説明や手元の情報から真相を推理する安楽椅子探偵という読み物は、よく事件現場に居合わせてしまう比留子さんにとって対極で斬新なのではないかと考えたのである。

俺は道々、先ほど聞かされた推理について思いを馳せていた。

ミステリの素人にしては、十分に及第点以上をつけられる。目をつけた情報やその料理の仕方も見事だったし、なによりも二人が真剣に謎に取り組んでくれたことは、ミス愛の会長である俺にとってとても喜ばしい。その点では、二人は十分ミステリに対する愛情を持ち合わせていると認めるに値する。

しかし入会条件を〝謎を解くこと〟と定めた以上、今回は諦めてもらうしかない。

間違いはいくつかあった。例えば彼らは学生証と交通系ＩＣカードを財布と別に持っていたと推理したが、俺は学生証も財布に入れているため、今日は所持していなかった。その代わり交通系ＩＣカードはポケットにあり、中には約九百円の金額が残っていた。これもドリンクバー程度の金額しかないという彼らの推理とは異なるわけだ。

彼らが見落としたのはある一つの情報。

教室に駆けこんだ俺が最初に放った、「踏んだり蹴ったりだ」の一言である。

「踏んだり蹴ったり」ということは、ミスは一つではないのである。

昼休み、俺が向かったのは正門から徒歩五分の〈肉のなる木〉だった。

店に着いてすぐ、俺は一つ目のミスに気づいた。財布を忘れたのだ。交通系ＩＣカードはあるが、

〈肉のなる木〉のメニューは千円台。金額が足りない。ここまでは二人が一度推理した通りである。

ただし、ここで俺は学食に戻るのではなく、〈黒河〉に向かった。〈肉のなる木〉からさらに五分の距離にあり、往復したところで予定の時間内に収まるはずだったからだ。皮肉なのは、当初の目的地が〈肉のなる木〉だったため、レンタサイクルを使わなかったこと。最初から〈黒河〉を目指していれば間違いなく使ったはずだ。

とにかく徒歩でさらに五分をかけ〈黒河〉に辿り着いた俺は、すぐに二つ目のミスに気づいた。

〈黒河〉は老夫婦が道楽でやっている店で、大学の教授も「あそこは昔となにも変わらない」と語る。そう。現金以外の支払いができないのだ。

あの時の脱力感といったら、思い出すだけでため息が出る。二人も俺と同様、学外では現金を使うのが習慣なので気づかなかったんだろう。

結局、教室から正門への五分、店への往復で二十分をきっちり無駄にし、正門から学食へ五分、学食での注文と食事に十五分かけた俺に残された時間は、教室に戻るための五分だけ。これが授業開始ギリギリになった真相である。

これを明かしたところ「分かるかあ、そんなもん！」と二人はプチ暴れした。

申し訳ないとは思うが、少しほっとしていた。

非公認とはいえサークルである以上、いつまでも比留子さんと二人きりというわけにはいかない。だとしても、今のミス愛に新しい風を取り込むことには、もう少し時間が欲しいのだ。

新しい風が入れば以前の空気と入れかわってしまう。そうなれば、俺の知るミス愛は俺の中にしか残らない。

仕方のないことだ。新しい風を拒んだところで、過去の空気は戻らない。

だけどもう少し、せめてもう一度夏を迎えるまでは。

一握りでいいから、ミス愛に過去の空気を残しておいてほしい。

ヴーーン……ヴーーン……


内向きの思考から引き戻そうとするかのように尻ポケットのスマホが震えた。

取り出してみると、表示された名前は比留子さんである。普段はメッセージで連絡してくるのに、どうしたのだろう。

「葉村君、私だけど」

背後からなにやら音が聞こえる。電子的な音楽で彩られた、底抜けに明るくなにかを宣伝する声。ゲームセンター、いやカラオケボックスだろうか。

その賑やかな背景音と裏腹に、比留子さんの口調は真剣そのものだった。

「急で悪いんだけど、今から出てきてほしい」

「なにかあったんですか」

「今、ある人と班目(まだらめ)機関について話してる」

出し抜けに発せられた言葉に、鼓動が跳ね上がる。

あの組織の名が出た以上、穏やかな話のはずがない。

「今から送るマップの場所に来て。無理強いはしないけれど」

最後の一言になぜだか腹が立った俺は、行きますとだけ答えて通話を切り、マップ情報が届くなり走り出した。

指定されたのは俺の自宅と反対方向に二駅離れたカラオケボックスの一室だった。さっきの背景音はやはりカラオケだったのだ。

カフェやレストランではないことに警戒を強める。個室であり、防音されている。

班目機関は、戦後に岡山の資産家であった班目栄龍(えいたつ)という人物が設立した組織である。表向きは薬品研究を行っていたことになっているが、真の目的は倫理的、道徳的な枷(かせ)に囚われない研究の推進だったらしく、オカルトと誹(そし)られるような分野の研究にも積極的だったという。その存在は極秘扱いされており、今なお一般市民が知る機会はない。

事実、この半年で俺が巻きこまれた二つの事件には班目機関の研究が関わっていたのだが、どちらもその名が公(おおやけ)に報道されることはなかった。

話ができるほど班目機関について知っているのは、俺の知る限り比留子さんが懇意にしている探偵、カイドウ氏だけだ。だが今回の会談相手がカイドウ氏ならば、比留子さんがさっきのような言い方をするとは思えない。

俺の来店は店員に伝えられていたらしく、受付で部屋番号を伝えるとそのまま二階に案内された。目的の部屋は角の大部屋だった。ガラス扉の前に着くとすぐに内側から開き、黒髪の美女が顔を覗かせた。比留子さんだ。

「来てくれてありがとう。入って」

ややフォーマルな印象の白いブラウスと黒のスカートの上に、柔かなベージュのニットカーディガンをまとった彼女が畳んだコートと一緒にソファの奥に詰め、俺は隣に腰を下ろす。テーブルを挟んで二人の男が座っていた。向かって右側の男は四十前後、その隣の男はやや若く、三十代前半に見える。

「助かったよ。君だけには直接話を聞いてもらいたいと彼女が言うものでね」

余裕のある笑みを浮かべた右側の男は白シャツの上に俺でも高級品だと分かる生地のジャケットを着ていた。顔はまず二枚目と言えるだろうが、形のいい額を強調するようにセットされた前髪からは、磨き上げられたスポーツカーのような見栄を感じる。

「注文はこちらで済ませました」

その隣に座る細身の男が、俺にメロンソーダらしきグラスを勧める。比留子さんが選んだのだろうか。

話の途中で店員が入ってこないようにという計らいらしい。

右側の男と違い、彼の方はいかにもビジネスマンらしいスーツ。顔はよく言えば落ち着いた、悪く言えば覇気のない雰囲気で肉付きが薄く、平坦な顔の中で鼻だけが尖っている。スーツよりも白衣の方が似合いそうだ。

「彼が大学の後輩、葉村譲（ゆずる）君です」

比留子さんが紹介すると、右側の男が少し身を乗り出して名乗った。

「成島（なるしま）ＩＭＳ西日本の社長、成島陶次（とうじ）です。こっちは秘書の裏井（うらい）。ＩＭＳというのは医科学研究所の略語でね、創薬や様々な研究開発を担っている成島グループの子会社だ」

裏井と紹介された男が素早く席を立って彼ら二人分の名刺を渡してくれる。と同時に比留子さんが、裏を取るために調べていたのだろう会社ホームページをスマホの画面で俺に見せる。そこには確かに目の前の成島の顔写真があった。

成島グループは日本に住んでいれば知らぬ者のいない医療・製薬関連企業である。子会社とはいえその若社長が比留子さんになんの用だというのか。

裏井が先を続けた。

「剣崎さんに伺ったところでは、葉村さんも少なからず班目機関との因縁がおありだとか。詳しいことは割愛させていただきますが、成島グループはかつて班目機関の研究を資金援助していた企業の一つだったのです」

本当にいきなり、衝撃的な内容を聞いたため反応が遅れてしまう。

「ご存じでしょうが、班目機関は一九八五年に解体され、研究資料は公安に差し押さえられました。しかしごく一部の資料は密かに持ち出され、援助していた者たちの手に渡ったのです。未完成の研究だとしても、当時の科学水準からすれば計り知れない価値がありましたから」

「つまり、成島グループも班目機関の研究の恩恵を受けて成長したということですか」

戸惑いながら訊ねると、裏井は短く「そうです」と認めた。

昨夏に娑可安湖周辺で起きた集団感染テロ事件で使用されたウイルスも、班目機関の残した実験資料を元に開発されたものだった。まさか他にも情報流出があったとは。

知らず漏れだした怒りを察知したのか、比留子さんが落ち着けと伝えるようにテーブルの陰でそっと俺の腕を押さえて言った。

「班目機関は危険思想のもとに研究をしていたわけじゃない。真っ当な目的のために活用された研究成果もあったということだよ」

「やはり剣崎さんは聡明な女性だ。話が早くて助かる」

成島が満足げに頷き、後を引き取る。

「優れた技術は世界に発展をもたらすが、同時に破滅に陥らせる危険も孕んでいる。ゆえに技術を受け継ぐのは正しい見識を持つ者でなくてはならない。その点で娑可安湖での事件はまさに悲劇だった」

「調べたんですか、あの事件のこと」

瞬きだけで肯定した成島は、芝居がかった仕草で両腕を広げた。

「あんなことは二度と起こしてはならない。そこで俺は他の流出した技術について、社に残されていた古い資料を調べ上げたんだ。するといくつかの偶然が重なり、ある人物が重要なものを秘匿していると分かった」

「重要なもの？」

　俺は訊ねたが、成島が首を振る。

「この先は君がこちらの条件を呑んでくれなければ言えない」

　彼のまだるっこい話しぶりが気に食わないのか、隣の比留子さんが教えてくれる。

「その重要なものとやらを回収しにいくのに、同行してほしいんだって」

「回収？　警察に通報して、家宅捜索でもやってもらえばいいじゃないですか」

　それを聞いた成島は、形ばかりの笑みに嘲り（あざけ）の色を浮かべてこちらを見た。

「公権力なら信頼できるというわけでもないのさ。日本の情報管理はザルだからな、すぐに他国の情報機関が嗅ぎつけて、利用されるに決まっている。実際、娑可安湖の集団感染テロ事件のウイルスは様々なルートで世界中に持ち出され、誰がどんな研究に用いているのか分からない状況だ。そうならないためにも、まず我々が確保し、正しい価値を知っておくべきなんだよ」

　その言葉には多分な驕り（おご）が含まれている気がしたが、それを言ったところで成島を心変わりさせられるわけではないだろう。俺は話の先を促す。

「でも俺たちが同行したところで、なんの役に立つというんです？」

「勘違いしないでくれ。ついてきてほしいのは剣崎さんだけだ。君はおまけだよ」

　成島の返しに、むっとした比留子さんが口を開こうとするが、裏井が先回りして弁解した。

「失礼しました。我々は当初、剣崎さんにのみご同行願うつもりでコンタクトしたのです。我々が必要としているのは情報ではなく、剣崎さんの体質だからです」

　比留子さんの、体質？

　驚いて横を見ると、比留子さんは平然とした様子だ。どうやらすでにこの件については聞いていたらしい。

「娑可安湖の感染テロ事件と、旧真雁（まがん）地区での事件。これらに班目機関が関係していることは早い段階で裏が取れた。だがその両方に剣崎家のご令嬢が絡んでいると知った時は驚いたよ。剣崎家に変わった娘さんがいるという噂を聞いたことはあったが、事件を引き寄せる体質だなんて、簡単に信じられるものじゃない」

成島はそれをきっかけに比留子さんの来歴を調べ、それ以前にも幾多もの事件に出会ってきたことを知り、体質がただの噂ではないと確信したという。

「でも、その体質があなたたちに必要っていうのは、どういう意味ですか」

裏井は人目（ひとめ）をはばかるようにドアに視線を走らせ、口早に告げた。

「実を申しますと、当初班目機関の情報を保持している可能性ありと判断した人物は三人いたのです。そのうちの二人についてはすでに身辺を徹底的に捜索したのですが、残念ながらいずれも読みが外れ、収穫は一切ありませんでした。残る当ては一人だけ。我々としては今度こそ、外れを引くわけにはいかない。そんな時、剣崎さんのことを知ったのです」

「なるほど」

ようやく合点がいったという風に比留子さんがため息をついた。

「――私の体質を逆手にとるわけですか。私がいる場所ではなにかが起きる。なにかが起きるのなら、少なくとも完全な空振りで終わるはずはないと」

「なっ！」

俺は思わず声を上げた。二度も凄惨（せいさん）な殺人事件に巻きこまれた身からすれば、正気の沙汰とは思えない考えだ。

「本当に分かっているんですか。あなたたちが無事に済む保証もないんですよ」

だが成島はこれまで浮かべていた軽薄な笑みを引っこめて首肯した。

「虎穴に入らずんば虎児を得ず、だ。今回の目的にはそれだけの価値がある。機を逃すわけにはいかんのさ。念のため剣崎さんを守れるよう人員を手配してあるし、もちろん俺と裏井も行く。剣崎さんはただ我々のやることを傍観するだけで構わない」

「だからって」

なおも反論しようとした俺を、裏井の慇懃な声が遮った。

「実のところ、剣崎さんからは既に同意を得ております」

比留子さんは済まなそうな目をこちらに向けた。

そんな馬鹿な。比留子さんは事件に巻きこまれるのを恐れているはずなのに。だからこそ少しでも助力を必要とし、ワトソンとして俺を隣に置いてくれていたのではなかったか。

「そこまでして班目機関のことを調べたいんですか？」

「それだけじゃない。葉村君だって気付いているんでしょ。もうそろそろだってこと」

俺ははっと息をのんだ。普段はあえて触れることはないが、比留子さんには大きな事件に巻きこまれる周期があるという。娑可安湖の事件が八月、旧真雁地区の事件が十一月末だったことを考えると、そろそろ次の事件が起きてもおかしくはない。

「いつどこで事件に巻きこまれるか分からないよりも、なにかが起きると分かってて首を突っ込む方がましでしょう。護衛までつけてくれるって話だし、渡りに船だよ」

彼女は取って付けたように言う。

「安心して。葉村君は一緒に来る必要はないから」

怒りと情けなさが俺の中でとぐろを巻く。

「だったらどうしてここに呼んだんですか」

「なんの説明もなしに行って騒がれたら困る。またマンションの前で待ち伏せされても堪らないからね」

　十一月の話をむしかえす。つまり俺が呼ばれたのは相談するためではなく、彼女の不在で騒いでくれるなと釘を刺すためだったのか。どこまでも外野扱いじゃないか。

「……いつ行動を起こすつもりなんですか」

　裏井から返ってきた答えは簡潔だった。

「今夜です。この足で直接回収に向かいます」

「そんな。なにも準備できない」

「我々としては情報の漏洩は絶対に避けねばなりません。それに、今夜実行しなければならない理由もあるのです」

　比留子さんがもう一度こちらを見た。

　その視線に含まれた感情は、来てくれるなという懇願ではなく、一緒に行こうという期待でもなかった。俺の決断なんてもう分かりきっているという、諦めの色。

　やはりそうか。彼女はこれまでの経験から、今後も俺が事件に首を突っこむのは避けられないと悟っていたのだ。事件を引き寄せる体質を疎ましく思っている彼女が、今回に限って意図的に事件に接近しようとしているのも、おそらくは同じ理由。

　拒絶しても離れないワトソン気取りの俺を危険な目に遭わせないように、あえて有利な態勢で臨める条件を選び取ったのだ。

　思い返せば、比留子さんがこのような決断を下す予兆はあった。前回、彼女は推理力を振るって謎を解くだけでなく、ダミーの事件を起こすことで自分の望ましい方向へと流れを導いた。

　いつ攻撃に転じるとも知れない彼女の怜悧さが、俺には恐ろしい。

それでも俺はこう答えるしかない。彼女の確信した通りの言葉を。

「俺も行きますよ。もちろん」

「決まりだ」

成島が膝を打って立ち上がり、比留子さんと俺に順に握手を求めた。いやに綺麗な手だった。


午後七時。カラオケボックスを出てタクシーを拾い、向かったのは国道沿いにあるコンビニだった。運送トラックが停められるような広い駐車場付きの店舗である。まさか買い出しかと思ったが、俺たちを降ろすとタクシーは走り去ってしまった。

「ここで迎えの車を待つ。移動する前に携帯電話の電源を切って裏井に預けてくれ」

「私たちが裏切って通報するとでも？」

比留子さんは気を悪くした風でもなく、コートのポケットからスマートフォンをとり出した。むしろ渋面を作ったのは成島の方だった。

「基地局のデータで足取りを残したくないんだ。場合によっちゃ、多少強引な手段を取ることになるかもしれん。君たちだって面倒事に関わった証拠はないに越したことないだろう」

そこまで神経質にならざるを得ないことを、これからやろうというわけだ。

彼らの言う〝強引な手段〟とやらが、どこまでの罪状を指すのか分からない。一般人である俺たちを同行させるくらいだから、いたずらに人を傷つけたりはしないだろうが……。

コンビニで用を足すなどして時間を潰すこと三十分。駐車場に一台のトラックが滑りこんできて店の入り口から目に付かない隅に停まった。側面に物流会社の名前が記されたアルミバントラックだ。

「きっと架空の会社だよ」

隣で比留子さんが呟く。ずいぶん念が入っている。今さらながら成島が疑わしく思えてきて、比留子さんに「まさか俺たち、誘拐されませんよね？」と囁いた。

「もしそのつもりなら店員さんに顔を見られるカラオケボックスに入らないし、君に連絡もさせてくれないよ」

だったらいいのだが。

運転席から降りたグレーの作業服の男が、成島に告げた。

「こっちは問題ない」

ニット帽の下から覗く彫りの深い顔立ちと広い肩幅は外国人のようだが、その言葉は日本語だ。

彼が周囲を窺ってからコンテナの後部扉を開けると、裏井が俺たちを手招きした。

「乗ってください」

比留子さんと顔を見合わせ、意を決し先にステップに足をかける。中に入ってすぐ、たくさんの視線に見据えられて俺は動きを止めた。

コンテナの内部に積み荷はなく、両サイドに長いベンチが設えられ、右に三人、左に二人、先客が座っていた。映画とかでよく見る、軍隊の高機動車のようだ。彼らが成島の話していた人員らしい。

コンテナの天井隅には裸の電球が二つだけついており、先客の顔を見分けられる程度には明るい。いずれも運転手と同じ作業服に身を包んでいるが、日本人らしき顔立ちなのは一人だけ、残りの四人は皆外国人だ。

「ここに座っていいわよ」

右側手前にいた、オリーブ色の肌をした女性が流暢な日本語で話しかけてきた。ラテン系というのか、人当たりのいい笑顔が印象的な美女で、座高からして身長はおそらく俺より高く、肩幅もがっちりしている。

彼女の隣に俺が、向かい側のベンチに比留子さんと裏井が着いたところで、外から扉が閉められる。

成島は助手席なのだろう。ベンチから伸びる簡易的なシートベルトを腰に巻く。

荒い振動とともにトラックが動き出すと、俺と同じベンチの一番奥に座る、欧米人と思しき肥満気味の金髪の男が日本語で尋ねた。

「裏井、その女性が〝ラッキー・ガール〟かい？」

比留子さんが引き寄せるのは幸福とはほど遠い事件の類なのだが、いったいどんな説明を受けたのだろう。もっとも彼らにしてみれば、お目当てのものが見つかりさえすれば属性の禍福は問題ではないのかもしれない。

「こちらが剣崎比留子さん、そちらはご友人の葉村譲さんです。お二人の希望で一緒に来ていただくことになりました」

全員が日本語に堪能なのか、五人とも困る様子もなく説明に耳を傾けている。

隣のラテン系女性が俺たちを順に指差し、にこりと笑った。比留子さんも微笑を返す。

「ヒルコ、ユズルね」

「彼らは今回の仕事のために雇った傭兵です。日本語を話せるメンバーを集めました」と裏井が言う。

こんなワケありの仕事に手を貸す人材をどうやって集めたのか疑問に思いながら一人一人の顔を見回すと、ラテン系女性はおどけた表情で手をひらひらさせ、先ほど発言した肥満気味の男はサムズアップして見せた。

彼らの和やかな態度とは裏腹に、俺は早くも自分の読みの甘さを悔やみ始めていた。成島の言う強引な手段とは、不法侵入とか金庫を壊すとか、その程度のものだと考えていたのだ。しかし集められたメンバーはいやに落ち着いた態度といい肉体の厚さといい、明らかに荒事慣れした空気を放っている。成島は本気で比留子さんの体質を利用する覚悟なのだ。そうまでして手に入れたいものとは、なんなのか。

「自己紹介しておこう」

比留子さん側の一番奥に座る男が、低く落ち着いた声で言った。外国人の年齢はよく分からないが、おそらく四十歳から五十歳。角刈りに近い銀色の短髪に、作業服の上からでも分かる鍛えられた体つきをしている。

「成島との契約上、我々はニックネームで呼び合うことになっている。俺が〝ボス〟だ。七年前までアメリカ陸軍にいた。死んだ母が日本人だった」

続いてその隣に座る、五人の中で唯一日本人に見える男がぼそっと呟いた。三十代前半といったところだろうか。

「すみません、なんと？」

「〝梟(アウル)〟だ」今度は聞こえた。「日系三世。言っておくが、お前らに認められているのは俺たちについてくることだけだ。仕事の邪魔はするなよ」

アウルと名乗った男はそれきりシャッターを下ろすように目を閉じてしまった。どうやら俺たちの同行を好ましく思っていないらしい。

対照的に、明るい口調で喋りだしたのは肥満気味の金髪男だ。

「〝チャーリー〟って呼んでくれ。元はイギリスの民間軍事会社にいたんだ。二十キロ太る前の話だけどね。衛生兵(メディック)も兼ねているよ。よろしく」

「どうしてチャーリーなんですか」

比留子さんの問いに、彼は頰を揺らしてケタケタと笑う。

「子供の頃、ママにスヌーピーの絵が描かれたシャツばかり着せられてさ。僕の見た目がキャラクターの男の子に似ていたこともあって、友達からそう呼ばれていたんだ。あだ名だよ」

ベンチが浅すぎるのか、彼はしきりに大きな体を揺すって座り直している。

次はその隣の、スキンヘッドのアフリカ系の男。彼は右手で大きな拳を握り、こちらに突き出す。

「〝アリ〟だ。俺の大好きな英雄の名前だ。日本人でも知ってるだろ」

「モハメド・アリですか」

「そう！」

彼が隣のチャーリーの豊かな腹にパンチを打つ真似をすると、チャーリーが「オウ！」と悶絶（もんぜつ）しておどけた。まるで修学旅行中の学生みたいだ。軍隊のように緊張感のある雰囲気ではなく、それでいて戦闘の経験者らしい人材が集められたコンテナ。俺の不安はますます大きくなる。

最後は俺の隣のラテン系女性。

「〝マリア〟よ、よろしく。日本で生まれて五歳まで東京の港区で暮らしてた」

彼女は俺に握手を求め、向かい側に座る比留子さんにもわざわざベルトを外して長い手を差し出した。ニックネームの由来を聞くと、サバサバとした口調で「分かりやすいでしょ？」と答えが返ってきた。なんでも彼女の両親の故郷のスペインではマリアという名前が非常に多いのだという。ひょっとすると本名なのかもしれない。

「皆さんは以前から知り合いなんですか」

俺の問いに答えてくれたのはボスだった。

「裏井がアウルに依頼し、アウルが人を集めた。俺は陸軍の時に彼と面識があったが、他のメンバーとは初めての仕事だ」

他のメンバーも視線で肯定している。アウルだけが反応を返さないが、こうした荒事に通じた人脈を持っているらしい。

最後に、さっきのニット帽の男は、運転手をしている〝コーチマン〟だと裏井が補足した。

「コーチマン。御者という意味ですね」

比留子さんが一人小さく頷いている。運転を任されているから、御者か。いつものように各員の名前を把握している彼女の様子に、慌てて俺も頭の中で復習する。

リーダーのボス、寡黙な梟を思わせるアウル。太っちょで陽気なのはスヌーピーの飼い主の名で呼ばれるチャーリーで、アフリカ系の男は伝説的ボクサーを尊敬するアリ。唯一の女性がラテン系のマリア。

成島の計画に不安はあるものの、みんなは悪い人間ではなさそうだ。

比留子さんも幾分か緊張が和らいだのか、走行音に負けないよう声を張って質問した。

「どこに向かっているのか、そろそろ教えてもらえませんか」

裏井は軽く頷いた。

「馬越ドリームシティ。H県馬越市の外れにある、地方のテーマパークです」

あまりにも意外な場所に、俺も比留子さんも目を丸くする。

「SNSなどで話題になるのですが、ご存じありませんか」

ディズニーランドですら家族旅行で一度行ったきりの俺だが、そう聞いて思い出した。

「ひょっとして、生ける廃墟と呼ばれているところですか」

裏井は肯定し、続けて詳細を説明してくれた。

馬越ドリームシティ。前身は馬越ヨーロッパ王国というテーマパークで、三十年ほど前に馬越市と県南の大都市を結ぶ高速道路の完成に合わせて建設された。その名の通り馬越市なのかヨーロッパなのか国なのかよく分からない、西欧風の建築と民族衣装と地元の特産品をごった煮にした園内を、今考えれば商標権と著作権の両面で問題のあるマスコットキャラクターが闊歩する、片田舎のテーマパークだったという。

市民の期待を一身に背負ってオープンしたヨーロッパ王国だったが、大都市から客を呼びこむ目論見は豪快かつ清々しいまでに空振りし、開園直後から右肩下がりの経営が続いてとうとう十五年前に運営会社が破産した。その跡地が公売にかけられた時、たった一つだけ名乗りを上げる企業があった。名を昭島興産といい、凋落した王国は翌年、馬越ドリームシティとして再開された。

「不良債権のような施設と立地条件の悪さはそのままですから、厳しい経営になると誰もが思いました。しかし昭島興産は驚くべき発想でドリームシティを喧伝したのです」

　昭島興産は古くなった施設や遊具に最低限の改修だけ施し、あえてその古さを押し出しドリームシティを滅び行くテーマパークとして売り出したのだ。

　打ち捨てられた夢の園。娯楽に興じる場所で侘しさを突きつけられる矛盾。老朽化し安全面から使用できなくなった遊具は一つまた一つと放置され、今や園内では動いている遊具の方が少ないという。それでもマスコットたちは滅びの足音が聞こえないかのようにくるくると踊り、楽しげに歌う。

　ようこそ、馬越ドリームシティへ。

　昭島興産の狙いは的中した。きらびやかさと空虚さが危ういバランスで共存し、昭和の残り香を感じさせる退廃的な演出は一部の客層に大受けしたのだ。相前後して廃墟ブームが訪れていたのも後押しとなった。あるいは不況の時代を迎え国民という資産が減少を続ける国で生きる人々が、懐古と郷愁に価値を見出すのは必然だったのか。

　いずれにせよドリームシティの仕掛けは徹底していた。生ける廃墟という通称が世間に認知されると、さらに退廃的な雰囲気を際立たせ、心霊スポットとして名が上がれば率先して噂話をネット上に投下するなど、思いきった戦略を次々と打ち出した。今では全国各地から廃墟マニアや写真愛好家、それにＳＮＳで話題を聞きつけた若者が足を運び、繁盛しているとは言えないまでも他にない独自性による安定した経営が続いているという。

「そのドリームシティが、班目機関となんの関係が？」

「昭島興産の主は斉藤玄助という男なのですが、実は彼は四十年以上前に不木玄助という名で班目機関に属していた研究者なのです」

　驚きの情報に、俺は思わず正面に座る比留子さんと顔を見合わせた。

「彼は今では直接的な経営にはタッチせず、園内の『兇人邸』と呼ばれる建物で数名の使用人とともに隠居同然の生活をしており、我々の目的のものもそこに隠されていると考えています」

「兇人邸？」

「ネット上での俗称ですよ。園内にある廃墟然とした建物で何人もの来場客が殺されたという都市伝説から、いつしかそう呼ばれるようになったそうです」

「目的のものとはいったいなんですか」

　しかし裏井は首を振る。教えてくれるつもりはないらしい。

「お話しできるのは、我々はドリームシティで働く従業員からの密告で、ある重要な情報を得たということです。兇人邸に入った仲間が出てこない、と」

　走行音に紛れて、誰の口からか忍び笑いが聞こえた。俺は問い返す。

「出てこない？　それはどういう……」

「言葉通りですよ。数ヶ月に一度、従業員の誰かが不木に招かれる。それに従い兇人邸に入ったが最後、姿を見ることがないそうです。我々は不木が屋敷の中で、なにか重大な犯罪行為を働いているとみています。腕利きの面々を集めたのも、主にそちらへの備えです」

　裏井は冷静に告げた。

　そんな危険なところへ向かっているとは。

　今の話から判断する限り、目的のものと従業員の失踪にはなにか関係があるように思えてならない。だがボスをはじめとするメンバーはすでに詳細を知っているのか、動揺の色を示さなかった。むしろマリアはにこりと笑いかけてくる。

「大丈夫よ。分からないことが多くて不安だろうけど、私たちは正しいことをしに行くの。あなたたちはそれを見届けて」

「マリア、くだらないことを言うなよ」

久々に口を開いたアウルが昏(くら)い目でマリアを睨んだ。

「正義も悪もない。決められた仕事をするだけだ。私情を挟むな」

「はいはい、ごめんなさい」

「密告してくれた従業員に、兇人邸への案内を頼んでいます。あと二十分ほどで拾いますから、後の説明は当人にお願いすることにしましょう」

裏井がやりとりを締め、それきり車内は静かになった。

スマホを取り上げられているので腕時計を眺めていると、コンテナの中にノイズ混じりの声が響いた。ボスは腰の後ろから小型のトランシーバーを取り出し、短い言葉を返した。

「間もなく案内人を拾うポイントに到着する」

トラックが停車し、俺たちが立ち上がって体をほぐしていると、後部扉が外から開かれる。山間の道の途中にあるセルフスタンドらしく、煌々とした明かりの中にぽつんと給油機が佇(たたず)んでいた。

コーチマンに誘導され、恐る恐る乗りこんできたのは、着古したジーンズとパーカー姿の、東南アジア系の小柄な青年だった。

彼が席に着くとまたトラックは走り出す。

「私、グエン・ヴァン・ソンです。ドリームシティで整備士をやっています」

俺の隣に座ったグエンは密告によって生じたこの状況の重大さを改めて実感したのか、ひどく緊張した様子で俺たちの顔を見回していたが、裏井に促され小刻みに頭を下げながら密告に至るまでの経緯を語った。

三年前、それまで勤めていた職場で在留資格が切れていることがばれて失職したグエンは、かつて同じ技能実習を受けたベトナム人の知人から「地方だが俺たちみたいな境遇でもまともな条件で働ける場所がある」と誘われ、ドリームシティにやってきたという。

最初こそ半信半疑だったが、仕事は順調だった。雇用形態もフルタイム、休みは少ないがこれまで経験したアルバイトに比べたら厚遇だったし、なにより従業員の中には彼のような不法滞在者や、日本人であっても脛に傷持つ者が多く、自分だけが負い目を感じる必要がなかった。

「でも二ヶ月経った頃、仕事を紹介してくれた彼がいなくなりました。本当に急に、なんの前触れもなく」

グエンが落ち着きなく貧乏揺すりしながら続ける。

「はじめはなにか事情があって逃げたんだと思いました。でも違った。数ヶ月経つとまた誰かが消える。それも私みたいに、いけない事情を抱えている人ばかり。たぶんそういう従業員を選んでいるんです」

不審に思ったグエンは、消えた従業員たちのことを密かに調べ始めた。するとある共通点が判明した。

「みんな、いなくなる前夜に兇人邸に呼び出されていました。会長から大事な話があるって言われて。それで次の日から姿が見えなくなる。私は怖くて誰にも話せませんでした」

彼はそのことを忘れようと努めた。

日本は安全な国だ。組織ぐるみで大それた犯罪を行うギャングなどいやしない。それに騒ぎたてて不法滞在がばれ、強制送還になるわけにはいかない。だから恐ろしい疑惑に目をつむり、消えた仲間の記憶に蓋をした。

「でも気づいたんです。他の従業員も私と同じなんだって。気づいているけど、決して口にしない。目をつけられたら、次は自分があの屋敷に呼ばれるかもしれない。だから自分を騙すしかないんです」

従業員たちは感情を押し殺してドリームシティの一部になろうとした。定められた役割どおりに動く遊具のように、自分は人工の幻の中にいるのだと言い聞かせながら。けれど、破滅の足音はグエン自身に迫っていた。

「三ヶ月前、私の仕事場の先輩がいなくなりました。それで限界でした。私はなんとかここから逃げ出そうと思いましたが、常に誰かに見張られているのではと考えたら、怖くて」

そんな時に彼に接触してきたのが、不木について調べるためドリームシティを訪れていた裏井だった。裏井は都市伝説好きの客を装って従業員たちに話を聞いて回っていた。声をかけられたグエンも平静を装って会話を続けていたのだが、裏井の質問が兇人邸に及んだ時、思わず恐怖の色を顔に出してしまった。初めこそ喋ることを渋ったが、その煮え切らない態度はかえって裏井の興味を引いたらしい。しつこく問い詰められたグエンはとうとう詳細を打ち明け、内通者として協力しようと決断したという。

すでに事情を聞き知っているらしいメンバーたちも、真剣な顔でグエンの話に耳を傾けていた。

裏井が俺と比留子さんを交互に見つめる。

「従業員の失踪は満月の前に集中して起きています。そこで我々は次の満月に合わせて兇人邸を監視し、実態を摑む計画を進めていたのですが、昨日になって突然グエンさんから連絡が入りました。会ったこともない上役から、今日の営業終了後に兇人邸に行くよう指示されたと。このタイミングでグエンさんに声がかかったのは予想外でしたが、屋敷に侵入できるこの機を逃すわけにはいきません。急遽、監視から侵入に計画を変更することになったのです」

比留子さんは前髪を人差し指に絡ませながら視線を落とす。髪を触るのは、考え事をするときの彼女の癖だ。

「従業員たちの失踪はかなり計画的なもののようですね。近くに家族や親しい友人がいなかったり、警察に通報できない事情を抱えたりしている人が選ばれているのは、失踪しても発覚しづらいからでしょう」

「でも比留子さん。警察に訴えることができなくても、今は匿名のままネットで告発することもできますよね」

今の時代、内部告発が大きなニュースに繋がることも珍しくない。だが比留子さんは首を振る。

「おそらくそれも考慮の内だろうね。ドリームシティは普段から、曰くつきの場所のように売りこんでいる。今さら怪しげな噂が立つくらい、なんともない」

「僕もいくつかネットで見たよ」

口を挟んだのはチャーリーだった。

「アトラクションの点検作業中に機械に挟まれて死んだ作業員の霊が出るとか、遊園地ができる前は古い墓場だったとか。一緒にドリームシティに遊びに行った友人がはぐれて、そのまま行方不明だなんて話もあったね。今さら従業員が消えたなんてネットで言いたてたところで、警察は動かないだろうね」

なるほど、奇をてらった宣伝活動が犯罪の隠れ蓑になっているわけだ。

「一応、君たち三人にもこの後の段取りを説明しておく」

しばらく黙っていたボスが、そう言って作戦の手順を説明し始めた。

グエンが兇人邸に呼び出されているのは、閉園後の業務が一通り終わり全従業員が退出した午後十一時。俺たちはグエンの手引きで裏の物資搬入用のゲートからトラックごとドリームシティに侵入する。闇に紛れたスピード作戦になるという。

屋敷に侵入した後は不木と使用人の身柄を押さえ、目的のものと研究資料を入手する。犯罪の痕跡を見つけたら、成島に適宜指示を仰いで基本的には回収する。

「兇人邸の間取りは分かっているんですか」

比留子さんが訊ねると裏井が首を横に振った。

「残念ながら。兇人邸の前身は監獄をモチーフにしたアトラクション施設でしたが、ドリームシティになってからは不木の私邸として使用されています。今では不木は滅多に屋敷の外に出ることはなく、中を見たという従業員もいません」

「問題ない」ボスが続けた。「調べたところ、普段使われている出入口は一つだ。そこを押さえてしまえば逃げられることはない。それに相手は犯罪者だとしても戦闘に関しては素人だ。実行が早まったためこの程度の装備しか用意できなかったが、十分だ」

そう言って取り出したのは拳銃だった。鈍い光沢とともに放たれる重量感は本物と信じるに十分だった。あまりにも突然で無造作な異物の登場に、俺は興味よりも強烈な嫌悪感を覚える。

右隣のマリアが俺の不安を嗅ぎ取ったのか、笑いかけてきた。

「大丈夫、お守りのようなものよ。相手の抵抗の意思をくじくために、戦力差を見せることも大事なの」

今はその言葉を信じるしかない。

そうこうしているうちにトラックに制動がかかり、停まった。

「あと十五分、ここで待つ。次に動き出したらそのまま作戦に移る」

ボスの手から拳銃とベルト用の収納ホルダーやトランシーバー、ライトが傭兵チーム全員に配られる。

丸腰の俺や比留子さん、グエンはそれを見つめることしかできない。
これまで事件に巻きこまれた時とは、明らかに異なる状況だった。

《追憶 Ⅰ》

ぜひゅっ、ぜひゅっ。

柔らかい肉が削れるような不快な音。

言葉にならず、だけど幼子の泣き声よりも雄弁に烈（はげ）しい音は、私の内から聞こえ続けている。

ぜひゅっ、ぜひゅっ。

苦しい。見えない水に溺（おぼ）れるかのようだ。焦点のぼやけた視界の中、色彩が失われていく。

私は手足を動かし続ける。肺には溶鉱炉のような熱が満ちる一方、体は冷え切った鉛（なまり）のように言うことを聞かない。細胞のすべてが悲鳴を上げている。それでも私は人間らしい機能をすべて忘れ、呪われたように前進だけを望む。

無色の意識の中でぼんやりと考える。

——今が一番苦しい。

——そう感じるのも、いつものこと。

——もう嫌だと何度も思ったはずなのに、

——私はどうして懐かしいと感じているのか。

その瞬間、ピーッという甲高い笛の音が響き渡った。

「はい、そこまで！」

途端に足がもつれ、泣きたいくらいに悲惨な体の感覚が戻ってくる。私は板張りの床の上に倒れこんだ。口を開けるが、空気が全然入ってこない。陸に打ち上げられた魚のよう。

すぐさま駆け寄ってきた助手たちに前後から体を持ち上げられ、壁際に用意された簡易ベッドに寝かされる。といっても介抱されるわけではなかった。待機していた女性はタオルや水を差し出す代わりに、慣れた手つきで私の体のあちこちに細いコードの付いた冷たい電極を貼り付け始める。口にも酸素マスクのようなものを被せられた。疲労状態からの回復具合を記録に残すためだ。

なされるがまま、別個の生き物のように暴れつづける肺に翻弄されていた私の耳に、聞き覚えのある声が届く。

「ケイ、お疲れさま。これで全種目終了だよ」

なんとか瞼(まぶた)を押し上げると、大柄な白衣姿の女性が逆さまに映った。羽田(はねだ)先生だ。

毎度のことながら、先生の笑顔を見ると無性に泣きたい気分になってしまう。

「先生、記録は」

「前よりよくなっていたよ。頑張ったね」

その言葉に、私はようやく全身の力を抜くことができた。

月に一度の体力測定が終わった。今日の測定は私で最後だったらしく、羽田先生と一緒に体育館を出る。二十種目に及ぶ測定を三日かけて行う体力測定は、この施設で暮らす私たちにとって重要な行事だ。私は自分の成績が全体でどのくらいに位置するのか訊ねてみたが、先生はいつものように「それは秘密」とはぐらかす。

「他の子との比較に意味はないからね。大事なのはそれぞれの子がどのくらい成長したかだ」

それはそうかもしれないが、やはり私はつまらなく思う。どうせ後で子供たち同士で記録を教え合うのだから、先生の口から言ってくれてもいいのに。

ここは山中に建てられた研究施設。詳しい場所は分からない。

先生はこの施設で、簡単に言うと人の身体能力を上げる研究をしている。私たちは研究のために全国から集められた被験者だった。といってもすでに体に〝処置〟が施された私たちは成長に伴う身体能力のデータを提供することが主な仕事だ。普段は外の世界と同じように国語や算数、理科などの授業を受け、放課後には遊んだり、音楽を聴いたり本を読んだりしている。ごくたまにだけど、職員が録画してきたテレビ番組を見ることもある。

ここで暮らす被験者は、十歳から十三歳の子供たち三十人ほど。私は六歳の時に養護施設から引き取られてきて、今年で七年目になる。毎日怒鳴られたり叩かれたりしていた養護施設に比べたら、この大人はみんな優しいし、ご飯もたくさん食べられるから天国みたいだ。

だからこそ私は先生の役に立ちたいのに、私の成績は下から数えた方が早い。先生は気にするなと言うけれど、周りで助手さんたちが眉を顰めたり、ため息をついたりするのには申し訳ない気持ちになる。

「練習させてくれれば、私だってもっといい記録が出せるのに」

思わず愚痴を零すと大きな手で頭をなでられ、「それじゃ意味がないんだよ」と言われた。

分かっている。反復練習などの外的要因が加わると、実験の効果が正確に測れなくなってしまう。だから私たちは普段から体を使う遊びを制限されているし、施設の外に出ることも許されていない。優しい先生が、そんな不自由を私たちに強いることに心を痛めているのも知っているのだ。

「すまないね。外で思いっきり遊びたいだろうに」

「そんなことないよ。私は本を読む方が好きだもん」

私は少しだけ嘘をついた。もちろん外に出たいと思うことはある。

でもこれでいいのだ。先生の研究はいつか世界中の人々の役に立つ。そのために少し窮屈な思いをすることぐらい、なんでもない。私にはもう両親はいないけれど、ここには先生も友達もたくさんいるし、へっちゃらだ。

職員室に向かう廊下を先に歩いていた羽田先生が振り返る。

「昨日、ジョウジが反省室に入った」

同い年の男子の名前が挙がったことに、驚いた。反省室とはここで暮らす子供たちにとって一番の恐怖の対象だ。畳敷きの三畳間で丸一日ご飯抜きの上、トイレに行く以外はずっと正座だの反省文だのを強制されるという、私たちにとって拷問（ごうもん）に等しい罰。よほどの悪さをしない限り与えられるものではなかった。

昨日の夕食時にジョウジの姿がなかったので不思議に思っていたけれど、いったいなにをやらかしたのか。

「夜中に女子の部屋に来てトランプしてたからですか」

「なんだって？　また女子の部屋に忍びこんだのか」

失言に気づき私は慌てて口を押さえた。宿舎は二つの棟がL字に連なる形になっていて、中庭から入ってすぐの建物が女子棟、奥の建物が男子棟になっている。異性の棟への立ち入りは厳禁なのだけれど、ジョウジはよく私たちの部屋に遊びに来る。すでに二度見つかって警告されていたから、それが理由かと思ったのに。

幸い、羽田先生はそれ以上追及してこなかった。

「喧嘩したんだよ。コウタと殴り合いになってコウタの鼻の骨を折った」

嘆息まじりの説明に、私はますます意外に思う。ジョウジは人懐っこいけれどたまに不用意な発言もしちゃうので、人を怒らせることがある。でも喧嘩の相手があの大人しいコウタだなんて。

コウタは運動は苦手だけれど、勉強が得意でよく私にも教えてくれる、真面目な子だ。殴り合いどころか、彼が声を荒らげるところすら見たことがないのに。

喧嘩の原因は、まさに体力測定の結果についてジョウジがコウタをからかったことだという。

苦手なことをからかわれたら誰だって嫌だろうに、ジョウジはガキなんだから。

「ジョウジはもう反省室から帰したけど、素直に仲直りできるかどうか。ケイも二人を気にかけてもらえると助かる」

先生の言葉に「はい」と返事をしようとした、その時だった。

『明らかに不当な扱いだ！』

突然大人の怒鳴り声が廊下に響き渡り、私は身をすくめた。

どうやら数メートル先の職員室から聞こえてきたようだ。

『なぜ羽田だけが評価される。対等な機会さえ与えられれば、私の研究だって目覚ましい結果を残すことは明白だ！　あんた方はあの女を買いかぶりすぎている』

名前が出てきたので思わず見上げると、先生はうんざりした表情を浮かべていた。

「ここで引き返したくなってきたね」

怒声の主はたぶん不木先生だろう。羽田先生とは別の手法で研究を行っている、もう一人の研究者だ。けどこの施設における研究者としての扱いは、私たちの目から見ても明らかに羽田先生の方が上だ。それは私たちがつけたあだ名からも明らかだった。

「なんだ、猿博士か」

先生に頭を軽く小突かれる。

不木先生は小柄な上に猫背で、いかにも猿のような印象だし、猿を中心にした実験動物ばかりを使って研究を行っているので私たちは陰でそう呼んでいた。

先生は職員室に着くまでの時間を引き延ばすかのように説明する。

「彼も好きで猿を実験に使っているんじゃないよ。私とは違った手法で研究をしているんだけど、まだ人に試せるほどうまく効果をコントロールできていないんだ」

それじゃあ羽田先生を恨むのは八つ当たりじゃないかと言うと、先生は苦笑した。

「近々、機関のお偉いさんが研究の様子を見学しに来ることになっているのさ。それまでに目に見える成果を出そうと不木先生も必死なんだろう」

猿博士の不満を訴える声はおさまらない。羽田先生は仕方ないという風に肩をすくめた。

「さて、不満を聞くのも仕事のうちだと思うとするか。ケイも早く宿舎に帰りな」


その日の夕食は、反省室送りから解放されたジョウジも皆と一緒に食べることができた。子供たちは食堂に六卓並んでいるテーブルの思い思いの席で談笑しながらご飯を口に運んでいる。一日の中でも最も騒がしいのがこの時間だ。

私の隣に座ったジョウジは箸(はし)を動かしながらもずっと愚痴を零し続けている。

「もう最悪、最悪だったよ！　説教、反省文、説教、反省文……。ご飯抜きで一日中ずっとそんなんだよ。俺はもう一生分の反省をしたはずだ」

相当絞られたらしく、たった一日の罰とは思えないほどジョウジはやつれて見えた。父親が外国生まれだという彼の目鼻立ちがはっきりとした顔立ちが情けなく崩れている。私は自業自得だと諭したけど、ジョウジはなおも不満げだ。

「先に殴ってきたのはあいつなのに、俺だけ反省室送りってのは納得できないよ」

詳しく聞いてみると、はじめにコウタが、自分の記録が悪いのは環境のせいだと主張したらしい。それに対してジョウジが「できないのを他人のせいにするな」と言い返したところ、コウタが激昂して殴ってきたという。

「騒ぎを知った大人たちが四人も駆けつけてきて、あっという間に羽交い締め。しかも俺だけが反省室送りなんてさ。喧嘩両成敗じゃないのかよ」

言いぶんは分からなくもないけど、運動が得意ではない私にはコウタの気持ちも理解できた。先生の役に立ちたいと思っているのに、同じ条件の中で自分の記録だけがのびないのは、取り残されているようで辛い。

ふと、私は職員室から聞こえた不木先生の声を思い出した。

そのことを話すと、ジョウジは不木先生の実験のことよりも機関の人が施設を見学に来るということに興味を示した。

「ただの見学だとは思えないな。査察じゃないのか」

私の知らない言葉だった。

「羽田先生の研究の様子をその目で確認しに来るってことさ。それだけ先生の研究は上の人たちにも認められているんだ」

だとしたら、羽田先生の研究が日の目を見るのも近いということだろうか。そう考えると私の心は沸き立つ。私たちが文字通り体を張った研究の成果を、羽田先生の名声と共に世界の人々に知ってもらえる。

夕食後、就寝時間までの間に私は中庭に出た。中庭は宿舎と研究棟に四方を囲まれていて、私たちは自由に出入りを許されている。そこで星空を見上げるのが私の日課だった。

施設の外に出ることはできないけれど、空はどこにでも繋がっている。星空の下にはどんな街があってどんな人が暮らしているのだろうと想像するのが好きだった。

でも今日は中庭に先客がいた。研究棟の入り口についた電灯の光がちょうど届かないくらいの壁際に隠れるようにして、二つの人影が向き合っている。大人と子供だ。大人よりも優れた五感を持つ私たちでなければ気づかなかったかもしれない。

大人の方が身振りを交えながら一方的に話し続けていて、それを、こちらに背中を向けた子供がじっと聞いているみたいだった。

耳を澄ましたけれど、話の内容は山の木々のざわめきにかき消されてちっとも聞こえない。

その時、大人が話すのをやめてこちらを見た。

私は宿舎の明かりを背負っている立ち位置だったため、気づかれたみたいだ。

大人は途端に身を翻（ひるがえ）すと、足早に研究棟の入り口へ向かう。

その背中を目で追っていた私は、姿が建物の中に消える直前で大人の正体に気づく。

猿博士——不木先生だ。

普段は羽田先生への対抗心からか私たち子供に対する態度も悪く、ろくに挨拶すら返さない彼が、いったいどうしたのだろう。

目を戻すと子供の姿はすでになかった。まだ中庭にいるはずだが、隠れてしまったのだろうか。

「ケイ？　なにしてるんだ」

背後からジョウジの声が聞こえてきた。

私はなぜだか誰にも話さない方がいい気がして、咄嗟に嘘をついてしまった。

「いつもの星空観察が終わったとこ」

「早く戻ってきた方がいいぞ。前に助手の越中（こしなか）さんに聞いたんだけど、戦国時代には近くにお城があって、この施設を建てようとした時に、中庭のあたりから何百人分もの頭蓋骨が出土したらしいぜ。戦で殺した敵の首だったみたいで、越中さんは首を探してさまよう落ち武者の幽霊を見たって……」

「うるさいな、やめてよもう！」

ジョウジはいつも私をからかう。

私が怖い話が苦手なのを知っていて、面白がっているのだ。
宿舎に入る手前で、私はもう一度二人がいた場所を振り返る。
不木先生の熱心な話に耳を傾けていた子供。
なにかとてつもなく嫌な予感がした。

第二章　兇人邸

　午後十時五十分、トラックはドリームシティの物資搬入用ゲートを通過した。警備員のチェックなどもなく、そのまま走り続ける。

「この時間の警備員、私の友人です。事前に話をしてゲートを開けてもらいました」

　グエンが俺たちに説明した。作戦が動き出したことで逆に肝が据わったのか、グエンの貧乏揺すりは収まっている。

　トラックはスピードを落としながらしばらく走り、停車した。傭兵たちが席を立ち始める。

「俺たちも行くんですか」

　一縷の望みをかけて訊ねる。彼らがなにをしようと勝手だが、俺と比留子さんはここで待つわけにはいかないだろうか。すると裏井が申し訳なさそうに答えた。

「少なくとも剣崎さんには同行してもらうのが、成島の意向です」

　仕方ない。これ以上文句を言って、一人だけ待たされても困る。

　外から扉が開かれ、俺たちはコンテナから降りた。コーチマンだけは運転席に残っている。トラックはメリーゴーラウンドに隠れるようにして停まっていた。

　三月とはいえ、夜はまだ寒い。山間ならばなおさらだ。比留子さんはコートを置いてきた座席をちらりと振り返ったが、戻ることはせず身をすくめるように腕組みした。

「屋敷はここから二百メートルほど先だ。車の音に気づかれたら面倒だから徒歩で接近する。ライトはまだ点けるな。アウルが先頭。成島さんたちは後ろに」

　ボスの指示に従い、俺たちは一列になって駆け足で移動し始めた。

　園内のほとんどの照明は落ちており、星がよく見える。雲も少なく、空には明るい月が上っていた。

　地上に視線を転じると、怪獣のように巨大な影がいくつも浮かんでいる。シルエットからして正面は観覧車、右手の奥にうっすら見えるのは空中ブランコだろうか。

　すぐ前を駆けるチャーリーが振り向き、二つほどアトラクションをこえた先の空間を指さした。

「ヒルコ、ユズル。あれが『兇人邸』だ」

「なんというか……思ったより堂々とあるんですね」

　比留子さんの呆れたような口調も理解できる。

　日中はさぞ多くの来場客が行き交うであろう園の中心に、その屋敷はあった。広大な敷地は周囲を背の高い柵で囲まれ、庭木が生い茂る先に巨大な影がそびえている。どこかの部屋からだろうか、木々の隙間から一部ぼんやりとした明かりが漏れている。

「雰囲気があるねえ」

　前から聞こえる成島の声にはまるで緊張感がない。これから不法侵入しようというのに、意に介していないみたいだ。ボスたちは屋敷の正面らしい鉄柵の門に接近する。

　門に鍵はかかっておらず、耳障りな音を立てながら開いた。屋敷から誰か出てこないかと、しばし全員で耳を澄ませたが、なんの反応もないことを確認して中に入る。まず草が伸び放題になった前庭があり、建物までは十メートル弱の距離がある。

　間近で見る兇人邸は想像以上に異様な建物だった。まず俺たちの正面にはサイズこそ小さいものの城門のような石造りの建造物がでんと構えており、その奥の学校の体育館ほどもある古びた屋敷に繋がっている。洒落（しゃれ）っ気のない無骨な壁に囲まれた外見は屋敷というよりも監獄、あるいは病棟といった方が似つかわしい。鉄格子が嵌まっている窓もイメージに一役買っている。また磨りガラスのため、中の様子は見えない。建物は三階まであるようだが、各階層はかなりの高さがあり、普通のビルなら五階建てくらいに相当するだろうか。

　屋敷の正面にあるのは俺の身長よりもはるかに高い、高さ五メートル、幅も二メートルはある無骨な木の壁だった。観音開きの扉かと思ったが違う。

「あれは跳ね橋なんですよ」

　裏井が小声で言った。

「跳ね橋？　こんなところに？」

「昔の写真を見ると、小さな堀が屋敷を囲んでいて、跳ね橋を下ろすことで中に入れる造りだったんです。現在は見ての通り堀が埋められ、跳ね橋も使われていません」

　ではどこから入るのだろうと思っていると、グエンが口を出した。

「屋敷の横にある通用口を訪ねろと言われています」

　彼の言葉に従い、屋敷の側面にそって左へ歩き始める。

　グエンの後にボス、無口な日系人アウル、ラテン系女性のマリア、お喋りな太っちょチャーリーが続き、さらに丸腰の成島、裏井、比留子さん、俺。しんがりは伝説的ボクサーを崇拝するアリである。

　正面から回りこむとすぐに行進が止まり、ボスが初めてライトを前方に向けた。

　照らし出されたのは、銀色の金属製の通用口で、廃墟のような建物にしては明らかに浮いていた。

「グエンさん、打ち合わせ通りに頼む」

　通用口の前に立ったグエンが扉横にあるインターフォンを押す。カメラがついているといけないので、俺たちは距離を置いて様子を窺う。スピーカーから男の声がし、二言三言のやり取りの後、しばらくしてグエンがこちらに目配せをした。鍵が開いたらしい。

ボスたちが素早く駆け寄って扉を開け、猛然と内部に突入した。同時に言葉にならない怒声が聞こえたが、後ろの俺たちが侵入する頃にはそれも止んでいた。

ボスが廊下で男を組み敷いている。七十歳は軽く超えている老人だ。裾や袖から覗く四肢は驚くほど細い。小柄で、頭も側面に縮れた白髪がわずかに残るばかりである。厚手のローブからはムスクの匂いが強く漂った。

アウルが足早に進み、廊下の先まで確認する。同時にマリアがトランシーバーで、屋敷の敷地内にトラックを乗り入れるようコーチマンに告げた。

「おい、なんのつもりだ！」

老人は俺たちの顔を見回していたが、グエンの顔に行き着いたところで動きを止めた。

「貴様、雇ってやった恩を仇で返しおって」

呪詛のこもったようなしゃがれ声だった。グエンは一瞬たじろいだが、震える声で反駁する。

「あなたが私の仲間を攫ったことは分かっているんです！」

そこで成島が前に歩み出て老人を見下ろした。

「不木玄助だな？」

表向きには斉藤玄助と名乗っている老人が、その名を呼ばれて黙りこむ。目の前の集団が単なる押しこみ強盗ではないと察したらしい。

「あんたが隠しているものを渡してもらおう」

「お前たち、公安じゃないな。今さら私の研究の価値に気づいたハイエナどもめ。どこの馬の骨とも知れぬ者にくれてやる筋合いなどないわ！」

老人は口から泡を飛ばしてわめき立て、気を失うのではないかとこちらが心配になるほどだ。

「言いたくないのなら勝手に探すだけだ」

成島の口調は余裕に満ちている。不木が警察に助けを求められるわけがないことを確信しているのだ。

と、隣に立つ比留子さんが俺に囁きかけた。

「なんだかおかしいね。住みこみの使用人がいるって話だったけど、出てこないなんて」

確かに、高齢の主が自ら来客の対応をするのは不思議だ。不木が大声を上げたにも拘わらず誰もやってくる気配はなく、邸内は静まり返っている。

「……潮時ということか」

先ほどとは打って変わって不木の口から弱々しい声が漏れた。

「よかろう。どこへでも案内してやる」

その時、開いたままの通用口からコーチマンが入ってきて、トラックの移動完了を告げた。

思いの外、不木の抵抗がなく順調に進んでいることに俺は安堵する。

「この通用口は施錠しておく。鍵は?」

扉に施錠のためのつまみがないことに気づいた成島が訊ねると、不木は左の掌を開き、銀色の小さな鍵をボスに渡した。

リングのついた鍵の先端は普通のブレード状ではなく、細い棒から様々な形状の突起が飛び出している。

「特別製か?」

「通用口と〝広間の機構〟は、この鍵でしか作動せん」

通用口の扉は内側にも鍵穴があった。この鍵でしか開錠できず、一度閉めてしまえば誰も出入りすることはできなくなる。

「〝広間の機構〟とは?」

裏井は不木の漏らした一言が気になったようだ。

「行けば分かる」

兇人邸の主は隙間だらけの歯を見せて、初めて笑った。


廊下を一度折れるとすぐに八角形の開けた空間に出た。ここが広間だろうか。

高い天井から吊り下がった古めかしい照明の光が降り注ぎ、かつてその光を跳ね返したであろう白壁は、ところどころ黒ずんでいた。床の絨毯（じゅうたん）もすっかり色褪（あ）せしている。いたって殺風景な空間だが、唯一の装飾品と呼べるのが俺たちの真向かいに立っている年代物のホールクロック。しかしガラスから覗く大きな振り子はこの屋敷の退廃を示すかのように動きを止めており、針は四時半を指したままだ。

辺りを見回せば、不木の言っていた〝機構〟の意味が明らかになった。

広間からは五本の通路が延びている。位置からしておそらく先ほど見た跳ね橋に続く広い通路、そして今通ってきた廊下の他に、三つの通路が歪（いびつ）な放射状になっている。

うち一つは建物の奥へと続くと思われる、明るく幅の広い廊下。

それから幅が狭く、入り口を金属製の縦横の格子に閉ざされた向かい合う二つの通路だ。

「まるで本物の監獄ね」

マリアが驚いたように声を上げる。

二つの金属格子はそこだけ磨き上げたような光沢を放っている。その先の通路はどちらも暗く、どこに続いているのか分からない。

成島は老人に向き合った。

「で、大事な隠しものはどこだ？」

「なんのことだ」

「誤魔化すな。あんたの研究の成果物だよ」

「資料なら私の部屋だ。だが素人が手に入れたところで――」

苛立った成島が叫ぶ。

「拷問でもされないと分からないか！　あんたが四十年前に研究所で起きた事故に乗じて連れ出した、被験者のことだ！」

その言葉に俺と比留子さんは驚き、裏井は言ってしまったかとばかりに嘆息した。

成島が探しに来たのは人間なのか！

では、厳重すぎに思える通用口やこの金属格子は、被験者を逃がさないためのものなのだろうか。

俺たちの動揺を悟ったのかマリアがこちらを振り返り、小さく囁いた。

「心配しないで。私たちはここに監禁されている人を救いに来た。あなたたちから見れば乱暴な手段かもしれないけど、これは人権を守るための任務でもあるの」

車の中で話していた〝正しいこと〟とは、そういう意味だったのか。被験者をここから連れ出せたとして、成島がどう扱うつもりなのか気にはなるが、今は聞ける雰囲気ではない。

「なるほど、なら隠し立てしても無駄だな」

怒り出した成島に満足したかのように、不木は格子に遮られた通路の片方を指差した。

「あの先に地下への階段がある。〝あの子〟はそこだ」

「格子が邪魔だ」

「あれは落とし格子だ。向かい側の壁の操作パネルにさっきの鍵を差して電源を入れれば、昇降ができる」

ボスはそうするより先に、建物の奥に続くもっとも広い廊下に目を向けた。見上げると、天井に収納されている格子の下端部分がわずかに覗いている。ここにも格子が下りる仕掛けらしい。

「この通路の向こうにはなにがある？」

不木は澱んだ目でボスを見上げた後、ぼそぼそと答えた。

「……私室だ。使用人たちが生活している部屋も」

「使用人は何人だ」

「男と女、一人ずつだ」

ボスはわずかに思案しただけでコーチマンに指示を出した。

「コーチマン、鍵を使って地下に続く通路の格子を上げろ」

示したのは先ほど不木が指差した、俺たちが通ってきた隣の通路だ。コーチマンが受け取った鍵を操作パネルにある穴に差し込み回すと、その上に付いている電源ランプが緑色に点灯する。操作パネルには三つの落とし格子に対応するレバーが付いていた。

「一番左だぞ」

不木が口を出す。コーチマンは老人を振り返り、言われたレバーを押し上げた。すると鎖を巻き取るような音がして通路の落とし格子が上がった。

「コーチマンは鍵を持って外に出て、通用口を施錠してから屋敷周辺を警戒してくれ。異状があれば無線で知らせろ」

俺は隣にいたチャーリーに小声で聞く。

「なぜ鍵をコーチマンに？　ボスが持っていた方が面倒がないんじゃ」

「外でなにかあった場合の見張りだよ。その時にコーチマンが入ってこられないと困るし、彼が持っておけばジジイも鍵を取り返そうなんて気を起こさないだろう」

と、立派な腹が乗っかったベルトを引っ張り上げながら説明してくれた。

コーチマンが鍵を手に広間を去ると、ボスはチームの顔を見渡して告げた。

「地下に下りる前に使用人を押さえるぞ。不木、案内しろ。成島さん、剣崎さんたちとグエンはここで待機を。よろしいか？」

　順調な経過に成島は満足そうに頷いた。


　ことは問題なく済んだらしく、わずか五分ほどでボスたちが戻ってきた。マリアの姿だけがない。

「使用人は五十代の男女。男は多少抵抗したが、すぐに大人しくなった。女の部屋に一緒にして、マリアを見張りに残してきた」

　ボスが報告する。

「どこにも連絡されなかったか？」と成島。

「大丈夫だ。彼らは普段から通信手段を与えられていないらしい。通用口の合鍵もないとのことだ」

　それを聞いて不木はくつくつと笑った。

「与えたところで奴らは外と連絡なんぞ取りゃせんわ。そういう輩じゃ」

　園の従業員と同じく、使用人たちも後ろ暗い事情を抱えているのだろう。

　いよいよ地下に監禁されている被験者の元に向かうことになった。

「社長、確保はチームに任せてここでお待ちになった方が」

　裏井が提案するが、成島は撥ねつけた。

「ここまで出張ってきたんだ。最後まで見届けるのが上に立つ者の責任だ」

　裏井はそれ以上なにも言わなかった。

　不木を先頭に落とし格子の上がった通路をぞろぞろと進むと、すぐに地下に下りる階段が見えた。

「暗いな」

覗きこんだアウルが声を出した。

「苦手か、梟のくせに」

アリが茶化すが、アウルはつまらなそうに鼻を鳴らすだけだ。

階段に足を踏み下ろした瞬間、ひやりとした空気に包まれる。まるで何百年も打ち捨てられたままの遺跡に続いているかのようだ。地下には電灯がないらしく、ボスたちはライトをつけた。

階段を下り切ると、荒んだ壁が浮かび上がった。崩壊こそしていないものの、かつては白かったのだろう塗料が剝げ落ちて、至る所でコンクリートが剝き出しになっている。天井には間隔をおいて電灯が取りつけられていた跡がある。

「なんだ、この臭いは」

俺の前を行く成島が呻いた。つんと鼻をつく嫌な臭いが、進むにつれて濃くなっていく。カビとは違う。腐臭も混じっているようだが、それだけではない。動物園で嗅いだことのある獣の臭いと、アンモニアの刺激臭……。

アリが何事か吐き捨てた。

先ほどまで余裕があった面々が、明らかに警戒心を強めている。彼らの内心を代弁したのは比留子さんだった。

「死骸の臭い……」

「分かるのかい、ヒルコ」

チャーリーが驚くのも無理はない。日本に死骸の臭いを嗅いだことのある大学生なんてどれだけいるか。そしてチャーリーたちも、戦闘経験があるというのは嘘ではないようだ。

その悪臭に混じって、先頭を歩く不木のロープからムスクの香りがぷんと届く。もしかしたらこの老人は、衣服に染みついた死臭を誤魔化すために強い香水を振りかけているのかもしれない。

先頭を歩く不木は不規則な分岐を右へ、左へと曲がる。この構造は、まさに迷路だ。進むうちに時時扉が現れる。半開きで中を覗ける部屋もあったが、がらんどうか、物置のようになっているばかりで人の気配はない。

「ボス、止まってくれ」

脇の通路にライトを向けたアウルが鋭い声を上げた。ライトの示す先を覗きこむと、壁から剝がれ落ちたらしき塗料のくずに埋もれるようにして、床に茶色い染みが散っている。

「血だ、古いな」

ボスが言った。俺にはコーヒーを零した跡に見える程度の染みだが、彼らには一目瞭然なのだろう。さらに辺りを照らすと、同じような染みが壁にまでぽつぽつと散っていた。

「この血は何だ?」

ボスは不木に説明を求める。だが老人は、

「ネズミが殺し合いでもしたのかもしれんな」

と言って笑うだけだ。

それを聞いて、黙りきりだったグエンが、か細い声で尋ねた。

「不木……さん。今までこの屋敷に呼び出した従業員をどうしたのですか」

「なんのことだ」

「誤魔化さないでください。私のように何人もの従業員がここに呼び出されたはずです」

「そうなのか? 顔を見れば思い出すかもしれんが」

寒々とした廊下に引きつったような笑いが響いた。

班目機関の研究者だったというこの老人はなにを考えているのだろう。使用人は拘束され、彼が数十年にわたって隠し続けた秘密も暴かれようとしている。彼の平穏がここで終わることは避けられないはずなのに、この態度はなんだ。捨て鉢になっているわけでもない、理性を失っているわけでもない。まだなにか狙いがあるのではないか。

再び不木を先頭に歩くうち、つきあたりにようやく一つの古びた鉄扉が現れた。

錆びた蝶番が大きな軋みを上げて扉が開かれると、途端に強い悪臭が押し寄せ、思わず皆が足を止める。

扉の向こうに照らし出されたのは中庭のような空間だった。

左右に振られるライトの光の中、地面にちらほらと小さな岩が転がっているのが見えた。別のライトが前方を照らすと、石積みの壁が見えた。

「石室……？」

裏井が呟く。どうやらここは長方形の、テニスコートをひとまわり小さくしたほどの空間のようで、向かい側の壁の方にドラム缶が一つある。

「地下にこんな場所があるなんて」

「しかし、ひどい臭いだ」

チャーリーとアリが言葉を交わすのを聞いて、俺は不自然な点に気づいた。閉鎖空間にしては、声が反響しない。

「上を見て」

比留子さんの声に従い頭上が照らされると、その理由が分かった。天井が異様に高い。廊下は三メートル弱の高さだったのに、この石室は上の階層がすべて吹き抜けになっているらしく、六階建てのビルぐらいの高さに長方形のガラス天井がある。明るさの加減からして、磨りガラスのようだ。

「ああぁっ！」

突然の悲鳴に振り向くと、グエンが尻餅をついて必死に後ずさっていた。

「人、人！　頭！」

ライトを持ったメンバーが彼の指差す方向に光を向けるが、土の上には岩くれしかない。

いや、違う！

岩には不自然な穴がいくつも開いており、規則的な凹凸も見える。

全員がその正体に気づいた。

「頭の骨だ！」

「どうして……」

訝る声が途切れた。辺りには同じような岩がいくつも転がっていたはずだ。

一ヶ所に集中していたライトが、弾けるように周囲に散った。

頭、頭、頭――。

少し見回しただけでも、すでに白骨化した十以上の頭部が無造作に打ち捨てられている。

「くそっ。なんなんだ、ここは」

取り乱した声とともに俺の右肩に誰かがぶつかる。危うく頭蓋骨を踏みかけた成島が、慌てて飛び退いたのだ。

その時、不意にノイズ音混じりの声が響いた。

『こちらコーチマン。ボス、応答を』

トランシーバーからだ。ボスは腰の用具ベルトに手を伸ばす。

「どうした」

『侵入者がいた。屋敷の敷地に入りこんでいて、トラックを見られたため拘束した』

思わぬ報告に緊張が走る。拘束したということは、こちらの不法行為も相手にばれたと考えるべきだ。

「何者だ」

『従業員ではなさそうだ。本人はフリーライターを名乗っている。ゴウリキ。女だ』

「少し待て、クライアントと相談する」

ボスは一旦トランシーバーを下ろすと、困惑を滲ませた顔で成島を見た。自分たちと同じタイミングで侵入を目論んだ者がいるとは、さすがに計算外だったのだろう。

「どうする」

「どうするったって……」

アクシデントに成島は苛立たしげに爪を噛みだした。

横から裏井が助け舟を出す。

「フリーライターが班目機関のことを摑んでいるとは思えません。オカルトスポットの無断撮影かなにかでしょう。いずれにせよ拘束した以上、穏便に済ますには交渉が必要です」

「他にも仲間がいるかもしれん。俺たちも広間に戻るか」

と、ボス。しかし成島はそれを撥ねつける。

「いや、被験者の確保が優先だ。そいつを連れて屋敷に入るようコーチマンに言え」

「これを見せるのか？」

ボスがライトで頭蓋骨を照らす。

「馬鹿言うな。一階の広間で待たせておくんだ」

成島の返答に、ボスはどうなっても知らんとばかりに肩をすくめ、コーチマンに指示を出す。そのやりとりの横で、頭蓋骨の元にしゃがみこみ、手を伸ばす者がいた。

比留子さんだ。

「お、おい。触らない方がいいよ、そんなもの」

チャーリーの制止にも構わず頭蓋骨を拾い上げ、壺の鑑定でもするように仔細に観察すると、

「ここ」

と白い指で頭頂部を示した。

「割れています。それも長い刃物を叩きつけられたかのような、大きな亀裂。間違いなく他殺でしょう」

比留子さんの指摘に、戸惑いと驚きの声が漏れた。

となると、他の頭蓋骨も同じように殺された人たちなのか。

グエンが悲痛に叫ぶ。

「ここに呼び出された従業員だ！　みんなあなたが殺した」

「おお、さっき話しておったのはこやつらのことじゃったか」

不木はとぼけた笑みを浮かべる。

「だが悪いのう。この顔では誰だかさっぱり思い出せん」

グエンが声にならない叫びを上げて不木に摑みかかったが、すぐさまアウルとアリが二人を引き剝がした。

「監禁に殺人。おまけに遺体の損壊か。狂っているな」

成島がそう吐き捨てると、

「分かったような口を利くでないわ！」

不木が突然声を張り上げた。

「貴様らもあの無知な研究者どもと同じだ。自分の理解できんものに異端のレッテルを貼り、蔑（さげす）むことしかできん！　無知が正義や常識を騙るから、人間はいつまでも進歩できんのだ」

「人を殺すやつが狂ってなくてなんなんだ」

「殺したのは狂気ゆえではない。狂気の中の正気こそが奴らを殺した！　奴らは人に非ず。猿を殺してこそ正気が証明されるのであって――」

老人は支離滅裂な言葉を叫びながら、二人の腕の中で暴れる。

「もういい！　早く被験者の元に案内しろ」

業を煮やした成島に乱暴に小突かれて膝を折った不木だったが、両脇から引っ張り上げて立たされると、よろよろと歩き始めた。俺たちが出てきた扉を背にして左右の壁どちらにも古い鉄扉があり、不木が向かったのは右側の扉だった。

「こっちだ」

鉄扉はやはり耳障りな軋み音を立て、俺たちを迎え入れた。

後から思い返せば、本当についていた。ほんの数秒行動が遅ければ、ここで全員の命が失われていてもおかしくなかったのだから。

＊　外・通用口前《剛力京》

「ゴウリキ、俺と屋敷の中で待機だ。下手な真似はしないでくれよ」

私を捕まえた外国人男性はそう言って、トランシーバーを胸ポケットにしまった。彼はコーチマンと呼ばれているらしい。

突然の事態に、私はまだ混乱している。

なんと運の悪いことか。長い期間をかけてドリームシティの情報をかき集め、ようやく警備の目をかいくぐって侵入したというのに、『兇人邸』に先客がいたなんて。

しかも、先客は複数人らしい。ボスと呼んでいたことからして、彼らが統率の取れた集団であることは間違いない。それにコーチマンの腰に提げられた拳銃。只者ではない。

もっとも、不都合なことばかりじゃない。

彼らのお陰で屋敷に楽に入ることができるのだ。事前の調べでは屋敷の出入りは本当に厳重で、どうやって侵入するかが最大の難関だった。

「下の名前はなんと読むんだ。キョウでいいのか」

私の免許証を返しながらコーチマンが聞いてきた。

「ミヤコです。最初からそう読んでくれる人は少ないですけど」

「フリーライターと言っていたが、不法侵入だよな。取材とは思えないが」

それはお互い様だろうと思ったけれど、口には出さない。

「正規の手法ではないことは認めますよ。このドリームシティには不法就労をはじめ、様々な疑惑があります。その真偽を確かめるため、会長が住むこの屋敷を調べようと思ったんです」

あらかじめ用意していた内容なので、すらすらと答えることができた。

「あなたたちこそ何者なんです？」

「ノーコメントだ」

「目的は？」

「それもノーコメント」

取りつく島がない。

だけど彼の言動からして、凶悪な強盗団ではなさそうだ。でなければ私はとっくに殺されている。

コーチマンは通用口らしき扉を鍵を使って開けると、私を先に入れて背後で再び施錠した。細い通路を進むと、広間らしき空間に出る。

少し心に余裕ができた私は、辺りをそっと見回した。照明に照らされた壁は薄汚れ、床の絨毯の中心は剝げてしまっている。壁際に動きの止まった大きなホールクロックがある以外は装飾品もない。四方に通路が延びており、そのうちの一つには鉄格子が下りている。かつて監獄を模した迷路型アトラクションだったという情報の通り、なんとも禍々(まがまが)しい雰囲気だ。

この屋敷のどこかに、きっと彼がいる。

「リュックの中も見せてもらおうか」

コーチマンに背中を指され、私は内心で舌打ちする。スマホは最初のボディチェックで取り上げられたものの、リュックは見逃してもらえると期待したのは甘かったか。

私がリュックを下ろそうとした時、左手の通路の奥から足音が聞こえた。

コーチマンの仲間が戻ってきたのだろうか。

だが、なにかおかしい。

その通路は照明が点いておらず、奥は暗がりになっていて見通せない。なのに足音の主は、ライトを使用していないようなのだ。

そして、いやに間隔の大きな足音のリズム。

これではまるで――。

コーチマンも不審に思ったらしく、「ボスか？」と呼びかけた。

返事は得られぬまま――暗がりの中から〝それ〟は現れた。

あまりにも異質な姿に、私もコーチマンも釘付けになる。

「うご――」

動くな、とコーチマンが警告する暇もなかった。

〝それ〟は容赦なくコーチマンに襲いかかり、私の目の前で血しぶきが上がった。

＊　地下《葉村譲》

俺たちは不木の先導で石室から繋がる第二の空間に立ち入った。

少し歩いて分かったのは、おおよそ長方形の地下をぐるりと一周するような形で廊下が続き、中心にいくつかの部屋があるらしいということだった。だがその構造ゆえに、二度目の角を曲がったところで、先頭を行く不木が時間稼ぎをしているのではないかという疑念が頭をもたげた。

一向に目的地に着かないことに苛立った成島が、老人を問い質そうとした時。

廊下の壁にぽっかりと開いた扉のない空間がライトで照らされた。そこは通路になっていて、数メートル先に狭い階段が見える。

「これはどこにつづいている?」

ボスがそう訊ねると同時に、

「あああああーーーっ!」

まさに目の前にある階段の上方から、絶叫が耳に届いた。

静寂に慣れきっていた俺は反射的に身をすくませたが、すぐにアウルの呟きが聞こえた。

「今のはコーチマンじゃないか?　どうしてこの先にいるんだ」

「コーチマン、なにがあった」

ボスがトランシーバーに呼びかけるが、返事はない。

「ひょっとして」比留子さんが口早に言った。「広間にはもう一つ、落とし格子で塞がれたままの通路がありましたよね。この階段はあそこに通じているんじゃ」

「なんだと?」ボスが眉をひそめた。「俺たちが下りた階段と反対側にあったのが、これなのか」

その時、トランシーバーに応答があった。聞こえてきたのは使用人たちを見張っているマリアの声だ。

『ボス、こっちにも悲鳴が聞こえたけど、私が見に行こうか？』

「くそっ、待て」

ボスは叫ぶと階段を駆けあがった。俺たちも後に続く。

比留子さんの予想通り、その先は格子が下りたままの、広間への通路だった。ボスは落とし格子に駆け寄り持ち上げようとするが、どうにも人力では動かせない。格子の隙間から広間の様子を窺うが、見える範囲にはコーチマンも侵入者だという女の姿もない。

ただ広間の真ん中に、まざまざと痕跡が残されていた。

大量に飛び散った血。

そして——作業着の袖に包まれたいいいいいいい片腕らしきもの。

後方から身を乗り出したチャーリーがそれを見つめて困惑の声を漏らす。

「なんだよ、いったいなにが起きたんだ……」

——パァンッ！

さらに追い討ちをかけるように、屋敷のどこかで銃声が鳴り響いた。

「コーチマンが撃ったのか。まさか、フリーライターの女を？」

立て続けに起きる予想外の事態に、メンバーたちの間にも混乱が広がる。

ボスはそれを押さえこむように、はっきりした声でトランシーバーに叫んだ。

「マリアはそのまま待機。俺たちがそちらに行くまで部屋を出るな」

マリアの返事を待たず、元来た道を引き返し始める。

「成島、遠まわりだが広間に戻る」

「この格子は上げられないのか」

成島の疑問に、不木が面白がるような声音で口を挟んだ。

「無理だな。操作パネルは広間にしかない」

成島は不木を睨むが、こればかりはどうしようもない。

「なにが起きているのか分からん。皆、銃を抜け」

ボスの指示に、ホルスターから銃を抜く音が響いた。ボスが引き続きコーチマンとの交信を試みるが、やはり応答がない。

『こちらマリア。使用人の様子がおかしい。さっきから突然怯えだした。殺される、早く通路を塞げ、と』

マリアの声に混じって女性の使用人らしき喚き声が聞こえる。

さらに、音が割れるほどの絶叫が、全員のトランシーバーを震わせた。

『助けてくれえっ！』

ずっと応答がなかったコーチマンの声だ。

『いやだ、死にたくない！』

「落ち着け、コーチマン！」

『あいつが追ってくるんだあ！』

コーチマンは完全に平静を失っている様子だ。

声の間に激しい息遣いが聞き取れた。必死で走っているらしい。

そこにカンカンと甲高い音が混じる。

「そこはどこだ」

『分からない。ライトを落とした……何度か扉を通って、今、螺旋階段を上っている。それで……おい、本気かよ。ああ……』

音が止み、コーチマンの声が力を失う。

『行き止まりだ。くそ、これは……』

言葉が止んだ直後。

ガラーン。ガラーン。ガラーン……。

トランシーバーからだけでなく、屋敷内からも鐘のような音が聞こえてくる。

『俺はここだ。早く来てくれ！』

これを鳴らしているのはコーチマンなのか？

全く状況が摑めない俺たちと違い、不木は「ほう」と細く尖った顎を撫でた。

「鐘楼（しょうろう）だな」

「どこだ、それは」

「さっきの『首塚（くびづか）』に、もう一つ扉があったろう。そこから別館に入って左に行けばいい」

頭蓋骨の転がっていた石室は『首塚』と呼ばれているのか。

成島が老人の胸ぐらを摑み、強く揺すった。

「別館だと？　なにもない所をいつまでも歩かせるからおかしいと思っていたが、本当はその別館に被験者がいるんだろう。少しは痛い目を見なけりゃ自分の立場が分からないようだな！」

締め上げられた老人が咳き込み始め、ボスが割って入る。

「とにかくコーチマンを探そう」

しかし成島の言い分は違った。

「別館には向かう。だが先に被験者を探せ。お前たちを雇ったのはそのためなんだぞ。間違えるな」

ボスの目に怒りの色が浮かんだが、言い争う時間も惜しいと感じたのか、

「分かった。どうせ方向は同じなんだ。さっさと済ませよう。コーチマンはフリーライターにやられたのかもしれん。油断するな」

と会話を打ち切り先頭に立った。

すでに鐘の音は止み、いくら呼びかけてもコーチマンからの応答はなかった。

俺たちは首塚に戻った。そこから対面にあたる壁を照らすと、さっき入ってきたのとは別の古びた鉄扉が光の中に浮かび上がる。

首塚を縦断し、ボスがその扉に手を伸ばした時だった。

足音が聞こえた。扉の向こうから。

「コーチマン？」

返事はない。

訝しんだボスが老人を後ろに押しやり、両手で拳銃を構えた。

アウル、チャーリー、アリも俺たちを庇(かば)うように立ち、銃口とライトを鉄扉に向ける。

ギィ、という音とともにこちら側へ扉が開き、
コーチマンの顔が覗いた。

いいいいいいいい、俺の目線よりもはるかに低い位置にある、首から上だけのコーチマンの顔が。

「うあああっ！」

悲鳴が口から出た。他のメンバーもなにか叫んだはずだが、声はすぐに霧散した。続けて目にしたものがあまりにも異様で、理解が追いつかなかったのだ。

頭部を摑んでいたのは野球グローブを思わせる巨大な手。その持ち主が、身を屈めながら扉をくぐった。

巨人。

それ以外に適当な言葉を思いつかない。

二メートルを優に超えている。ボスやアリが矮軀に見えるほどのデタラメな巨体はただ長身というだけでなく、衣服の上からでも分かるほど筋肉が発達していて、頭部がおまけのようにも見える。さらに恐怖を煽るのはその頭部が頭陀袋に覆われ、目の位置に黒い穴が二つぽっかり開いていることだ。

それだけでも異様だが、もう二点目を引く特徴があった。巨人が着ている灰色のトレーナーのような衣服の、左の肩から先の部分がなく、袖ぐりで縫い合わされている。隻腕なのだ。また、ズボンに通したベルトからは、大鉈がぶら下がっている。

「はははははっ」

皆が凍りつくように動きを止める中、不木の心底可笑しそうな笑い声が響いた。

「なにを呆けている？　お前たちが会いたがっていた者だぞ」

——被験者。これが？

俺も、ボスも、そして比留子さんも。見たままの、まるでハリウッドのホラー映画から出てきたような出で立ちに圧倒され、それが致命的な遅れになった。

突然、巨人が無造作に右腕を振った。

握っていたコーチマンの頭部を投げたのだ。それはボールのように宙を舞い、地面に落ちて二メートルほど転がると、銃を構えたまま固まっていたチャーリーの足にぶつかって、止まった。

首だけのコーチマンがチャーリーを見上げた。

「——うわあああ！」

チャーリーが絶叫とともに巨人に向かって発砲した。

立て続けに弾けた閃光が俺たちの目を焼く。

外れた弾丸が、鉄扉と石壁に跳弾する音がした。

一発は巨人の腹に命中し、血しぶきを上げる。

成島が我に返って叫んだ。

「殺すな！　こいつにいったいどれだけの価値があると――」

言葉の途中で巨人が消えた。

否。

ライトの輪から一瞬で飛び出したのだ、と理解したのは、「ぐびゃ」という声と、肉と骨が潰れる音と、血の臭いをまとった突風が俺の前髪を揺らした後のことだった。

一拍遅れて向けられた光の中で、巨人は丸太のような膝でチャーリーを踏みつけ、首筋めがけて右手に握った大鉈を振り下ろし――

いとも簡単にチャーリーの頭と胴体を泣き別れにした。

ボスが叫ぶ。

「急所は外せ！　撃て！」

悲鳴と怒号を塗りつぶす発砲音。

石室は閃光に染まった。

「比留子さん！」

突如始まった戦闘の中で彼女に駆け寄ろうとした時、再び巨人の姿が消えた。

「上だ！」

アウルの叫びの直後、漆黒の巨体が地響きを上げてボスの近くに着地した。

とんでもない跳躍力だ。

体当たりを食らってボスの体が吹っ飛び、俺と比留子さんの間を割いて壁に激突する。

「殺すしかない！」

「駄目だ。やめろ」

「不木がいないぞ！」

直後、鉄扉が開く音が響く。俺たちが初めに出てきた方だ。不木が逃げたらしい。

再び発砲音と絶叫が飛び交う。

誰かのライトが地面をかすめた瞬間、すぐ手の届く場所にトランシーバーが落ちているのを見つけ、咄嗟に拾い上げる。銃声を聞いたマリアが状況を訊ねているが、とても相手をする余裕はない。

「お前たち、逃げろ！」

アリが叫んだ。

闇の中で不木が出ていった扉を探す。壁を叩くように確かめながら移動すると、冷たい鉄の感触があった。

「比留子さん！」

もう一度名を呼ぶが、影が入り乱れてどれが誰だか分からない。

けど遠くから声は聞こえた。

「葉村君、行って！」

ちょうど反対側の壁あたりにいるようだ。

「でも」

「いいから！」

俺がなおも比留子さんの姿を探そうとするうち、複数の人影がこちらに殺到してきた。

「どけ！」

成島の声がして体を押しのけられた俺は、後から来た誰かの足を一度、二度と続けて踏んでしまう。

相手はどうやら裏井のようで、彼は俺の体を支えながら断固とした口調で言った。

「今は逃げるしかありません。早く！」

流れ弾が頭上の壁に着弾し、心が決まった。

俺は手探りで真っ暗闇の廊下を走り出した。

＊　一階・通用口　《剛力京》

逃げなきゃ、逃げなきゃ、逃げなきゃ。

私は必死で、通用口を開けようと手に力をこめる。

けれどドアノブからは固い感触が返ってくるだけで、びくともしない。鍵を開けようにも、扉のどこにも開錠のためのツマミが見当たらないのだ。

「どうすればいいのよ」

吐き捨てた声は自分でも分かるくらい震えていた。

この通用口の鍵はコーチマンが持っていたはず。だが彼はアレに深手を負わされ、どこかに逃げ去ってしまった。

隻腕の巨人。

コーチマンが襲われた瞬間、私は腰が抜けて動けなかった。

巨人が彼を追いかけていって助かった。

ひょっとしたら、あの巨人が……。

ガラーン。ガラーン。ガラーン……。

どこからか鐘の音が聞こえ、我に返った。

この屋敷のことは一通り調べてきたけど、鐘が鳴るなんて情報はなかった。

分からないことだらけだけど、とにかくここにいてもどうしようもない。

覚悟を決め、足音を忍ばせて広間に戻る。

人の気配はない。

広間から延びる通路のうち、一番広い通路を選んだ。唯一その先が明るかったからだ。

すぐにT字の分岐が現れる。右を選び、通路を先へ先へと駆ける。

行き止まりに、頑丈そうな金属扉が見えた。

取っ手を掴むと鍵はかかっておらず、重い扉がゆっくり開く。ここなら隠れられそうだ。

安心したのも束の間、廊下を何者かの足音が近づいてきた。

迷ってる暇はない！

扉の隙間から身を滑りこませると、短い通路の奥にもう一枚扉があり、部屋に行き着いた。人が暮らしている雰囲気があり、重たいムスクの香りが漂っている。豪華というわけではないが、アンティーク風の戸棚やテーブルが並んでいる居間だ。

机の上にはモニターがあり、監視カメラらしき映像が流れている。

どこか、隠れる場所は。

真っ先に、居間の壁に掛かっている丈の短いカーテンが目についた。窓だろうか。

急いでめくると、台形の張り出しがあり、赤い目をした黒猫の置物、きらびやかな光彩を放つガラス灰皿や怪しげな半獣人の金の飾りなどが並んでいる。

私はそれらの品を隅によせ、カーテンの裏に身を潜めた。

直後、誰かが部屋に入ってくる足音が聞こえた。

荒い息をついている。音がする高さからして、小柄な人物のようだ。巨人ではないことにひとまず安堵する。

その人物は私が出窓に潜んでいることには気づかず、カーテンの前を横切っていく。

慎重にカーテンの合わせ目から覗くと、ローブ姿の老人だった。

この屋敷の主、斉藤玄助に間違いない。

彼はテーブルに両手をついて息を整えるように肩を上下させていたが、不意に引きつるような笑い声を漏らし始めた。

「馬鹿どもが。今さら研究を奪いに来たところで遅い。あの子の供物になるがいいわ」

こちらを振り向きそうな素振りを見せたので、私はとっさにカーテンから身を引く。

硬いものを床に叩きつける音が部屋に響いた。さらに同じような音が何度も繰り返される。

やがて乱れた息の音が落ち着くと、老人が呆然とした口調で呟くのが聞こえた。

「そうだ。まさかあやつは……」

もう一度様子を窺うと、老人は奥に行き、なにかを探すような物音を立てた後に一冊のファイルを手に戻ってくる。

忙しなく書類をめくった後、目的の情報を見つけたのか唸り声を発し、暖炉に火を付けて書類を次次と燃やし始めた。

床には先ほど壊したらしいモニターと電話機が破片を撒き散らして転がっている。

老人は椅子に座り、こちらに背を向けて机でなにかを一心不乱に書き連ねているようだった。

私は徐々に冷静さを取り戻しつつあった。

今、この部屋には私と老人しかいない。願ってもない状況だ。

——すべてを知るには今行くしかない。

私は思いきってカーテンを開ける。こちらを向いた老人が驚愕に顔を歪めた。

その後の犯行のすべてを見ていたのは、黒猫の置物の赤い瞳だけだった。

＊　地下　《葉村譲》

はあ――、はあ――。

周囲で物音がしないことを確認し、俺は足を止めて息を整える。

首塚から脱出したのはいいが、他の皆とはぐれてしまった。

ライトを持つ人間がいなくなってしまったため、なにも見えない。せめてスマホがあれば明かり代わりになるのに。階段に辿り着くルートも分からないし、いくつもの分岐や曲がり角のせいで方向も見失った。

ただ、もう銃声は聞こえなくなっていた。巨人を倒すことができたのか、あるいは――。

そんなことを考えていると、

『こちらマリア。応答してよ！　ねえ、誰か！』

拾ったトランシーバーから、しばらく途絶えていたマリアの声が聞こえた。巨人に聞きつけられるのではないかと、思わずスピーカーを手で塞ぐ。

すぐに殺気立ったボスの声が続いた。

『ボスだ。コーチマンとチャーリーがやられた』

『チャーリーまで？　なにがあったの！』

『監禁されていたのはとんだ化け物だった。銃でも止められない。不木も逃げやがった』

『こちらアウル。巨人はアリを追っていった。あいつめ、闇の中でも見えてやがる』

『マリア、お前はトラックに戻って予備の銃弾を』

『通用口の鍵はコーチマンが持ったままよ！』

『Shit!』

『とにかく今いる使用人の部屋を出るな。やり合っても無駄だ』

今思えば、広間の落とし格子があれほど頑丈な作りだったのは、従業員を閉じこめるためではなく、地下から上がってこようとする巨人から身を守るためのものだったに違いない。

トランシーバーが沈黙し、周囲で誰かが動く気配を感じられなくなると、物音を立てることに臆してその場を動けなくなってしまう。

時折、腕時計を確認し、十五分が経過しようかという時、暗闇の奥から音が聞こえた。

無遠慮な足音が近くの別の通路を移動している。

音を立てないようトランシーバーの電源を切ってしまいたかったが、暗闇の中では電源スイッチがどれか分からずスピーカーを腹に押し当てる。恐怖とじれったさが入り混じり、気が変になりそうだ。

壁を伝って歩いていると間もなくドアノブに触れた。部屋だ。迷わず俺は中に入る。

細心の注意を払いながら部屋中を手探りしてまわったが、家具もなく隠れられそうなところがない。早く別の場所を探さないと。

だが部屋を出た途端、またも先ほどの足音が耳に届いた。

巨人は闇の中でも見えているという言葉を思い出す。視線上に立っては命がない。急いで音から遠ざかる方向に足を忍ばせ、一つ目の角を曲がる。

しかしそこで俺は痛恨のミスを犯したことを悟った。

伸ばした手にひやりとした鉄扉の感触があり、覚えのある悪臭が鼻をつく。

『首塚』に戻ってきてしまったのだ。

そこから出れば比留子さんと合流できるかもしれない。

が、ある記憶がドアノブに手をかけるのを制した。

――この扉は開く時に軋んだ音を立ててしまう。

仕方なく首塚に出るのは諦め、壁伝いに元の方向に戻り、最初の角を曲がった。

すぐに探り当てることができた部屋に入り、隠れ場所を探すと、壁の中央辺りになにかの縁のような出っ張りを見つけた。下の方には穴がある。

おそらく暖炉だ。アトラクションの名残だろうか?

デコレーションかもしれないが、中に屈み込むと、煙突部分にも人が一人隠れられるくらいの空間があることが分かる。

『Damn it!!!』

心臓が縮んだ。

誰かがトランシーバー越しに喚いている。

『ツイてねえ!　行き止まりだ。ここまでかよ、くそったれが!』

アリだ。かすかにではあるが、部屋の外から同じ〝生の叫び〟が聞こえてくるではないか。アリはすぐ近くにいるのだ。

『よお、化け物。鬼ごっこはお前の勝ちだ。かかってこいよ!』

彼はまさに死の瀬戸際に立っている。

助けに行かなければと思うものの、恐怖に縛られた体はまったく動いてくれない。

拳銃で武装した傭兵たちが敵わないものを、俺一人でなにができる?

自分の行動を呪っていると、震える両手から聞こえるアリの口調が穏やかなものに変わった。

『誰かこれを聞いていたら頼む。約束の報酬は俺の妹たちに渡るようにしてくれ』

直後、部屋の外から絞り出すような悲鳴と、少しの間をおいて硬いものがぶつかるような音が聞こえた。

――アリは死んだ。

だがなすすべのなかった自分を責める暇すらなかった。

巨人の足音がこちらに迫ってきたのだ。

俺は慌てて暖炉の中の、縁にあるわずかな出っ張りに足をかけ体を持ち上げた。さらに内壁に腕を突っ張り、なんとか煙突内に身を潜める。

と、壁越しに隣の部屋の扉の開く音が聞こえた。

巨人が隣室まで来ている。しばらくすると室内を出て、廊下を踏みしめる音が聞こえる。

来た。もう部屋の前だ。

祈るしかない。そのまま通り過ぎてくれ。

足音が止まる。


――ぎい。


ドアが開く。

みしり、みしり。床を踏みしめる音。

奴は部屋の中で、立ち止まった。

手のひらが汗でぬめり、体を支える力が緩む。

このまま靴が滑ったら終わり。

トランシーバーが鳴ったら終わり。

呼吸を聞きつけられても終わり。

耐えろ耐えろ耐えろ耐えろ耐えろ――！

ジャリ、と踵(きびす)を返す音。

足音が廊下に去る。数秒の後、鉄扉の軋む音がした。首塚に出たのだ。

力が抜け、俺はずるずると炉床に尻餅をついた。知らず知らずのうちに息を止めていたらしい。荒い呼吸をくり返しつつ腕時計を見る。

蓄光タイプの針が午前二時を指している。

巨人はまた来るかもしれない。次は切り抜けられるのか、想像しただけで正気を手放してしまいたくなる。

――ついてきて後悔してる？

比留子さんの声が聞こえた気がして、咄嗟に否定する。

そんなことない。ついてこなければもっと後悔するところだった。

比留子さんは無事だろうか。

安全な隠れ場所を見つけていればよいのだが。

でなければ……。

やめろ。マイナス思考は無駄だ。

今彼女を探しに行くのは無謀すぎる。

信じて、機会を待つのだ。

俺はひたすら暖炉の中で息を潜ませ続ける。

巨人が戻ってこないか神経を研ぎ澄ませながら。

《追憶 Ⅱ》

ゴトゴトという小さな揺れを感じた途端、喧騒が周囲を包み、意識をぐいと引き戻された。

しまった。また授業中に寝てしまったのだ。慌てて顔を上げ教室内を見回すと、周りの席のみんなは居眠りに気づいていたのか、ある子は私の肩を叩き、またある子は「ケイ、おはよう」と冗談を言いながら教科書を持って教室を出ていく。そうか、今のが今日最後の授業だったっけ。

とても怖い夢を見ていた気がする。

きっと、一昨日（おととい）の晩にジョウジにしつこく怖い話を聞かされたからだ。

昔ここで殺された落ち武者の幽霊が、自分の首を探して夜な夜な彷徨（さまよ）い歩くのだとか、深夜に宿舎の女子トイレに入ると、上から生首が覗きこむのだとか。

ジョウジが女子トイレの事情を知るはずがない、と分かってはいても怖いものは怖い。もう一度反省室に入ればいいのに。

私はまだどくどく波打つ心臓をなだめながら、ミミズのようにのたうつ鉛筆の跡に消しゴムをかける。どうやら授業が始まってすぐ寝てしまったらしい。

私はあまりにもしょっちゅう居眠りをしてしまうので、昔はその度に注意してきた先生たちも、今では当たり前のように見過ごしてくれている。喜ぶべきなのか悔しがるべきなのか分からないけれど、テストで赤点は取っていない私の努力が伝わっているのだと思いたい。子供たちの間では、羽田先生の処置による副作用の一つかもしれないから怒られないのだ、なんて言われてもいる。

教室を出ていく子供たちの流れに逆らい、私は教科書を手に一人の子の席に近寄った。その男の子、コウタは私が来ることを分かっていたというように無感情な顔を上げた。

「ごめん。さっきの内容、教えてくれる？」

「四十ページ。比を用いた面積の求め方」

さっさと終わらせたいのか、無駄を省いたコウタの言葉に、私は慌てて空いた隣席に座って教科書を開く。

居眠りしてしまった後はこうして彼の個人指導を受けるのが習慣だった。コウタは同い年の子供たちの中で一番頭がよく、教え方も上手いしノートも見やすい。私が赤点を回避できているのは彼のおかげだ。

私はノートの図形の意味を説明する彼の言葉に頷きながら、その表情を盗み見た。

ジョウジを反省室送りにするきっかけとなった喧嘩から、今日で四日目だ。コウタは鼻を骨折したと聞いたけど、もう間近で見ても分からないほど傷は治っている。

「なに？」

コウタが怪訝そうに私の目を見つめ返してくる。

慌てて教科書の例題を解きながら別の話題を振る。

「今日もジョウジと喋らなかったでしょ。やっぱりまだ避けてるの？」

「別に」

コウタは寡黙なわりに感情が声に表れやすい。短い返事からでも、まだわだかまりがあるのだと分かる。悪い子ではないのだけど、直情型のジョウジとはまた違って内に籠もる癖があるから、他の子から誤解されることも多い。

「なにか気にしてることがあるなら言ってよ。口に出すだけでもすっきりするかもしれないでしょ」

「別にないってば。どうしてケイが分かったような口を利くのさ」

作戦通りだ。この調子で喋らせてしまえ。

「分かるよ。ずっと一緒に暮らしてるんだから」

「だからなに」

「私がお姉ちゃん」

「なんでだよ！」

「だって私は蟹（かに）座だし。コウタは天秤座でしょ。私の方が生まれは早いじゃない」

「弟に勉強を教わる姉なんていないだろ。だったら僕が兄だ」

「はいはい。お兄ちゃんの気持ちも分かるんですよ。私たちだって練習すれば、体力測定でもっといい成績を出して皆を見返せるかもしれない。でもそれじゃ研究にならないんだから、環境のせいにしたってしょうがないじゃない」

すると、コウタはなぜかきょとんとした表情をする。

「環境のせい？　なんのこと」

「ジョウジと喧嘩したきっかけだよ。私はそう聞いたけど」

するとコウタは少し考え、やがて納得したように頷いた。

「確かに言ったけど、ジョウジが怒ったのはそこじゃないよ。僕はこう言ったんだ。『君に僕の気持ちは分からない。結果を残せない子供はここでは価値がないんだ』ってね。そうしたらジョウジが殴ってきたんだ」

私も結果が残せていないけれど、価値がないなんてあまりに悲観的すぎるし、正しくない。でもそれが理由でジョウジが殴りかかるほど怒ったというのは、いまひとつピンとこない。

「馬鹿なこと言うな、って励ますつもりだったのかな」

それを聞いたコウタは寂しげに笑った。

「鈍いな、ケイは」

意味が分からず、私は「んん？」と間抜けな声を出してしまう。

「ジョウジは君のことが好きなんだよ。ケイだって、僕ほどじゃないけど決していい記録は出せていないだろ。だから君まで価値がないと言われたようで、彼は怒ったわけだ。もちろん、僕にそんなつもりはちっともなかったけれど」

コウタはあっさり言ってくれたけど、私の耳には後半はほとんど届いていなかった。

ジョウジが、好き。私のことを？

「気づいてなかったのか。ジョウジを見てればすぐに分かるのに」

考えたこともなかった。だって私にとっては、側にいるのが当たり前の存在だったから。

「あいつもそんなこと言えるはずないから、嘘をついたんだろうね。……どうしたの」

私は顔の火照りを振り払った。

「コウタも考えすぎだよ。結果を残せない子供に価値はないなんておかしい。他の子との比較に意味はないって、先生もいつも言ってるじゃない」

「それが通用するのはこの施設の中だけだよ」

いつしか問題を解く私の手はすっかり止まり、代わりにコウタが苛立たしげに鉛筆の先でノートを打つ音だけが響いている。

「もうすぐ機関の査察がやってくるって話は、ケイも知ってるだろ。うまくいけば羽田先生の研究の成果はどんどん多くの人に知られていくことになる」

「そりゃそうだよ。たくさんの人を助けるための研究だもん」

コウタは「分かってないな」と言わんばかりにため息をつく。

「ケイは、この間の測定で百メートル走はどのくらいだった？」

「……十一秒八九。これでも前回より早くなったんだよ」

恥ずかしくて声を落とす私に、コウタは静かに告げた。

「この間、職員の人が喋ってるのをたまたま聞いちゃったんだ。外の世界なら、君は同年代で一番速いんだよ」

私は耳を疑った。普通の子供たちの記録を聞いたことがなかったからだ。

「なんでそんなに遅いの？」

私よりもはるかに遅い人ばかりだなんて、ちょっと想像できない。

「僕たちを悩ませるような外の情報は入ってこないようになっているから、皆は自分が常人離れしていることを知らないんだ。考えてみなよ。僕とジョウジの喧嘩を止めるために、四人もの大人が間に入らなければならなかっただろう。おまけに喧嘩で折れた僕の鼻は三日で治ったけど、その時に怪我をした大人はまだ打ち身が痛むらしくて湿布を貼っている。僕たちの力はそのくらい常識外れなものなんだ」

たかが十二歳の子供の喧嘩すら、四人がかりでないと〝普通の〟大人には止められない。それが私たちに施された実験の成果なのか。

「外の人の目には、そんな僕たちがどう映るだろうね。まともに陸上競技を練習したことのないケイが日本記録を叩き出すんだ。同じ人間だと思えるかな」

私はずっと自分が落ちこぼれだと思っていた。

だけど、日本一の努力をしている人が、なんの努力もしない私にさえ勝てないのだとしたら。外の人々は、私たちを見て「素敵だ」「羨ましい」と思うだろうか。

私にだって分かる。そんなのただの化け物だ。

「羽田先生も、この研究がすべての人に適用できるようになるのはまだまだ先のことだって言ってた。それまで僕らは〝普通の人間〟とは認めてもらえないだろうね。結局一番損をするのは、僕みたいな大した力のない被験者さ。普通の人間でもなく、研究の足を引っ張っている落ちこぼれだ」

コウタはそう告げると、私の考えなんて聞きたくないとでも言うように、荒々しく教科書を閉じて教室を出ていった。

教室には私と、コウタのノートだけがぽつんと残された。彼の話に混乱してしまって、教わった内容もふきとんでしまった。ただ、私は私が思っていた以上に何も知らなかったのだと思い知らされた。

重い足取りで教室を出ると、突然声をかけられた。

「遅かったじゃん」

見ると、ジョウジが仏頂面で廊下に立っている。私を待っていたらしい。

――ジョウジは君のことが好きなんだよ。

さっきのコウタの台詞が頭をよぎり、顔の火照りが復活しそうになった私は慌てて視線を逸らし、コウタのノートを掲げてみせた。

「授業中に寝ちゃったから、自習だよ。いつものことでしょ」

「別にコウタなんかに教えてもらわなくてもいいだろ」

これまで気にも留めたことがなかったのに、意識してしまうとジョウジがやきもちを焼いているようにしか聞こえない。本当にジョウジは私のことをそんな風に見ているのか。

駄目だ。私は外の人々どころか、近くにいる仲間の心すらよく分からない。

「なあ、二人でなにを話していたんだよ」

宿舎に戻る間も、ジョウジは私の後をついてくる。

自分でも思っていた以上にさっきのコウタの話がショックだったんだと思う。私はジョウジに訊ねても意味がないと分かっていながら、一瞬でもいいから未来への不安を和らげてほしくて、つい口にしてしまった。

「この施設を出たら、私たちは今のままじゃいられなくなるのかな」

「なんだよ、突然」

「羽田先生の研究はすごいことなんだと思う。でも外の人は私たちをすごい人だと思ってくれるかな？　苦労して努力して少しずつ力を伸ばしている人たちにしてみれば、私たちはずるくて気味の悪い存在かもしれない」

私たちがいつここを出ていくのか、あるいはここを出た後、どうやって暮らしていくことになるのかは知らされていない。全員で別の施設に移るのかもしれないし、里親のような人たちに引き取られるのかもしれない。

いずれにしても、私たちに〝普通〟の人と同じ生活はできない気がする。外の世界に出れば、私たちは怖れや妬（ねた）みの感情をぶつけられることになるのではないか。

私たちを待っている未来は、終わりのない孤独だ。

こんなことを急に聞かれたってジョウジも困るだろうと思ったけれど、彼の口から出たのは思いもしない言葉だった。

「それでも俺たちは家族だろ」

その一言に、重たい気持ちの真ん中がキレイに撃ち抜かれた気がした。

「この先俺たちがどうなるのかとか、先生の研究が世界にどんな影響を与えるのかとか、難しいことは分からないけど、どんな目で見られたとしても皆一緒のはずだろ。ケイだけが苦しい思いをするわけじゃねえよ」

……そうか。皆一緒か。

だったら大丈夫かな。

「ありがとう」

「なんだよ。当たり前のことだろ」

ジョウジは恥ずかしそうに鼻を掻いてそっぽを向く。

家族。ずっと同じ時間と苦楽を共にしてきた私たちを表す言葉としては、それが一番ふさわしいように思える。私も、ジョウジやコウタ、それに羽田先生や他の子供たちが困っていたら、助けようと決めた。家族を守るために。

中庭に出ると、宿舎の方から夕飯の匂いが漂ってきた。きっとビーフシチューだ。

途端に空腹を感じて足を速めようとした時、ジョウジが呟いた。

「あれ、なんか燃やしてるのか」

視線の先にあるのは中庭の隅にある小さな焼却炉だ。宿舎で出た可燃ごみを燃やすためのものだけれど、いつもは使われないはずのこの時間に煙突から煙が上がっている。

私たちはどちらからともなく焼却炉に近づいていった。研究棟の屋根に集まっていた烏が一斉に飛び立つ。

近づくにつれ思わず顔をしかめてしまうような臭いがして、私たちは顔を見合わせた。

「誰か呼んでこようか」

「でも一応、中を確認した方がいいんじゃないか」

ジョウジが備え付けの火かき棒を使って投入口を開けるのを、私は背後から覗きこむ。

あまり火の勢いは強くなかった。けれど黒っぽい煙とともに噴き出してきた悪臭に、今度こそ二人揃ってむせてしまう。

煙が晴れた中の光景を私たちは目にした。

こっちを見る濁った二つの目、だらしなく開いた口。そして首元から下のない丸い物体が、炎に舐められながら黒い煙を上げているのを。

「きゃあああーーーーーーーーーー！」

私は悲鳴を上げた。

首。首だ。

子供の首。

ひどい。どうしてこんな。

地面に崩れ落ちそうになるのをジョウジが慌てて支えてくれた。

しかし私の意識は体から振り落とされたかのようにぐるりと宙を回り、闇が押し寄せる。

「おい、二人ともなにをしてる！」

背後から聞こえてきた誰かの声を最後に、私の意識は途切れた。

第三章　予期せぬ死

＊　地下　《葉村譲》二日目

永遠に続くかと思われた夜は唐突なトランシーバーの音で打ち破られた。

『こちらマリア。誰か応答して』

一晩中炉床に身を埋めていた俺は、腹に押しつけていたトランシーバーに慌てて耳を寄せる。

『日が昇ったわ。私も部屋を出て広間にいるわ。無事な人は返事して』

――使用人の女性によると、あの巨人は日光を嫌って朝になると寝床に戻るとのこと。

時刻は朝七時前。巨人はあれから一度も来なかった。

本当にもう動いても大丈夫なのだろうか。迷っていると今度は別の声が聞こえた。

『こちらボス。まだ地下にいる』

よかった。彼も生き延びていたのだ。トランシーバーの横についているボタンを押せばいいはずだと思い、声を出してみる。

「葉村です。これは昨晩拾ったもので」

『無事でよかった。どこ?』

「俺も地下です。最初に首塚に出る時に通った扉のすぐ近く」

『俺が合流して連れていこう』

そう聞こえた一分ほど後、廊下からライトがこちらを照らし、ボスが顔を覗かせた。目がくらんだけれどそれにすら懐かしさを感じた。

ボスはあちこちに返り血をあびたような跡があったが、大きな怪我をした様子はない。昨夜首塚で巨人に突き飛ばされたのに、さすがに頑強だ。

ボスについて歩き始めてすぐに、通路の床に新しい血の跡を見つけた。昨夜の戦いで付いたものだろう。流血しながら走ったようで、一定の間隔で続いている。

「殺されたコーチマンのものかもしれん」

そう言ってボスはここに来る途中に落ちていたという一挺の拳銃を見せた。コーチマンが武器を失い、血を流しながら巨人から逃げ惑う様を想像するだけで昨夜の恐怖が蘇り、俺は無言で頷くにとどめた。チャーリーに加え、アリも殺された。さらにどれだけの死を見なければならないのか。

俺たちは他の生存者を探しながら昨夜下りてきた階段に向かった。

と、どこからかくぐもった声がした。

「おい、誰かいるのか」

ライトを向けると階段近くの通路に小さな扉がある。

開けてみると、上等なジャケットを見る影もなく汚した成島が現れた。そこは用具入れで、埃まみれのモップやバケツといった掃除用具とともに隠れていたのだ。ボスが引き起こしてやる。

成島はトランシーバーを持っておらず、巨人の危険がひとまず去ったことをボスから聞いたのだが、真っ先に口をついて出たのは文句だった。

「裏井のやつ、俺をここに突き飛ばして一人だけ逃げやがった」

つまり裏井は一人分しかない隠れ場所を譲ってくれたのだ。あの窮地にあって称賛されこそすれ、非難するのはお門違いだ。

「成島さん、保護対象があんな化け物だとは聞いていなかった。知っていればもっとましな装備を用意していたのに」

ボスが怒りをこめて問い質すが、成島は鬱陶しげに鼻を鳴らし、乱れた髪を掻き上げた。

「俺だって知ってたわけがないだろう。文句を言いたいのはこっちだ。おかげでせっかく集めた戦力が無駄になった。剣崎嬢もここまで厄介なものを引き寄せなくてもいいものを」

あまりにも身勝手な口ぶりに、軽蔑の感情が湧き上がる。そもそも、あんたが計画したことじゃないか。ボスも呆れたのか、言い返すこともなく階段を上る。

広間に着くと、マリアが安堵の表情で出迎えた。

「よかった、生きてたてくれて」

その後ろには使用人と思しき年配の男女に加え、アウルと裏井が待っていた。

コーチマンとチャーリー、そしてアリを除いても、まだ姿を見ていない人がいる。

逃げた不木、案内役のグエン、侵入者の女、それから――

「比留子さんは？」

俺の問いにマリアが答える。

「分からない。これから探すわ」

成島は裏井に歩み寄ると、どんと胸を小突く。

「自分で突き飛ばしておいて迎えにも来ないのか。薄情者め」

「わ、私もたった今合流したところで……」

裏井はもごもごと呟いたが、成島の興味はすでに別のものに移っていた。

彼は広間のほぼ中央、血溜まりに沈むコーチマンの片腕を見下ろしている。昨晩、反対側の格子ごしに見たものである。血が点々と地下に向かっていることからして、コーチマンはここで巨人に襲われて地下に逃げ、首塚を抜けてその奥の鐘楼まで行き着いたところで殺されたのだろう。

「誰だ！」

突然アウルが叫び、銃を構えた。

彼の視線を追うと、通用口に繋がる通路から、見知らぬ女性が顔を覗かせている。

「待って、敵じゃないわ」

そう言った女性は濃紺のウインドブレーカーとストレッチ生地のパンツ、黒いスニーカーといった身軽な出で立ちで、小型のリュックを背負っていた。三十歳くらいだろう。硬い表情で両手を上げている。長い前髪から覗く吊り気味の目と小さく引き結ばれた唇が気難しそうな印象だ。

「あんたが侵入者か」

「剛力京（ごうりきみやこ）。フリーライターよ」

ボスがアウルに銃を下ろすよう指示すると、相手の女性も手を下ろした。

「あんたもあの巨人に会っただろう。よく生きていたな」

「一緒にいた彼が追われている隙に逃げたの。今までこの通路の奥に隠れていたわ。なんなの、あの化け物は！」

剛力はボスより二回りほども小柄だが、物怖じしていない。

「なんの目的でここに？」

「このテーマパークの不法な就労環境について、以前から取材を続けていたの。本当は建物の中まで入るつもりはなかったんだけど、外で写真を撮ってたら見つかっちゃって」

「他人の敷地に忍びこむのも君にとっては取材なのか？」

「人に正義を説ける立場のつもり？　あなたたちこそ銃を持っているけど何者？　あの化け物はなんなの」

「分かった、分かった。少し待ってくれ」

一気呵成(いっきかせい)にまくしたてる剛力を手を振って遮り、ボスは他のメンバーに訊ねる。

「外には出られそうか」

アウルが相変わらず覇気のない声で答えた。

「無理だな。通用口は内からも外からも鍵がないと開かない。正面入り口は昨日見た通り、アトラクションだった時代から残されている跳ね橋だ。使用人も一度も使われたところを見たことがないらしくて、さっき試してみたが巻き上げ機が全然動かない」

「他に出口は？」

話を振られたのは二人の使用人だ。

ともに五、六十代に見えるが、夫婦ではないという。

「ありません。それに私たちは旦那様の許しがある時しか外には出られないんです」

そう甲高い声で答えるひっつめ髪の女使用人は阿波根令実(あわねれみ)と名乗った。鼻も口ものっぺりとした顔で、離れ気味の両目が小心そうに揺れている。

隣の、眼鏡をかけた大柄な無精髭の男も同意する。

「旦那様は〝あの子〟が外の人間に見られないよう、細心の注意を払っていらっしゃった。私はここに来て七年になるが、他に出口があるなんて聞いたことがないですよ」

阿波根とは対照的に、泰然とした物腰に見える雑賀務(さいがつかさ)と名乗る男は、この屋敷の修繕も請け負っているという。体は大きいが撫で肩で、血色よく膨らんだ頬と柔和な目元をしている。全体的にまるっとした雰囲気の風体だ。その姿に既視感を覚えたが、はっきりとは思い出せず俺は内心で首を捻った。

「そういえば、昨夜トラックで入るためのゲートを通してくれた、グエンの仲間の警備員はどうだ。俺たちが出て行っていないことに気づいていていないか？」

アウルの発言にも、裏井の反応は芳しくない。

「あくまでも我々の行動を黙認することだけをお願いしていたので、助けは期待できないかと。グエンさんを介しての関係だったので、あちらは我々の身元も知りませんし」

ボスは剛力に向き直る。

「というわけだ。色々知りたいことはあるだろうが、今は一刻も早く、生き延びているはずの仲間を探す必要がある。なんにせよ、もう一度不木を捕らえなければ」

すると会話にマリアが割って入った。

「待って、ボス。まだ伝えなきゃいけないことがあるの」

続けて告げられたのは誰もが予想していなかった言葉だった。

「不木玄助が殺されているのよ。自分の部屋で」

マリアは俺たちに最初の一報を入れる前、使用人たちに案内させて不木の私室に向かったのだという。

「不木が逃げたのなら私室だろうって二人が言うから、皆を集めるより先に、これ以上余計なことをしないよう身柄を押さえようと思ったのよ」

説明しながらマリアは不木の私室に先導する。広間から続くT字の分岐を右に曲がり、あとは道なりに進む。すると廊下の突き当たりに、古い屋敷には不釣り合いな、頑強そうな金属扉が見えてくる。ただその扉は役割を放棄したかのように、大きく開け放たれていた。

「私が見た時にはこの状態だったわ」

金属扉の表面にはなにかを叩きつけたような傷が数条走っている。内側は、大人の腕ほどもある大きなかんぬきを掛ける仕様だった。

マリアに続いて金属扉をくぐるとさらに廊下があり、つきあたりの左手に簡素な扉がもう一枚ある。その奥が私室のようだ。すでに中を確認している二人の使用人は、部屋に入ることに及び腰の様子で、廊下で足を止めている。

中に入った途端にムスクの香りが鼻をついた。入ってすぐの床には不木が脱いだらしい靴が転がっている。室内では裸足で暮らしていたのだろう。

天井からぶら下がるアンティークっぽい照明がついている。窓もあるようだが、今はカーテンが閉まっていた。

「あれよ」

マリアが示さずともすぐに分かった。

床には電話機とモニターらしきものの残骸が散乱しており、そのすぐ側に不木の死体が仰向きに転がっていた。

俺たちの目を特に引いたのは、死体の状況だった。

「首がない……」

呆然とした声は剛力のものだ。

老人の死体は昨晩俺たちが見たローブに身を包んだままだが、ほぼ無傷に見える体から首だけが綺麗に消失しており、部屋を見渡す限りではどこにも見当たらない。切断面の下には大きめのホールケーキくらいの血溜まりがあった。染みの中心にはざっくりと切れ目が入っている。脳裏に浮かんだのは巨人が大鉈を振るう姿だ。コーチマンにしたのと同じように、ここで不木の首を切断したのか。

成島が罵り声を上げげた。

「くそ、自分のペットに殺されるとは間抜けめ！　こいつには色々と吐いてもらわなけりゃいけないことがあったのに」

ペット。そうだろうか？　昨夜の暴れ具合からして、巨人には敵味方の区別がないような気がする。だからこそ不木は広間にもこの部屋の入り口にも頑強な設備を施していたのだろう。なのに、不木はどうして巨人に侵入を許してしまったのか。

「ねえ、いったいどういうこと？」

剛力だけは状況が理解できないようで、俺たちの顔を見回している。

「見たまんまだよ。俺たちが身を隠している間に、ここにやってきた巨人に殺されたんだ。——まあ、死んじまったものは仕方ない。他の仲間を探すんじゃなかったのか」

アウルが冷ややかに告げると、ボスも気を取り直した様子で頷いた。

「そうだな。まずこの部屋の確認から始めよう」

「もし研究の資料を見つけたら、触らずに俺に教えるんだぞ」

成島がむしろそっちが本命だというように付け加える。

俺たちのいる居間と呼ぶべき部屋は整えられているが、机の上には書類が散乱しており、恐らく床のモニターに繋いでいたのだろう端子が机の裏から伸びて転がっていた。

部屋を見てまわると寝室があり、その奥にある扉は半開きになっていて、隙間からユニットバスが確認できた。居間の隅にもひときわ小さな木の扉があり、ボスが阿波根を伴って入っていった。

確認作業はものの一、二分で終わった。

生存者も、新たな遺体も見つからない。

屋敷全体の捜索にとりかかる段になって、成島がここぞとばかりに前に出て告げた。

「この部屋を拠点にしよう。ボスと……雑賀だったか、あんたはここで不木の死体を片づけろ。残りのメンバーで屋敷の中をくまなく捜索するんだ。それから剛力さんにはまだ聞きたいことがあるから残ってくれ」

生存者の捜索よりも班目機関の情報が部屋に残っていないか探したい本音が透けて見えたが、どうでもいい。俺は諸手を挙げて屋敷の捜索を受け入れた。

「この屋敷は地上三階、地下一階ですから、皆きっとどこかに隠れていますよ」

裏井が皆を力づけるように言ったが、

「いや、上の階には行けません」

と、部屋の入り口から成島たちのやりとりを見守っていた雑賀が訂正する。

「昔は迷路型の遊戯施設として上の階も使われていたそうですが、旦那様が住まれるようになってからは一階から上に繋がる階段をコンクリートでふさいでしまったのです」

つまり隠れられる場所は一階か地下しかない。捜索の手間が減るとはいえ、まだ確認できていないメンバーの生存確率も下がってしまったように思えて、皆の間の空気がさらに重くなる。

屋敷全体の間取り図が欲しいところだが使用人たちにも心当たりがなく、雑賀が口頭で屋敷の構造を説明し始めた。

「私らが今いるのが本館で、地上三階、地下一階の建物ではあるのですが、先ほども言ったようにここ本館は二階以上に立ち入ることは不可能です。ちなみに本館の地下は今『首塚』と呼ばれている庭を境に、二つの区画に分かれております。皆さんが使った階段から下りていける方は主区画と呼んでいて、地下の広い面積を占めています。もう片方の階段は副区画に繋がっていますが、今は落とし格子で塞がれているので、行くとしたら主区画と首塚を経由するしかありません」

まさに昨夜不木に先導された道順の通りだ。

コーチマンの銃声や鐘の音を聞いた時に皆がいた場所が副区画、そのあと俺が隠れていたのは主区画というらしい。

「隣接しているのが、〝あの子〟――皆さんが巨人と呼ぶアレが住みついている別館で、地上一階、地下一階だと聞いています。鐘楼に繋がっているそうです。ただし首塚からでないと立ち入ることはできません」

「巨人がコーチマンの首を持って出てきた建物が、その別館なんですね。今の時間、巨人は寝床に戻っていると聞きましたが、外に出てこないんですか？」と裏井。

「先ほども言いましたが、あの子は太陽をひどく嫌います。正確には紫外線らしいですがね。今は十分に明るいので、別館から出てくることはないでしょう」

「なぜ紫外線を？」

この質問に二人の使用人は同時に首を振る。

「私らには難しいことは分かりません。ですが旦那様によると、昔の実験後に発現した症状だそうです。後天的な色素異常だとか、あるいは紫外線に対する免疫システムだかの不具合を疑っていらしたようですが……」

雑賀が説明に難儀していると、阿波根が補足した。

「あの子は普段、曇りの日どころか雨の日でも昼間は別館から出てこないんです。頭陀袋を被り始めたのも、元々は紫外線を嫌ってのことだったとか」

「日の当たらない場所ならいいんだろ。本館の部屋に潜んでいる可能性はないのか」

「私は一度も聞いたことありません。でなきゃここにいるもんですか」

そういえば、昨夜マリアは使用人らがひどく怯えていると言っていた。その雑賀と阿波根がこうして部屋から出てきて冷静さを保っているのだ。彼らの言う通り巨人は別館に戻ったのだろう。

つまり、今は別館の中を調べることはできない。

ともかく俺たちは捜索を開始した。

相談の結果、アウルとマリア、内部を知る阿波根が地下を、俺と裏井は一階を担当することになった。普通の邸宅とは比較にならない広さだが、手分けすればそう時間はかかるまい。比留子さんも見つけられるはずだ。

改めて裏井と昨夜の情報交換をしながら広間に向かう。

「裏井さんはどこに隠れていたんですか」

「一階のトイレです。どうやら昨夜巨人はこちらの方には来なかったみたいで」

広間についた。落とし格子の操作パネルは、昨日操作した広間のものの他に、不木の私室につづく廊下側に入った壁にも同じものがあった。巨人が入ってこられないようにするためには廊下側から操作する必要がある。広間の操作パネルは、不木が外出する場合などに、使用人を屋敷に閉じこめておく目的で使うのかもしれない。

広間から正面入り口へ延びている歩廊の先では巨大な跳ね橋が壁となっており、向かって右側に小さな部屋がある。跳ね橋を昇降させるための機械室だ。

そこは三畳ほどの狭い空間で、アウルの話していた鎖の巻き上げ機があった。電源スイッチを押しても反応はない。跳ね橋を下ろすなら鎖を切り離すしかなさそうだ。その巨大さからして、生半可な強度ではあるまい。

広間に戻った時、裏井がなにかに気づいた。

「葉村さん、これはなんだと思いますか」

昨日俺たちが地下に下りた階段の入り口の壁、俺が手を上に伸ばしたくらいの高さに、左右十センチほどの白い横線が数本引かれている。

「なにかの印ですかね」

線が引かれているのは、落とし格子が下りる箇所のすぐ内側だ。そして手を伸ばさないと届かない高さ——巨人の頭が位置するくらいの場所。

「ひょっとして身長の記録？」

俺は裏井と顔を見合わせた。

線がいくつもあるということは——巨人は成長している？

巨人が四十年以上前の研究の被験者だということは、年齢はそれ以上、下手をすれば老人とも呼べる歳のはずだ。それなのに十四年前にここに移り住んでからも成長を続けているなんて。

「……他を調べましょう、裏井さん」

気味の悪い想像に、俺たちは逃げるように広間を後にした。

屋敷の奥の通路の分岐で裏井は不木の私室がある右手に、俺は左手に向かった。

通路の両側にいくつもの部屋が並んでいるが、どれも使われている様子はなかった。

床の隅に埃が溜まったままになっていたり、通路の電球がいくつも切れたままで、最低限の手入れしかなされていないことが分かる。

唯一生活の匂いがあるのは、使用人である雑賀と阿波根のものらしい部屋だった。家具と呼べるものはベッドと小さな机と椅子のみ。マリアらによって踏みこまれた時のままの状態なのか、どちらの部屋も扉に鍵はかかっておらず、床に衣類やわずかな雑誌などが散らばっている。

通路の先には裏井が隠れていたというトイレとシャワー室、そして調理室が並んでいた。いずれも簡素な造りで、ここが不木の私邸となった時に設置されたものと思われた。

その後もさらに俺は見つかっていない人たちの名前を呼びながら探し回ったが、返事はなかった。

通路の分岐まで戻ると、すでに裏井の姿があった。

「誰か見つかりましたか？」

俺は待ちきれずに訊ねるが、裏井は申し訳なさそうな顔で首を横に振った。

あとは地下の捜索班に期待するしかない。

報告のため不木の私室に戻ると、すでに不木の死体はどこかに運ばれたのか、床は血溜まりの跡が残されているだけだった。散らばっていた電話機やモニターの残骸は近くに置かれたゴミ箱に放りこまれている。雑賀と剛力の姿はなく、成島とボスが寝室のクローゼットの中からファイルに収められた書類を運び出しては、片っ端から目を通しているところだった。不木が所蔵していた班目機関と研究に関する資料のようだ。

死者の遺品を漁る姿が俺にはひどく醜悪に見え、無意識のうちに目を逸らした。

一階の捜索結果を伝えても成島は「そうか」と応じただけで、書類を扱う手を止めもしない。代わりに隣のボスが労いを返した。

「ご苦労だった。地下の報告を待とう」

「雑賀さんと剛力さんは？」

「雑賀は予備のシーツで死体を安置したいというので任せた。剛力は一通りの話を聞いた後、捜索に参加すると言って出ていったよ」

「彼女を自由に行動させてよろしいのですか？」

裏井の懸念にも成島は鬱陶しげに手を振り、

「金を払うからこちらのことを口外しないよう言ったら、簡単に話がまとまったよ。後で誓約書だけ交わしておいてくれ」

とだけ告げた。

そうこうしているうちに、廊下側から人の声が聞こえてきた。アウルたちが地下から戻ってきたらしい。金属扉から出ると、アウルとマリアがシーツに包まれた物体を前後から持ち、すぐ隣の部屋に運びこんでいるところだった。シーツには血らしき染みが滲んでいる。

遺体だ。

まさか、という恐怖がこみ上げる。

マリアは俺に気づくと目を逸らした。

「ユズル、残念だけど。――ヒルコは見つからなかったわ」


雑賀と剛力も戻ると改めて捜索の成果が共有された。

マリアによると、地下の主区画からはアリの、そして副区画からは案内役のグエンの遺体が見つかったという。さっきマリアたちが運んでいたのは小柄なグエンの遺体だったのだ。遺体と首はすべて、先ほど見た部屋――普段は倉庫として使われているらしい――に収容されたとのことだ。

「二人とも首を斬られていたわ。巨人はどうして首だけを首塚に集めてるわけ？」

雑賀は曖昧に首を振って、「理由は知りませんが、いつもそうですよ」とだけ告げた。

「ところで不木の首も首塚にあったか？」

不意に成島が訊ねた。

「ええ、不木の首だけ見当たらないと思ってよく探したら、ドラム缶の中に放りこまれてたわ。特別扱いのつもりなのかしらね。それがなにか？」

「いや、あんな不潔そうな場所でネズミにでも食われてやしないかと思っただけだ」

すると阿波根の口から意外な事実が語られた。

「その心配はないかと。この屋敷では一度も動物を見かけたことがないので」

「本当かよ」アウルが眉をひそめる。

俄には信じがたい話だ。この兇人邸はお世辞にも掃除が行き届いているとは言えないし、ネズミが繁殖するのに適した環境のはずだ。

「嘘ではありません。動物の勘なのかどうか分かりませんが、〝あの子〟の周囲には生き物が寄りつかないのです。おかげで食料品の管理も助かりますよ」

　これで犠牲者はコーチマン、チャーリー、アリ、そして案内役のグエンと、屋敷の主である不木の五人。暗澹たる結果に重い空気がたちこめる。

　全ての原因は成島が被験者に関する情報を持ち合わせていなかったことにある。その責任を少しでも感じているかと思ったのだが、当の成島は腕組みしたまま靴の先で床を蹴りつけている。

　代わりに傍らに立つ裏井が、全員報酬は間違いなく遺族に届くようにすると約束した。

「しかし剣崎が見つからないとはな」ボスが呟く。

「まだ可能性があるとしたら……」

　マリアが気を遣って言葉を切る。それが絶望を意味すると分かっているからだろう。

　俺はあえて口に出した。

「巨人がいる、別館ですね」

　昨夜の混乱の隙に、比留子さんが逃げこんだ可能性は十分に考えられる。

　だが今、別館が兇人邸の中で最も死に近い場所だ。

　脳裏をよぎるのは、昨夜コーチマンの首を手に現れた巨人。そこに比留子さんの姿がダブりそうになり、俺は頭を振った。

「別館の捜索に向かいましょう」

「冗談だろ」アウルが冷たく言い放つ。「あの化け物の住処だぞ。別館に逃げこんだのならとっくに殺されているさ」

「探しもせずに見捨てるのか。あんたたちが守るっていう約束だったろ！」

「クライアントに言ってくれ。俺は死体の回収に命を懸けるつもりはない」

　かっときてアウルに摑みかかろうとすると、慌てた裏井が割って入った。

「落ち着いてください。剣崎さんは我々にとっても大切な人物です。生存の可能性がある限り見捨てません。葉村さんも我々を信じてください」

「そのとおりだ。彼女を死なせるわけにはいかない」

そう言う成島の顔には、深刻な悩みの色が浮かんでいる。

勘当同然の扱いとはいえ、比留子さんの実家は横浜の名家で、彼女が巻きこまれた事件に関する報道に圧力をかけられるほど政財界にも影響力を持つと聞く。その剣崎家の令嬢が失踪したとなれば、成島がどう手を尽くそうと関与の事実を隠し通すのは難しいと分かっているのだろう。

険悪な空気に、ボスが口を開いた。

「不木の死体を調べたが、死後硬直の具合と体温の低下からしても、死んでから三時間以上は経っていた。死斑の出方を見ても間違いないだろう」

ボスは基礎的な医学の知識があるらしい。

俺たちが分散して隠れている間に不木は殺されたということだ。

「ねえ、ちょっと聞いてもいい？」

これまで黙ってやりとりを聞いていた剛力が疑問をさし挟んだ。

「さっきボスさんから説明されたんだけど、あの巨人は不木の秘密の研究で生まれたモンスターなんでしょ。それなのに不木はコントロールできなかったの？　巨人は敵味方の区別もつかないわけ？」

雑賀が神妙な面持ちで答えた。

「だから旦那様は普段、あの子が一階に上がってこないよう、広間の機構を作動させていたんです」

昨夜、地下に通じる入り口のどちらにも落とし格子が下りていたのは、巨人に上がってこさせないためだった。それを隠したまま俺たちを地下に誘導し、巨人の手で葬らせる算段だったに違いない。

いやに従順だった不木の態度の意味が今さらながら分かり、自分たちの迂闊(うかつ)さが恨まれた。

成島が八つ当たり気味に吐き捨てる。

「その〝あの子〟呼ばわりはやめろ。ただの化け物に気色悪い！」

これに阿波根が血相を変えて叫んだ。

「化け物だなんて言わないで！　そんな呼び方をしたら旦那様がお怒りになる！」

やれやれといった様子で雑賀が取りなす。

「勘弁してやってください。旦那様はとにかくあの子の扱いには神経質でしてね。化け物扱いはもってのほか、私らが気味悪がるだけでもひどく腹を立てて、物を投げつけたり殴ってきたりしたもんです。ほら、阿波根さんも、こうなっちまった以上、協力しなけりゃ」

俺には雑賀の物分かりのいい姿勢がかえって信用ならなかった。

「不木はここでの悪行をこれ以上隠し続けられないと悟り、せめてもの反抗として俺たちを巨人に襲わせた上、研究資料を廃棄しようとしたんだろう。書類を暖炉で燃やした跡があるし、電話機やモニターも壊されていたからな」

それを聞いて、俺はゴミ箱の中のものについて訊ねた。

「気になっていたんですが、壊されていたモニターはなにに使っていたんですか」

「ああ、地下に設置した暗視カメラの映像で、この部屋から巨人の様子を監察していたんだって。昨日は気づかなかったけど、地下に何ヶ所かカメラがあったのを見つけたわ」

捜索中に阿波根から聞いたのだと、マリアが教えてくれる。

ボスが続けて二人の使用人に訊ねる。

「他に電話やパソコンのような通信機器はないんだな？」

「ありません。旦那様の指示で警報装置も外してあります」

「念をおすが、被験者ってのはあの巨人だけか？」

「一人だけですよ。　間違いない」

「あれほど凶暴な化け物を、普段はどうやって面倒を見ていた？　日が出ている間は別館に閉じ籠もっていて、手のつけようがないだろう」

するると雑賀がなにも分かっていないとばかりに首を振り、語り出す。

「面倒を見るってほどのことじゃありません。今ほどじゃないですが、いつも凶暴なんでね。ただ人間としての習慣は覚えてるようで、昼間のうちに食事を首塚の壁の差し入れ口から入れれば平らげるし、服を入れておけばそのうち着替えもする。別館内にある水道や便所も使っているようです。知能はあるんです」

「昨夜の手当たりしだいに虐殺するモンスターからは想像できんな」

「あの子の精神状況は月の満ち欠けに大きく左右されるらしいんです。旦那様はバイオリズムがどうとか言ってました。満月が近づくにつれて凶暴性が増し、見境なく暴れるようになるのです。昔は満月の晩が過ぎるとましになっていたそうですが、私がここに来てからは年々不安定さが増し、今では満月の前後を含めた三日間は暴れ続けます」

雑賀の話を信じるなら、まさに昨日から三日間が巨人の最も凶暴化する期間であり、俺たちは最悪のタイミングで来てしまったことになる。

「不木は満月に合わせて従業員をこの屋敷に招いていた。凶暴化した巨人の暴走を鎮める〝生け贄〟として――巨人に人狩りをさせていたんですね」

皆同じことを考えていたのか、俺の言葉に暗然たる顔で押し黙っている。

雑賀は取り乱すことなく認めた。

「その通りですよ。生け贄ったって、効果のほどは分かったもんじゃありません。昨晩何人も殺したあとも、あの子は猛り狂っていたわけですからな。旦那様が我々を協力させるための建前だったのかもしれません」

「建前で人を殺し続けたのか」と、ボス。

「旦那様もこの屋敷に住み始めてから数年の間は、小規模ながら設備を整えてちゃんとした手法の研究に取り組んでいたそうです。ですがさっぱり成果が上がらなかったご様子で、旦那様は日毎に怒りと失望を募らせておられました」

そしてついに忍耐の限界を迎えた不木は研究設備を自ら破壊し、雑賀に処分を命じたという。

その数日後の満月の夜、不木は初めて一人の従業員を屋敷に招いたと雑賀は話す。

「旦那様にはあの子の生態を解き明かすことも、操ることもできなかった。生け贄を与えることであの子の〝能力〟を発揮させ、それをモニター越しに観察することだけが、旦那様に残された実験手法だったのです」

これを聞いた阿波根が、裏切り者を見るような目で雑賀に詰め寄った。

「なんということを！　雑賀さん、旦那様に対して言葉が過ぎますよ！」

「いいや阿波根さん、言わせてもらう。旦那様は研究者としての栄光に縋りついていたんだ。自分の手には負えない研究と分かっていながら、宝物を独り占めする子供のように屋敷に籠もり、従業員たちを生け贄にすることでしか栄光の夢を見続けられなかったんだ。最近は三ヶ月に一人程度でしたが、本心では毎月用意したいと願っていましたよ」

従業員たち――。

人の気配が絶えた園内。兇人邸の主に呼び出され、訳も分からぬうちに地下に向かわされる。暗い階段に足を踏み入れたが最後、落とし格子によって退路を断たれ、出してくれという懇願にも老人はけたたましい笑い声を上げるだけ。必死で逃げ回るも、やがて暗闇から伸びた隻腕によって命を刈り取られる。悪夢の殺戮を知るのは老人と使用人のみ。朝になれば来園客が笑顔で兇人邸の前を通り過ぎる。

「頭がおかしくなりそうだわ。不法就労どころじゃない。人の命をなんだと思ってたのよ」

剛力は驚きを通り越し、震えを抑えるように自身を抱きしめる。

「あんたらもその所行を看過していたわけだ」

成島の言葉に、阿波根は顔を真っ赤にする。

「私は関係ありませんよ！　従業員を呼び出した時は出迎えからなにから旦那様がご自分でなさっていました。私は自分の部屋にいただけで、詳しいことはなにも知らなかったのです」

「嘘つきね」

食ってかかったのはマリアだ。

「昨夜地下に下りたボスから最初の通信があった時、あなたたちは『殺される』『通路を塞げ』と言ったわよね。地下に送られた人がどんな結末を迎えるか知っていた証拠じゃない」

阿波根はなにも言い返せず、口を金魚のように開閉させるばかりだ。

そこまで黙ってやりとりに耳を傾けていたアウルが、不審そうに聞いた。

「マリアが来た時、ここの金属扉は開いていたって言ったよな」

マリアが頷く。

「不木は室内で巨人に殺された。あんな頑丈な扉を備えておきながら、戸締りを怠るなんておかしくないか」

皆は部屋を出て金属扉の前まで移動した。

ボスは皆に見えるよう扉を閉めてみせた。

「扉の外側には傷がたくさんついている。巨人が殴りつけているうちに、かんぬきがずれたのかもしれん。あるいは扉を閉めようとしたところを巨人に踏みこまれたか……」

「昨日の昼に見たときは傷一つありませんでしたよ」

阿波根が恐ろしいものを見たように言う。

それでもアウルは納得していない様子だが、剛力が口を挟んだ。

「部外者の私が言うのもなんだけど、そんなに重要なこと？　まだ安否が確認できてない仲間がいるんでしょ」

思わぬ形で望む話題に戻り、俺は意気込んだ。

「別館に比留子さんがいないか調べる方法はないでしょうか」

「さっきも言っただろう。乗りこんだところで、昨夜の二の舞になるだけだ」

アウルは相変わらず消極的だ。だが、思わぬところから助け船が出された。

「方法がないわけではありませんが……」

雑賀は自分に視線が集まると、途端にばつが悪そうに首をすくめた。

「どちらにせよ無理だと思いますよ。みんな死んじまいます」

雑賀に先導されて向かったのは、不木の私室から広間に続く通路の途中だった。

壁の一部が三メートルほどの幅に渡って切り取られ、代わりに大きな板が組み合わされた形になっている。

「これは中の跳ね橋の橋板なんですよ。屋敷の正面入り口にあったのと同じ機構です。下ろせば橋として使えます」

壁に触れながら雑賀が言う。

「アトラクション施設だった時代に使われていたもので、向かいあった別館の一階と繋がるそうです」

「ああ、これはそういう仕掛けだったんですね」

と裏井が言う。

思わぬ抜け道が見つかったことで、我ながら喜びを抑えられなかった。

この橋と首塚、二つのルートから別館に入れるのなら、どちらかに巨人を引きつけながら比留子さんを探す術があるかもしれない。

しかしそんな考えはすぐに否定された。

「隣が機械室なんですが、正面入り口と同じくこちらの巻き上げ機も壊れちまっていて、動かないいんですよ」

「そんなことだろうと思ったよ」

アウルが頭の後ろに両手を当ててぼやくが、俺は諦めきれない。

「橋を吊り上げている鎖を切ればいいんじゃないですか」

「そりゃそうなんですがね。二度と吊り上げられなくなりますよ。しかも、この橋は首塚のちょうど真上に位置してましてね。橋を下ろすと、首塚に蓋をする形になるんです」

雑賀は右手の掌を立てた状態からゆっくり寝かせ、跳ね橋の動きを再現して見せる。

「そうなると首塚を照らしている日光を遮ってしまう。つまり首塚は暗闇に閉ざされ、昼間であってもあの子が本館にまで来られるようになっちまうんです」

これには黙るしかなかった。

比留子さんを探すために橋を下ろした結果、俺たちが日中も巨人から逃げ惑う羽目になるのでは意味がない。

ボスは言う。

「ひとまず別館に入る以外にできることを考えよう。この屋敷から脱出する方法を探すか、あるいはどうにかして外にいる人間に助けを求めるか」

俺たちだけで比留子さんを助けられない以上、外の力にすがりたい。

だが、外の助けを借りれば、十中八九俺たちは警察に身柄を拘束される。当然それを避けたい成島が真っ先に反論した。

「待て。それじゃ巨人の捕獲はどうなる」

「正気？　これだけの死人が出ているのに」とマリアが非難をこめた視線を向ける。

「昨日は不意打ちを受けたから被害が大きかっただけだ。相手は所詮一人。知能もさほど高くないのなら、現代に蘇ったギガントピテクスに過ぎない」

ギガントピテクスとは身長が約三メートルもあったとされる、史上最大の霊長類である。ここに至ってまだ楽観する成島に対し、ボスは怒りを顔に浮かべて説く。

「あんたも見ただろう。あいつは怪力だけではなく銃弾を浴びても平然としている化け物だぞ」

「頭を狙えばいい」

「やってみたとも！」

ボスが声を荒らげた。

「だが当たらないんだ。奴はトップアスリート以上の瞬発力を持っている」

「だとしても弾丸を避けられるものか」

「避ける必要はない。奴は夜目が利くし、こっちが狙いを定めるより速く動けるんだ。首塚でチャーリーが襲われた時を思い出せ」

あの時、巨人が飛び上がっただけで消えたかのように錯覚した。身体能力だけであれだけの数の戦闘員を翻弄したのだ。明らかに人間を超越している。まして撃たれても平気な肉体を持っているとなれば、こちらに勝ち目はない。

「捕獲は不可能だ。マシンガンでもあれば別だがな」

「まあ落ち着こうぜ」

アウルが両者を取りなすように口を挟む。

「これは仕事だ。可能な限りクライアントの要望に応えるのは当然だろ。それに、外に助けを求めたら俺たちは全員捕まる。あんただって望むところじゃないだろう」

これにはボスも黙りこんだ。

「周囲に気づかれないよう出るなら、屋敷の正面の跳ね橋は使えない。となると通用口しかないが、鍵はコーチマンが持ったまままいなくなっちまった。あいつの体は今どこだ？」

アウルの発言は整然としており、生徒を解答に導く教師を思わせた。

コーチマンからの交信の直後に鳴り響いた鐘の音、彼の首を手に別館から出てきた巨人……。

コーチマンは鐘楼で殺されたはずだ。鐘楼に行くには、別館を通る必要がある。

つまり比留子さんを探すにしろ鍵を手に入れるにしろ、別館の調査は避けて通れない。だが巨人は日が出ている間、別館に釘付けになっている。手詰まりだ……。

結局、議論は棚上げになった。


ボスとアウル、成島は不木の私室に戻っていき、マリアは不満げな様子で広間の方に去っていった。二人の使用人も居心地悪いのか足早にその場を去り、裏井は剛力を呼び止めてなにごとか相談し始める。皆がばらばらな行動を取るのを、俺はもどかしい思いで見つめた。

ボスたちを比留子さんの捜索に駆り出すには、別館の様子を探る手だてを見つけるしかない。

跳ね橋を下ろすことはできないが、まだどこかに抜け道があるかもしれない。

それを調べるには、この複雑な屋敷の全体像を把握する必要がある。間取り図を作って、別館への経路を探すのだ。

筆記用具を調達しようと不木の私室に入った途端、ボスたち三人がぴたりと話を止め、こちらを見た。

その反応を不思議に思いながら、

「筆記用具を借りようと思って」

と説明しても、話を再開する様子はない。

不木の机の引き出しを開ける。死人の持ち物を漁るのは気が進まないが、仕方ない。中には高価そうな万年筆もあったが、鉛筆を選んだ。未使用のノートも入手して退室しようとすると、ボスに呼び止められた。

「葉村。昨夜、お前はずっと地下の暖炉の部屋に隠れていたのか？」

なぜ今になってそんなことを聞くのだろう。

「最初は地下を逃げ回っていましたが、暖炉を見つけてからはずっと隠れていましたよ」

「一階には一度も上がっていない？」

俺は困惑しながら再度否定する。

「ボスさんとアウルさんはどこに隠れていたんですか。裏井さんが一階にいたことは聞いたんですが」

「アウルは正面跳ね橋の機械室にいたそうだ。俺はしばらく主区画を彷徨った後、部屋の一つで息を潜めていた」

そう答えるボスも、他の二人も表情が硬い。それきり会話が途切れてしまい、俺は彼らの様子を不審に思ったが、裏井が戻ってきたので、それをきっかけに部屋を出た。

一階の間取りはおおよそ把握できていたので、地下の間取り図作りに取りかかる。だが、広間から続く階段まで来たところで早くも自分のミスに気づく。

ライトがない。戦力外の俺には、その程度の装備も支給されていないのだった。

今なら亡くなった仲間の分が余っているはずだ。借りに戻ろうとした時、声をかけられた。

「地下に行くのなら付き合うわよ。さっきも行ったし役に立てるわ」

マリアはごく自然にウインクして見せると、ライトを手に主区画への階段を下りる。

「ボスたちを手伝わなくていいんですか」

「いいのよ。この非常時になに考えてんだか。どう考えたって人命の方が大事でしょ」

彼女は不満を隠そうともせずまくし立てた。

「今はヒルコを早く見つけるべきよ。だいたい、私はあんな化け物を逃がすために仕事を請けたんじゃない。むしろあんなの、さっさと殺した方が世の中のため。それなのにボスもアウルも成島の機嫌ばっかり気にしちゃって、くだらない。ね、そうでしょ」

マリアは当然といった口調で、俺の反応など気にする様子もない。自分の考えを少しも疑っていない態度はむしろ極端にも感じる。もちろん巨人は脅威だが、救うべき対象と殺す対象のジャッジが、彼女の中ではあまりにも簡単に下されている気がする。

だが今はマリアの助けをありがたく受けることにする。

一度地下を捜索している彼女の案内で主区画を見て回りながら、歩数を頼りに構造を図に起こしていく。

資材が放置されている物置部屋もあったが、部屋はほとんどからっぽだ。

廊下の天井には、巨人の観察に使っていたというカメラをいくつか見つけた。

地下の床には白い細かな破片がまんべんなく散らばっている。壁や天井から剝がれ落ちた塗料の破片だ。

「昨夜、雑賀と阿波根から聞きだしたんだけどね」

先を歩きながらマリアが語る。

「不木がここに住み始めて以降、屋敷の補修や改築は雑賀が任されていたんですって」

「改築っていうのは？」

「不木の指示通りに、通路を塞いだり、扉を取りつけたり、色々とやらされたみたいよ。どんな意図があったのかは雑賀にも分からないらしいわ。一人じゃあまり大掛かりなことはできなかったでしょうけど」

なるほど、ときおり地下に奇妙な補修の跡がある。扉のいくつかが壁に板を貼りつけただけだったり、廊下の先が不自然な行き止まりになっていたり。アトラクション時代の迷路演出かと思っていたが、不木は何故こんな不可解な改築を命じたのだろう。

「こっちにもおかしな場所があるのよ」

マリアがそう言って俺を連れていったのは、主区画の階段を下りてしばらく進んだ先にある新しそうな引き戸だ。

「地下で……ううん、この屋敷の中でどうしてここだけが引き戸なんだと思う？」

「きっと雑賀さんが作ったんでしょう。彼に聞かなかったんですか」

マリアは首を横に振った。

引き戸の先は長い廊下で、一度折れると、小部屋に繋がっていた。家具もない、殺風景な部屋だ。ただ他の部屋と違い、正面に鉄格子の嵌まった小窓がある。

窓からライトを照らして覗いてみると、空間を隔てた三メートルほど向こうにコンクリートの壁が見えた。手を伸ばしてみたが風は感じないので、外と繋がっているわけではなさそうだ。

「昔の施設の名残なのかしらね」

「監獄風のアトラクションと言ってましたけど、どんなものだったんですか？」

「裏井が言ってたところでは、監獄風のゴーストハウスだったんだって。老朽化して使われなくなった元監獄に秘密の牢があって、不死身の死刑囚が今も閉じこめられているってストーリーだったみたい」

ここがその秘密の牢だったのだろうか。不死身の死刑囚ならぬ巨人の化け物が夜な夜なこの屋敷を闊歩しているというのは、現状と奇妙に符合していて気味が悪い。

引き戸を出て、さらに歩いて図面化を進めていくと、廊下の突き当たりで派手に血が飛び散った跡を見つけた。

「アリはここで殺されていたのよ」

そこは昨夜俺が隠れていた部屋からかなり近かった。残されたどす黒く変色した血だけが惨劇を物語っている。最後に聞こえた断末魔の叫びを思い出すだけで体の震えが蘇る。

俺は彼が横たわっていたであろう場所に向かい、手を合わせた。

「彼、祖国で暮らす妹たちのためにお金を稼いでいたのよ。五人の弟妹を全員大学までいかせてやるんだって。家族にとって彼は英雄だったはず」

そう言うとマリアも身をかがめ、小さく祈りのような言葉を唱えた。

その後もマリアの案内のおかげで順調に進んだが、首塚を経由せず別館につながったり、中の様子を窺ったりできそうな場所は見つからなかった。

比留子さんに繋がる手がかりが一向に得られず、焦りだけが募っていく。

首塚に進もうかというタイミングで、マリアのトランシーバーからボスの声がした。

『マリア、どこにいる』

「どうしたの」

『不木の私室に戻ってくれ。資料の整理に人手がいる』

従って当然といった響きの指示に、マリアは見るからに鬱陶しそうな顔で「了解」と返す。本心ではこれ以上成島と関わりたくないのだろう。大きなため息を漏らす彼女を俺は労った。

「ここからは一人でやれますよ。手伝ってもらえて助かりました」

「悪いわね。ライトは渡しておくから」

「明かりなしで戻れますか？」

「だいたい覚えたから。それじゃあ後でね」

マリアは迷いのない足取りで真っ暗な通路を戻っていった。


鉄扉を開けて悪臭漂う首塚に出ると、背後で勝手に鉄扉が音を立てて閉まる。開けっ放しにはならない仕組みらしい。

昨夜とはまるで違い、磨りガラス天井から降り注ぐ日光で明るくなった首塚には剛力がいた。

彼女は地面に転がっている頭蓋骨の元にしゃがみこみ、まるで口内を覗きこむかのようにじっくりと観察していたが、こちらを振り向くと俺の手元に興味を示した。

「葉村君、だったわよね。なにしてるの？」

「屋敷の間取り図を作っているんです。剛力さんこそここでなにを？」

「なにを、ってわけじゃないけど。従業員が消えるという都市伝説の真相が、まさか隻腕の怪物による大量殺人だったなんて、まだ誰かに化かされているみたいだと思ってたのよ」

と彼女は答えて立ち上がる。

「気になっていたんだけど、どうして君みたいな子供――ごめんね、若者が成島たちと一緒にこんなところに来たの。大学生？」

「そうです。皆さんから見れば子供ですよ」

「怒んないでよ。私だってそう変わんないし」

「え？」

思わず聞き返してしまい、我ながら今のはまずいと後悔した。案の定、剛力は不機嫌そうに睨んでくる。

「こう見えて二十二歳よ。なに、老けて見えるって？」

「いやその、度胸もありますし、もう少し先輩なのかなと」

正直、三十くらいだと思っていた。二十二というと、大学でいつも見かけている年代じゃないか。剛力の肝の据わり方は相当社会で鍛えられているように思える。

「老けてて悪かったわね。ほら」

ポケットから取り出した免許証を見ると、確かに俺よりも三つ年上だ。三月生まれのまもなく二十三歳。

「失礼しました」

「分かればよし。話を戻すけど、剣崎さんって子とここに来た理由は？」

なんて答えようか。

比留子さんの体質を話したくはないし、過去の事件に触れるのも面倒だ。剛力は悪い人には思えないが、どんな形で情報が流出するか分かったものではない。どうにか誤魔化せないかと考えを巡らせていた。

「あ、嘘つこうとしてるでしょ」

ずばりと剛力に切りこまれた。彼女は俺の目を覗きこんでいる。

「君、分かりやすすぎ。隠し事には向いてないね」

「……目の動きですか？」

「他にも表情筋とか手の仕草とかいろいろ」

剛力は目力を緩め、敵対の意思がないことを示すかのように両手を広げた。

「話したくないならそう言ってくれればいいから、嘘はつかないでほしいな。こんな状況で腹の探り合いなんて疲れるだけでしょ」

剛力からは余裕を感じた。ここは班目機関に関することだけは伏せ、あとは正直に話した方がいい気がする。

「比留子――剣崎さんは、一般市民でありながらいくつかの殺人事件を解決に導いているんです。その中には不木のような特殊な研究が絡んでいた事件もありまして、その実績を買った成島が同行を依頼してきたんです」

「もしかして、剣崎さんって――」

剛力は知り合いの起業家から聞いたという噂について話す。剣崎グループの一族には、災いを呼び寄せると噂される曰くつきの令嬢がいる。彼女の周りでは昔から様々な事件や不幸が起き、その体質を忌み嫌った父親に勘当同然の扱いを受けた令嬢は実家から遠く離れた関西でたった一人、暮らしているのだと。

「彼女がその――？」

剛力の問いに俺は苦々しく思いながら頷く。

「で、君は彼女の……？」

「おまけです」

「おまけって。じゃあさっき言ってた特殊な研究っていうのは？」

「想像にお任せします」

「つれないな」

「どこまで話していいのか責任が持てません。それにたぶん記事にはできないでしょう」

剛力は数秒かけて俺の表情や仕草を観察していたようだが、

「なるほど、嘘じゃない。私が思っていたより厄介な状況なわけだ」

と納得してくれた。

首塚を見渡す。ここは本館と別館、二つの建物に囲まれた長方形の空間だ。

明るい中で見上げるとその上部は変わった形状をしていた。凸という漢字のように、三メートルほどの高さで頭上がすぼまっている。真ん中は吹き抜けとなって、遙か上の磨りガラス天井から日光を取りこんでいた。

副区画に繋がる方の鉄扉の上部に、全長十五メートル近くあろうかという跳ね橋が直立した状態で収まっていた。正面の跳ね橋よりもはるかに大きい。雑賀の説明通り、あの橋が倒れると吹き抜け部分が塞がれる仕様なのだろう。その真下あたりに、首塚全体を見渡す角度でカメラが一台取りつけられている。

剛力もガラス天井を見上げ、

「兇人邸については私も色々と調べたんだけど、アトラクション時代、ここは中庭だったみたいよ。あの磨りガラス天井は不木が私邸にしてから作らせたものらしいわ」

と教えてくれた。

巨人が紫外線を嫌うことは分かっていただろうから、昼間は首塚に日が当たるようにしつつ、外からは中の様子が分からないように磨りガラスの天井にしたということか。

地面に目を移すと、わずかな雑草が生えた土のあちこちに頭蓋骨が転がっている。

主区画の向かい側の壁の方にあるドラム缶には、焼却炉として使われたと思しき黒く焦げた痕跡があった。煙突はなく、上面が蓋のように取りはずせるようになっている。ここに不木の頭もあったのか。蓋をとって中を覗くと、存外綺麗だった。

　ドラム缶を調べる俺に、剛力は珍しい生き物を見るような顔をする。

「剣崎さんって、そんなとこに入れるくらい小柄なの？」

「入ってるわけないでしょう……たぶん入れますけど」

　なんだか調子を崩される。こんな異常事態に巻きこまれたというのに、剛力は平静すぎるのではないか。そういえば成島は彼女に対し、ここでの出来事を口止めする交渉を裏井に命じていたが、どうなったのだろう。

　訊ねると彼女は「ああ、そのこと」と言ってポケットから一枚のカードを取りだし、見せつけるようにひらひら振った。俺ももらった裏井の名刺だ。

「私はこの屋敷で経験したことや不木の研究については記事にしないし、写真も残さない。その代わりに口止め料一千万とドリームシティの不法就労に関する証拠を譲ってもらうことで合意したわ。裏井さんが誓約書を作ってくれるって。私としても、そっちの方がもうかるからね」

「一千万ですか」

「一千万。お金ってあるとこにはあるのね」

　本来、班目機関に関するネタはいくら調べようが圧力がかかって公表できず、リスクばかりが高い代物だ。それが大金に変わり、当初の目的の情報も手に入る。彼女にとっては旨(うま)みの多い取引になったわけだ。

　そこで俺はあることを思いついた。

「剛力さん、デジカメを持っていませんか」

「あるけど」

彼女は背中のリュックからカメラを二つ取り出す。一つはプロカメラマンが使っていそうな一眼レフ、もう片方はポケットにも入るサイズのデジカメで、カニを象ったラバー製のストラップが付いている。

「二つも持ち歩いているんですね」

「目立たないように撮影しなきゃならないこともあるからね。使いたいの？」

俺は頷く。間取りを調べながら、画像も残しておけば後でなにかの役に立つかもしれない。

「俺たちのスマホはとりあげられたまま、外の車に置きっぱなしなんですよ」

「ああ、私のもそうだ……。まあ私以外の人が写真を撮ってはいけないとは合意事項にないし」

剛力はカニのストラップがついた小さいデジカメを貸してくれた。試しに首塚全体の光景や三つある扉、ガラス天井などを撮ってみる。扱いは簡単そうだった。

「それじゃ、副区画を調べてきます」

俺はデジカメを尻ポケットに入れ、首塚を後にした。

＊　地下・首塚《剛力京》

葉村君が副区画に消えたのを見送り、私は息を吐いた。

彼は私を微塵も疑う様子はなかった。申し訳ない気もするが、これも仕事を通じて学んだことだ。自分にやましいことがあるのなら、会話の主導権を握った方がいい。

それに、私の秘密は知らない方が皆にとってもいいはずだ。成島たちと私の目的は対立することではないのだから。

再び頭蓋骨を手に取って見ていると、主区画の方の扉が開く音がして、裏井さんが姿を見せた。

私の行動に驚いたのか、わずかに目を見開いた後に黙礼する。こんな状況でも乱れを感じさせない。

「ここにいらっしゃいましたか。先ほどお話しした内容の誓約書を用意しました。成島も確認済みです。手書きで申し訳ありませんが……」

「口約束よりかは千倍ましよ」

私は渡された二枚の書類を流し読み、求めていた内容が漏れなく記されていることを確認する。はっきり言って、法令違反の状況を前提とした誓約書なんて無効に等しい。約束を反故にして彼らのことを暴露したところで、私は罪には問われまい。でもそれは法律上の話だ。例えばここから出た後、成島が私の口を封じようとする可能性もゼロではない。身を守るには、彼と私の利害関係を証明するものを保有しておくべきなのだ。直筆なら、なおさら好ましい。成島のような男を手放しで信用するのは、ただの馬鹿でしかない。

おそらく、裏井さんはそんな私の考えも理解している。だからこそ意味のない誓約書を、私の要望通りに作成することで信頼関係を結ぼうというのだ。

どうして彼のような人物が成島なんかに仕えているのか、不思議なくらいだ。

「これほど危ない橋を渡ってまで怪しげな研究の情報を独り占めしようとするなんて、成島の立場はよほど悪いのかしら」

「立場、といいますと」

裏井さんは素知らぬ顔をするが、あいにく私は経済や企業に関してもそれなりの知識がある。得意先の一つが経済系の週刊誌で、政治家や企業に関するゴシップ記事を書いているのだ。不木の研究は確かにとてつもない価値があるかもしれないけど、私の知る限り成島グループはこの不景気の中でも着実に成長していて、子会社とはいえ社長自らこんな犯罪を犯す必要があるとは思えない。むしろこのことが明るみに出れば、企業のイメージを著しく損ない、大打撃を被る恐れがある。となると、成島の本当の目的は……。

「成島グループって昔は世襲制だったけど、今は優秀であれば血族以外の人物も積極的に登用しているのよね。成島陶次は会長の次男坊のくせに、未だ地方の子会社の社長止まり。その先の出世レースからは落伍しかかっているんじゃない？」

取材で経営者はたくさん見てきた。大きな成果を上げた人間は数多いれども、たまたま環境と時流に恵まれただけで一過性の栄光に終わる者と、名をはせた後も研鑽を重ね長く君臨する者の発するオーラには明らかな違いがある。

私の感覚だと成島は前者だ。今回の騒動も、後継者争いで後塵を拝した彼が一発逆転を狙ってなりふり構わず行動に出た、と考えるのが最もしっくりくる。

「このような事態になったのは、私にも多くの責任があると思っております」

否定こそなかったものの、上手く躱される。

「口止め料についてはご安心を。成島が自由にできる金銭は十分にありますから」

「それを聞いて安心したわ」

私は微笑んで見せた。口止め料も、不法就労の問題も本当はどうでもいい。

私はただ、彼を探しに来ただけだ。

サインを終えた誓約書の一枚を裏井さんに手渡したところで、副区画に入っていったばかりの葉村君が出てきた。

「どうしたの。もう終わり？」

「入ってすぐ雑賀さんと会いまして。間取り図の話をしたら、副区画の分は自分が描くと言ってくれたんです」

「雑賀さんは副区画でなにをしてたの？」

「さあ。見た感じ、中をうろついていただけですけど」

　ふうん。まるで他の人に副区画を嗅ぎ回られたくないみたい。

　雑賀さんについては、私も気になっていることがあった。

「ねえあなたたち。雑賀さんの顔に見覚えはない？」

　すると二人は驚いたような顔で声を揃える。

「僕もずっと誰かに似ているな、って気がしていたんですよ」

「ええ、具体的に誰かと聞かれると困るんですが」

　やっぱりか。私は声を潜めた。

「雑賀さんがやけに皆と視線を合わせないから、注意して見てたのよ。あの人、もしかすると九門俊信(くもんとしのぶ)じゃない？　演歌歌手の名城(なしろ)ユリが殺された連続強盗事件の指名手配犯。覚えてないかな」

　二人は九門という名前は覚えていなかったようだが、名城ユリの名前を出すと思い当たるふしがあったようだ。私が九門の顔を覚えていたのは、先週テレビで放送された未解決事件捜査の特番でこの事件が取り上げられ、彼の顔写真が大写しになっていたからだ。

　二人もその番組を見ていたのかもしれない。裏井さんが言う。

「確か八年くらい前の事件ですよね。千葉を中心に五件以上の強盗殺人を犯して、犯人グループの主犯格が逃亡中っていう」

　そのうち一件の被害者が歌手の名城ユリだと判明するや、この事件は連日ワイドショーで大々的に扱われた。すでに逮捕された犯行メンバー三人については全員に無期懲役の判決が確定している。九門は逃亡中だが、捕まれば死刑判決が下る可能性が高い。

「確かに似ているような。事件当時よりは痩せているので、手配写真とすぐには結びつきませんでしたが」

次第に葉村君の表情が険しくなる。

「彼は警察から逃れるためにこの兇人邸にいたということですか」

「じゃないと、こんなところに何年間もいられないわよ」

不木が使用人たちを〝そういう輩〟と評していた理由が分かった気がした。だとすると、ここからの脱出に際して彼らと利害が対立する恐れもある。

「私たちの障害は巨人だけじゃないかもしれないわよ」

タイミングを計ったかのように主区画側の扉が開いて、阿波根さんが荒い息を整えながら顔を覗かせた。咄嗟に口を噤んだけれど、私たちの間に漂う不自然な沈黙は誤魔化しようがない。阿波根さんはそれに気づかず、声をかけてきた。

「葉村さん、ここにいたんですか」

「なにかありましたか?」

「見つかりました！」

葉村君が黙る。伝わっていないと誤解したのか、阿波根さんは大きな声で叫んだ。

「剣崎さんが、見つかったんですっ！」

第四章　隔離された探偵

＊　地下・首塚《葉村譲》

比留子さんが見つかった。その報せは心を翳（かげ）らせていた不安をいっぺんに払ってくれた。

「どこですか」

「それは……とにかく会った方が早いと思います」

言葉を濁す阿波根に疑問を抱かないでもなかったが、浮かれた俺は彼女をせきたてついていく。

比留子さんはどこに隠れていたのだろう。朝から皆で探し回っても見つからず、残る可能性は別館しかないと思っていたのに。

阿波根は一階に上がると広間を抜け、不木の私室に向かう。比留子さんはそこに合流しているのだろうか？　はやる気持ちを抑えて金属扉をくぐる。すぐ後から裏井と剛力も追ってきた。

しかし私室の居間には誰の姿もない。

俺は事情が呑みこめず、阿波根の顔を振り返った。

「この奥の離れです。**剣崎さんと話ができるのは**」

阿波根はそう言って居間の隅にある、小さな木の扉を開けた。既に彼女とボスが調べたはずの場所だ。

その先には狭い通路が延びており、小さな円形の空間につながっていた。入ってみると大人二人が両手を広げられる程度のスペースだ。

そこに成島とボス、アウルが顔を揃えている。

到着した俺に全員が視線を向ける。阿波根が「あそこです」と告げて、鉄格子付きの小さな窓を指差した。顔を近づけると、思いもしなかった光景が飛びこんでくる。

二メートルほどの距離を隔て、別の建物が真正面に接していたのだ。目の前にはこちらと同じような小窓があり、そこから覗く顔こそ――。

目が合うとその表情がぱっと明るくなった。

「比留子さ……」

俺が叫ぼうとした瞬間、彼女が慌てて顔の前で手を振る。同時に背後から伸びてきた大きな手が俺の口を塞いだ。

「落ち着け。あの別館のどこかに巨人がいるんだ。声を聞かれたら彼女が危険だ」

ボスが囁く。視線を戻すと、窓の向こうで比留子さんが神妙に頷くのが見えた。

目の前の小窓から日が入っているものの、比留子さんの背後は部屋の詳しい様子が見て取れないほど暗く、とても安全と言い切れない。

「ここはさっきも一度確認したんだが、その時は姿が見えなかったので気づけなかったんだ」

遅れて、通路からマリアが姿を現した。手にしているのはボトル飲料が入ったビニール袋と、箒やモップの柄を繋げて作った棒だ。彼女は棒の先に袋を引っ掛け、格子の隙間ごしに比留子さんに渡した。

「他に必要なものがあったら言ってちょうだい」

比留子さんが小さく礼を告げると、成島が抑えた声量で話しかける。

「我々は最善を尽くすつもりだ。夕方までには今後の方針を決める。君も冷静さを失わずに待っていてくれ」

　その後、皆は気を遣って部屋に戻り、俺たちが会話する時間を作ってくれた。

「よかった。本当に、本当に心配したんですよ。どこを探してもいないし、今回ばかりはいくら比留子さんでもやばいんじゃないかって。俺、また……」

　二人だけになって気が緩んだのか、不意に目頭が熱くなる。これまで彼女の生存を強く信じていたのは、どうしようもない不安の裏返しでもあった。

「心配かけてごめん。昨日、咄嗟に飛びこんだのがこっち側の館に続く扉だったんだ。ライトもなかったから、手探りで進むうちにこの場所に来ちゃって。私も身動きできなかったんだよ。そっちも怪我がなくてよかった」

「そこは巨人に見つかる心配はないんですか」

「ここにはまだ姿を見せていない。たまたまかもしれないけど」

　隠れているというよりも、巨人の気まぐれで見つかっていないだけの可能性もあるのか。だが別館の詳しい構造も、巨人の動きも分からない。見つかるリスクを考えれば安易にその場を動くわけにもいかないだろう。

「部屋の中に身を隠せるような場所は」

「残念ながらない。ただの空き部屋だよ。鍵もかからない」

　絶句した俺を気遣ったのか、彼女は「でもね」と続けた。

「日が昇ってから分かったんだけど、床一面に均等に埃が積もっている。長い間ここには誰も立ち入ってないみたいだ」

　もし巨人が頻繁に足を踏み入れていたのなら、埃の上に足跡が残っているはずだ。それを聞いて少しだけ安心する。

不木の死や巨人についてはボスたちから説明されたという。俺が見聞きしたことも伝えた後、どちらからともなくため息をつく。

「さすがにこんなことになるとは予想していませんでしたね」

「うん。しかもまたクローズドサークルだ」

彼女の口からミステリ用語が聞けたことで、心持ちが少し軽くなる。

「今回はクローズドではないですよ。正面入り口の跳ね橋は巻き上げ機が壊れていて動きませんが、いざとなれば窓を割って助けを呼べます。成島さんが巨人の捕獲さえ諦めてくれれば脱出できますよ」

「そういった物理的なクローズドサークルじゃないんだよ、これは」

どういう意味だろう。俺は目で続きを促した。

「ミステリでよくあるクローズドサークルは、吹雪の山荘や台風が直撃した孤島のような偶然のものと、誰かが目的をもって、橋を落としたりトンネルを塞いだりして作る故意的なものがあるね。例えば夏に紫湛荘(しじんそう)に立て籠もったのは、感染テロという特殊な状況下ではあったけれど、発生を予期しえない災害の一種だったとも言える。偶然発生したクローズドサークルだね。旧真雁地区の時は地区と外を繋げる唯一の橋が燃やされたことで成立した、故意に作られたクローズドサークルだ」

淀みなく語る比留子さんの態度はいつもとなんら変わりがなく、先ほどまで生存を危ぶまれていたことが嘘みたいだ。

「この屋敷の状況を整理してみよう。

まず屋敷にいる人はみんな警察に捕まりたくない事情を抱えている。私たちはまあ別としても、社会的地位がある成島さん、ボスさんを筆頭に大金で雇われたメンバーたち。数年にわたりこの兇人邸で生活してきた雑賀さんと阿波根さんも何かきっと理由があるんだろう。彼らが率先して外に助けを求めるとは思えない。自力で脱出する方法を模索するはずだ。

次に、外に助けを求めたらどうなるだろう。最初に駆けつけるのは警備員やお巡りさんだ。戦場経験が豊富なボスさんたちでさえ巨人に太刀打ちできなかったのに、誰が巨人を押さえられる？」

言うまでもない。下手をすれば俺たち全員を合わせたよりも多くの人が死ぬだろう。

「最後に、正面入り口の跳ね橋を無理矢理下ろしたとしよう。私はここから動けそうにないけど、葉村君たちは無事に脱出できる。でもそこから先は？　跳ね橋を戻せない以上、夜になったら往来のど真ん中に巨人が出てしまいかねない。周りにはまだ一般のお客さんがいる。虐殺の規模は昨晩の比じゃないよ」

阿鼻叫喚に陥る園内の光景を想像し、全身に鳥肌が広がった。

「でも日没までになんとかすれば」

「もうすぐ十時、日没までおよそ八時間といったところでしょ。それまでに兇人邸を封鎖できなければアウトだね。でもこんな田舎のテーマパークに、すんなりと機動隊や自衛隊を派遣してもらえるとは思えない。結局は警備員かお巡りさんが状況確認をするしかない」

そうした犠牲を避けるなら、閉園時間――午後九時――が過ぎ、園内に人気がなくなってから跳ね橋を下ろすしかない。

その時には巨人が屋敷内をうろついている可能性があるので、俺たちのリスクが高まる。その上、もし巨人が屋敷の外に出たらどうやって捕まえるのか……。

こうして考えている間にも、刻一刻と日没までの残り時間がなくなっていく。

「分かったでしょう？　確かに脱出の手段はあるけれど、それを使うことで状況がより悪化する可能性がある。これは私たち自身が留まることを選ばざるを得ないクローズドサークルなんだよ」

偶然にできたわけでも、故意に作られたわけでもないクローズドサークル。比留子さんはこのわずかな時間で誰よりも的確に皆が置かれた状況を把握したのだ。

「現段階で最も無難な選択肢は、このまま立て籠もることだね。不木の私室は頑丈な金属扉で守られているんでしょ。誰よりも巨人を知る不木が備えたものだ。そこなら巨人に襲われる心配はないし、外にも被害は及ばない。事態が好転するわけじゃないけど、解決策を練る時間を稼げるという意味では悪くない選択だ」

明日の朝一番ならば、俺たちが正面入り口の跳ね橋を下ろして脱出して、日没までにそこを塞ぎ直す算段を見つけられるかもしれない。

「今夜もここに留まるとして、明日の朝までにどれだけ周到な脱出の計画を立てられるか、それが勝負だということですか」

「そうだね。ここから動けない私には手伝えることがないけれど」

比留子さんの分は俺が動けばいい。

差し当たっては、この後成島やボスがどんな判断を下すのかが重要になってくる。

また報告に来ることを約束して場を離れようとすると、比留子さんに呼び止められた。

「葉村君、私のせいで君を大きな事件に巻きこんでしまったのはこれで三度目だ」

「比留子さんのせいだなんて思っていません。俺がついてきたんです。これまでの事件だって、比留子さんがいてくれたおかげで解決できた」

比留子さんがなおもなにか言いたげに口を開きかけた時、窓の外から軽快な音楽が流れ始めた。

時計を見ると午前九時四十五分。開園時刻が近づいている。

屋敷の近くに園の放送スピーカーがあるのだろう、窓から陽気な音楽にのって、マスコットキャラクターの声が楽しげに呼びかける。

——ようこそ。現実と幻の間の楽園、ドリームシティへ。

――みなさん一緒に踊りましょう。明けない夜が明けるまで。

比留子さんの生存が確認できたことで、これまで不木の資料を漁ることしかできなかった成島たちの行動にも変化が起きた。別館に入って比留子さんを救助する、あるいは比留子さん自身の足で脱出することは可能なのか見極めるため、皆で巨人の動きを調べることになったのだ。

その方法はひどく原始的で、首塚から別館の中を覗いてみるという。

「もし巨人に気づかれずに侵入可能なら、剣崎さんを助け出すだけでなく鐘楼にあるコーチマンの遺体から鍵を回収することもできる。問題が一息に解決するだろう」

首塚には雑賀と阿波根を除く全員が集っていたが、成島の話を聞く顔に浮かんでいるのは期待というよりも懸念だ。早速マリアがそれを口にした。

「巨人を下手に刺激して、状況が悪化することはないの？」

「快晴のおかげで紫外線が降り注いでいる。首塚に戻ってくれれば巨人は追ってこられない」

「その巨人が紫外線を嫌うっていうのも、どこまで信用できるものなのかしら」

するとボスが落ち着いた口調で説明する。

「不木の資料によると巨人の髪や肌が白く変化し、紫外線を嫌うようになったのは後天的なもので、不木による処置の副産物らしい。不木自身にとっても予想外だったようだが、巨人は特殊な免疫の、あー……」

「免疫複合体ですね」裏井が解説する。「簡単に言えば、巨人は常人よりもはるかに強い免疫反応として、自分の体をも攻撃してしまう場合があるらしいのです。特に紫外線を浴びた場合に免疫系が暴走し、発熱や発疹、強い倦怠感などの症状が出るようです。副腎皮質ステロイドなどの免疫抑制薬を投与しても、改善は見られなかったということです」

ようは巨人が紫外線を嫌う理由はかなり深刻で、不木にも解決できなかったということだ。成島が偉そうに付け加える。

「今は巨人の行動をさぐるだけだ。危険なことにはならんさ」

別館に入る鉄扉のある壁には、扉から二メートルほど離れた位置に、内蓋のついた高さ十センチ、幅が三十センチほどの開口部がある。これが普段阿波根が巨人に食事や着替えを渡す時に使っている差し入れ口らしい。また巨人が荒れる昨日からは、接近するのを避けて差し入れはしていないという。主である不木もいなくなったことだし、彼女が巨人に食事を用意することはもうないだろう。

「そこから覗けるか?」

「ちょっと、危ないわよ」

マリアの忠告も意に介さず、アウルが内蓋を押し上げ、中をライトで照らす。

「蓋が邪魔だな。押さえておいてくれ」

ボスが手を貸し、アウルが差しこんだライトを左右に振った時だった。

硬い物がたたきつけられるような音とともに差し入れ口が激しく揺れ、ライトが中に吸いこまれた。

いや、もぎとられたのだ!

二人が短い叫びを上げて飛びのいた直後、差し入れ口から巨大な手が突き出される。

驚くほど太く、節くれだった五指がのたうった後、紫外線を嫌ったのかすぐに引っこんだ。

間を置かず獣のような唸り声が響き、壁が向こう側から崩れるのではと心配になるほどの力で叩かれた。

俺たちは慌てて反対側の壁際まで退避し、静寂が戻った後もしばらく声を押し殺して鉄扉を見つめ続けた。

ようやく力を抜いたボスが呟く。

「……すぐそこにいたのか」

まるで巨人は獲物がかかるのを待っていたみたいではないか。

唯一の入り口の真正面に居座られたのでは、比留子さんが脱出することも、鐘楼のコーチマンの遺体に近づくこともできない。

「昼間のうちでも別館に手を出すのは無理だな。別の策を考えないと」

それを聞いた成島は聞こえよがしに舌打ちし、「裏井！」と怒鳴った。

「なにか食事を用意しろ。昨夜から食ってないんだ。このままじゃへばっちまう」

「では、阿波根さんにお願いを」

「馬鹿かお前は！　不木の召使いに任せられないから、お前に言ってるんだろうが！」

あっ、と思った時には遅かった。バチンと甲高い音が首塚に鳴り響く。成島が怒りに任せて裏井の頬を張ったのだ。

「やめなさいよ！」

マリアが止めに入るが、成島は鋭く背を向けるとそのまま主区画の方に姿を消した。

「お恥ずかしいところをお見せして」

軋んだ音を立てて鉄扉が閉まるのを待ち、裏井が頭を下げる。頬を押さえた手から覗く気弱げな笑みには、諦めがにじんでいる。成島の理不尽な怒りを幾度となくぶつけられてきたのだろう。

マリアが憤懣やるかたない様子でまくしたてた。

「ボス、まだあいつに従うつもり？　不木の研究資料は見つかったんでしょ。成果としては十分じゃない」

「それも無事にここを出られたらの話だ。外に騒ぎを知られて捕まれば、すべてが無駄になる」

「あんたも人でなしよ！　私は監禁されている人を救うために来たの。これ以上命を……」

「落ち着けよ、マリア」

アウルが宥めた。

「俺たちがこんな仕事に手を出したのにはそれなりの理由がある。俺も金が必要だ。ボスだってそうだろう」

ボスは沈黙で同意を示した。マリアは「分かったわよ」と吐きすてると、成島の後を追うように首塚を出ていった。その姿を見送り、アウルがぽつりと零す。

「冷静さを失うから、自分が置かれた状況も把握できないんだ」

その声には嘲り(あざけ)の色が混じっているように思えた。


結局議論はまとまらず、俺は一階のトイレに行くと言って首塚を出た。

さっきアウルが発した言葉がなぜか頭に引っかかる。

冷静さを失うから、自分が置かれた状況も把握できない。

俺も比留子さんの救出を最優先に考えるあまり、見聞きしたことの中に多少飲みこめない疑問点があっても、無意識のうちに流していなかっただろうか。

ボスとアウル、マリアの間に先ほどのやり取りのように微妙な隔絶が生じている根源を、俺は見逃しているのではないか。今それに気づけないと取り返しがつかなくなる——そんな思いに襲われたのだ。

足を向けたのは、不木の私室の横にある倉庫だ。俺が素通りしてしまった疑問の一つがここにあるはずだ。

「葉村君」

ドアノブに手をのばした時、後ろから声をかけられた。

振り向くと剛力が立っている。

「トイレは逆方向よ」

得意げな表情からして、また俺の嘘を察したのだろうか、首塚から追ってきたらしい。どう理屈をつけても彼女を追い払える気がせず、俺は倉庫を目で示した。

「ちょっと気になることがあるんです」

扉を開けると、ひやりとした空気に混じって不木が使っていた香水の匂いが押し寄せてくる。中に入り壁際のスイッチを押すと、電気が点いた。剛力は黙って俺の横に立ち扉を閉める。

床には昨夜殺された遺体が、シーツで覆われて並んでいる。シーツの表面には血の染みが浮いていた。

俺は並べられた遺体に手を合わせた後、シーツをめくった。

初対面の俺にも気さくに接してくれたチャーリー。最期まで家族を想い続けたアリと、勇気を振り絞って不木の悪事を暴こうとしたグエン。アリとグエンの体には鉈で斬られた痕が痛々しく刻まれている。そして首と片腕しか発見されていないコーチマン。

最後に不木の前に立つ。魂が抜けると同時に縮んだのかと思うほど小さく、人間の死体だという実感が湧かない。シーツを少しめくると、幾筋かの切創がある足裏が見えた。その全体に茶色く乾燥した血の跡が広がっている。それも両足だ。酷く出血したのではない、血の跡を何度も踏みつけたせいで汚れた感じだ。

「その傷が気になるの？」

剛力の問いかけに頷き返す。

「どうしてこんな怪我をしたんでしょう」

「ほら、電話機やモニターが壊されていたでしょう。きっと踏みつけて壊した時に破片で怪我したのよ」

だとしても、こんなに多くの傷がつくまで踏み続けるのはおかしい。

俺が納得していないのを見て取ったのか、剛力はさらに主張する。

「だってそれらの残骸にも血がついていたもの。間違いないわ」

「よく見てますね」

「観察力は重要なスキルよ」

剛力は誇らしげに口の端を持ち上げる。

シーツを全部取り払ったが、不木の死体には他に大きな傷は見当たらなかった。その中で異様なのは切り離されていて、今は一緒に並べられた頭部の皮膚の色だ。老人の顔色は、他の者と比べて紫っぽく見える。

——これか。

俺は予感が正しかったことを知る。だからボスたちは昨夜の行動を訊ねてきたのだ。

剛力から借りたデジカメで、それぞれの遺体を写真に収めた。

そこで改めて気づいたのだが、アリとグエンの遺体だけ、あちこちに白く細かい塵（ちり）が付着していた。少し遺体を動かして見てみると、特に背中側や後頭部に多い。

「なにかな、これ」

剛力も興味を持ったらしく、俺の隣で屈みこむ。

「たぶん、地下の壁から剝がれ落ちた塗料ですね。地下の廊下はどこも白い塵だらけだったじゃないですか。倒れた時か、首を斬られた時についたんだと思います」

だからアリとグエンの遺体にだけ付着しているのだ。

『——さん、持っ——ました』

『――で全部か』

突然不木の私室に面した壁の方から声が聞こえ、剛力と目を見合わせる。耳を近づけると、アウルと雑賀の声だと分かる。ボスと成島はまだ戻っていないのだろうか。壁に隙間があるのか、あるいは壁自体が薄いのか、部屋での会話が漏れ聞こえるのだ。

『お前の工具の中にも、使えるものがあるんじゃないか』

『ノコギリとエンジンチェーンソーならありますが、首を一撃で両断することはできませんよ』

『巨人の持っている大鉈はお前が用意したんじゃないのか』

『あれは旦那様が用意したもので、一本しかありません』

『もし巨人が使っている最中に折れたり、切れ味が落ちたりしたらどうするんだ』

どうやらアウルは巨人の持つ大鉈の代わりに使えるものを探しているらしい。

これもまた、俺の推測を裏づけてくれる。

『一度だけ交換したことがありますが、あれは特注品ですからそう簡単に折れはしませんよ。予備なんてありゃしません』

『他には絶対にないのか』

『以前、旦那様が生け贄に連れてきた男が、〝あの子〟の手にかかる前に、地下に置きっぱなしにしていた工具で自殺したことがあるんです。旦那様はひどくお怒りになって、それ以来屋敷の中の刃物は特に厳重に管理するように言いつけられましてね』

その返答にアウルは納得したらしい。もう行っていいと雑賀に告げるが、再び呼び止めるのが聞こえた。

『自殺したっていう生け贄の男のことだが、その時、巨人はどうしたんだ』

『死体の首だけいつものように切断し、首塚に転がしていきましたよ』

扉の開閉音。雑賀は退室したようだ。

少しして、二人でそっと倉庫を出ると、剛力が囁いた。

「びっくりしたわね。まさか隣室の声がこんな形で聞こえるなんて」

「盗み聞きになってしまいましたが」

「事故よ。それよりも、やけに凶器のことを念押ししてたけど、なんだったのかしら」

それについては考えがある。

今、不木の私室にいるのはアウル一人だ。情報を引き出すのならアウルしかいないと思っていた。ボスは責任感から口が堅そうだし、成島は秘密を俺たちに共有してくれるタイプじゃない。

俺が不木の私室に向かうと剛力も黙ってついてきた。

アウルは大量のノートやファイリングされた書類を床に広げ、内容を吟味していた。

居間のテーブルの上には大小三本の包丁が並んでいる。

机には冊子が置いてあった。

とりあげてみると、革製のカバーがかけられた大判の日記帳で、一ページに二日分を記入できるようになっている欄に、太めのボールペンの文字がのたうっている。癖が強くてひどく読みづらい。

ページをめくってみると、最新の書きこみのページが開かれた。

日付は一昨日になっている。


食事問題なし。

昼間　物音多し。満月が近づき、衝動に支配されつつある。やはり凶暴性、力ともに増しているか。

二十時、広間の格子を叩く音。建物を揺らすかのごとき怪力。素晴らしい。格子越しに声をかけるも意思の疎通できず。

身長、目算だがさらに成長している？

餌は明日届く。次から一日早める？　加えて数を増やす必要。リスク高まるが、業者に頼むか。


巨人の研究日誌に違いない。

餌というのは屋敷に呼びつけたグエンのことだろう。その後に出てくる業者とは――。巨人をこの屋敷に連れてきたことから考えても、不木には様々なコネクションがありそうだ。

巨人がまだ成長しているという記述も見逃せない。やはり広間の壁にあった印は巨人の身長を刻んだものだったのだ。

「お前か。カノジョを助けに行こうって話なら成島に頼んでくれよ」

寝室からアウルが顔を覗かせた。こっちのことなど歯牙にもかけない物言いだ。けど俺たちも命が懸かっている。俺は大きく息を吸った。

「――不木は、巨人ではない何者かに殺された。あなたたちはそう考えているんじゃないですか」

アウルがどんな反応をするか、いくつか予想していたけれど、思っていたよりもずっと冷静だった。秘密がバレた、というよりも、面白いものを見つけたというような表情を浮かべる。

むしろ剛力の方が驚きの声を上げた。

「これまで剣崎が関わってきた事件現場に、お前も居合わせたんだってな。その経験が生きたのか？　どうしてそう考えたのか教えてくれよ」

「最初に気になったのは、その不木の血痕です」

俺は血でできた染みを指差す。円状に広がった、直径三十センチほどの血。

「明らかに血で汚れた範囲が狭い。生きたまま首を斬られたなら、もっと広範囲に散っているはずです」

血が勢いよく噴き出すのは心臓がポンプの役割を果たしているからであり、心臓が停止した場合は死んだ鶏や魚を捌く(さば)のと一緒で、血は緩やかに流れ出るだけだ。

「じゃあ殺された後に切断されたのならおかしくないよな」

「ところが倉庫にあった不木の死体は、首の切断以外に致命傷らしきものが見当たりませんでした」

俺は口内を湿らせ、再び言葉を紡ぐ。

「不木の首は紫っぽく変色していました。あれは鬱血です」

「へえ、よく見ているな」

「ミステリをよく読むので、鬱血が絞殺によって起きることは知っています。不木が何者かに絞殺されたと考えれば、他に致命傷がないことも、死後に首が切断されたという説も納得できる。ただ一つ、巨人が隻腕であることを除いて」

大鉈という武器を持っており、しかも片腕しかない巨人が絞殺という手段は選ばない。

「巨人の大きな手なら、片腕でもくびり殺すことはできると思うが」

「それなら首に指の痕が残るはずです」

「絞殺でも同じだろう。ロープ状のもので絞めた痕が残るはずだ」

「方法がないわけじゃない。例えば細い紐で絞殺し、紐の痕に合わせて首を斬れば、簡単には分かりません。あるいは逆に太い帯のようなもので絞めれば、はた目には痕が残りにくい」

アウルは笑いをかみ殺すように口元を歪めると、芝居がかった拍手をした。

「なるほどな。探偵ごっこがなかなか様になってるじゃないか。マリアなんかちっとも気づいていなかった。お前の方がよほど冷静なようだ」

「やっぱり巨人以外の何者かによる殺人を疑っていたんですね。だとすると犯人は昨夜俺たちが巨人から逃げ惑っている隙にここで不木を殺し、巨人の仕業に見せかけるために首を斬ったことになる。

だから昨晩の行動を気にしていたんだ。そこに置いてある包丁も、首を斬るのに使える道具が屋敷内にないか探したんでしょう」

するとアウルは俺の後ろに立つ剛力を見やった。

「お前の言い分からすると、一番怪しいのはこの剛力にならないか？　俺たちが巨人と戦っている間、そいつはずっと一階にいたんだからな」

背後で剛力が不満そうに鼻を鳴らすのが聞こえる。

俺も一度は同じことを考えた。だが、そのことこそが剛力の無実の証明になる。

「ずっと一階にいた剛力さんは、巨人が人の首を切断する場面を一度も見ていないんです。なのに不木の首を斬ることで巨人に罪を着せようと思いつくはずがない」

「そりゃそうよ。一階にいたから怪しいって言うなら、マリアさんと使用人の二人の方じゃない。雑賀さんと阿波根さんは巨人の習性も知っていたんだから。それに、地下にいたメンバーが不木の後をつけていった可能性も十分に考えられるでしょう」

アウルは俺たちの言い分を吟味するように数秒目を閉じた後、言った。

「なるほどな。立派な推理を聞かせてもらった礼と言っちゃなんだが、今の俺たちの考えを教えといてやるよ。いろいろ調べた結果、やはり不木の死は第三者による殺人ではないと結論づけた」

今度は俺が驚く番だった。

「お前はさっき、絞殺に用いる道具によっては痕跡を消せると説明したが、絞殺が行われたという証拠にはならない」

「でも、不木の顔は確かに鬱血していて」

「ボスの受け売りだが、鬱血が起きるのは静脈の血が溜まるからで、首を絞められる以外の原因もあり得るんだと。代表的なものが心不全だ」

「心不全？」

「心臓の動きが悪くなれば、当然血は流れにくくなる。使用人に確認したが、不木は心疾患があった。服用している薬も見つかった。つまり奴は昨夜この部屋に逃げ戻ったはいいものの、心不全で死んじまったんだ」

「待ってください。それだと首が切断された説明がつかない」

「さっき雑賀が話してくれたんだよ。巨人は過去にも、死体の首を斬って持ち去ったことがあるそうだ」

自殺した〝生け贄〟の話だ。それと同様のことがここで起きたとしたら。

「真実はこんなところだろう。不木は部屋に入る手前で体に異変を感じ、金属扉にかんぬきをかける余裕もなく部屋に転がりこみ、そのまま力尽きた。その後やってきた巨人が死体を見つけ、首を切断して持ち去った。だから血は飛び散らなかった」

「理屈はこれまでで一番通っているわね」

剛力も反論する様子はない。

だが俺には、巨人ではない者の関与を否定したいがためのこじつけにも聞こえる。

納得してないのを見てか、アウルは「それにな」と続けた。

「お前は不木の首の切断面を確認したか」

「切断面？」

「後で見ておけよ。不木の首の切断面はコーチマンやチャーリーのものと大差なく、非常に滑らかだった。つまり一撃で切り落とされたんだ。工具やナイフ程度ではああはならない。使えるのはこの包丁くらいだが、こんな切り口は見たことないぞ」

だからここに持ってきたのか。

テーブル上の包丁は三本。一般的な三徳包丁と小さなペティナイフ、そして幅広の中華包丁だ。強度からして使えそうなのは中華包丁だけだが、調理用の刃物で首を一撃で切断するなんて、人間業ではない。

「正直に言うと、誰が不木を殺したとしても別に構わんのさ。俺たちはあいつのせいで死ぬところだったんだし、使用人のどちらかが奴に強い恨みを抱いていた可能性もある。けどそれがなんだ？　俺たちになんの影響があるって言うんだ」

「それは……」

「俺たちの敵は〝ジェイソン〟だ。〝モリアーティ〟じゃない。探偵の出番はないぜ」

ジェイソンとは有名なハリウッド映画の不死身の殺人鬼、モリアーティとはシャーロック・ホームズの宿敵ともいえる知的犯罪者だ。知力ではなく戦闘力がないと対抗できないと言いたいのか。

自分の力不足が歯がゆくなる。

なにかおかしい、歪だと感じるのに、それを言葉にする手立てが浮かばない。

やっぱり俺は比留子さんがいなければ、なにもできないのか。

悔しさを紛らせようと、机の不木の日記帳をとりあげた。不木が制御できもしない化け物に傾倒するからこんなことになったのだ。そのまま日記帳を開くと、先ほど見た、一昨日の記述がまた目に入った。

――これは偶然か？

最初にこの日記帳をめくった時も、今も、自然に同じページが開いた。折り目や癖がついているようには見えないのに、なぜだ。

俺は日記帳の綴じ合わせの箇所を注視する。糸綴じの合わせ目の部分にごくわずかに切り残しがあった。

「ページが切り取られている！」

だからその分だけ隙間が空いて、めくった時に開きやすくなっていたのだ。

「書き損じて破り捨てたんじゃないのか」

アウルが手元を覗きこみながら言う。

「かなり丁寧に切り取られていますし、他の書き損じはインクで塗りつぶしているから、意図的に隠したんでしょう。それに、もし書き損じならゴミ箱に捨てているはず」

アウルがゴミ箱をひっくり返すと、電話機とモニターの残骸が床に散らばった。

不木の死体の足裏にあった切創は、この残骸を踏んでできたものだと剛力は考えていた。それにしては傷が多いようだったが……。

ゴミ箱には紙の切れ端らしきものはなかった。

「ないな。どういうことだ。誰かがこのページだけ持ち去ったのか？」

「他の書類と一緒に暖炉で燃やしたのかもよ」

と剛力が言い加える。

俺は答えず、引き出しを開けて鉛筆を手に取った。

切り取られていたのは左綴じのノートの右ページ。字はすべてボールペンで書かれている。

俺は右ページの白紙に鉛筆の先を這わせ、軽く擦る。すると薄い黒鉛の中に凹部が白い文字となって浮き上がった。

間違いない。
奴らの中に施設の子供が
まだ事故の生き残りがいたのか

羽田の仕業？

施設の子供？　事故の生き残り？　羽田って誰だ？

それを見たアウルの声が低くなる。

「不木が被験者を連れ出したっていう事故のことか？」

「そうだと思います。しかも、子供まで被験者にされていた……。素直に読めば、その子供を昨日見た、ということでしょうか」

「ひどい話ね」剛力も沈んだ声を漏らす。「でも、四十年以上前でしょう。子供の顔なんて覚えているかしら」

「不木の中で断言できる根拠があったのかも」

俺は死ぬ前の不木の行動を推察しようと、今朝のこの部屋の状況を思い出す。

「最初、この机に書類が散らばっていましたね。あれは？」

「資料の中でもかなり古い、研究所時代の記録だった。寝室のクローゼットにしまわれていたものらしい」

「それをわざわざ取り出したということは、当時の写真が残っていて、不木はそれを見て確信を得たのかもしれません。そこにやってきた犯人が不木を殺した後、日記のページと、自分の正体に繋がる写真を暖炉で燃やした」

アウルは信じがたいとばかりに肩をすくめた。

「仮に〝生き残り〟がいたとして、雑賀と阿波根なら今さら『思い出した』りしないだろう。そして『奴らの中に』と書いている以上、剛力を除く俺たちの中の誰かを指しているはずだ」

被験者の子供に外国人が含まれていたかどうかは分からないが、少なくとも四十歳以上にはなっているだろう。

だが巨人の肉体が未だに成長しているならば、同じ被験者である〝生き残り〟も常人よりはるかに老化が遅い可能性もある。だとしたら外見など当てにならない。ただチャーリー、アリ、コーチマンは死ぬ前に不木を殺害し、このページを切り取る時間があったとは思えない。

「――やれやれ。ボスと成島にまた悪い報告をしなきゃならないな。お前らもまだ他の奴らに漏らすなよ」

忌々しそうに釘を刺し、アウルは足早に部屋を出ていく。

「〝生き残り〟だなんて、本気にしていいのかしら?」

今はなんとも言えない。根拠は不木の記述だけしかないのだ。

剛力はそんな俺に言葉をかけようとしたが、気分を切り替えるように深呼吸した。

「喉が渇いたわ。私は調理室に行くけど、一緒に行かない?」

「俺はもう少しここに」

そう、と言い残して剛力も部屋を後にする。

それを見送ると、俺はポケットから剛力のデジカメを取り出し、不木の死体があった場所の血染みや、居間の家具の位置、破壊された電話機とモニターの残骸などを次々と写真に収めていった。

他に記録しておくべき場所はないかと部屋を見回し、朝から閉まったままのカーテンに目を付ける。そっと合わせ目から覗くと、幅二メートルほどの大きな出窓になっていて、眩い陽光が差しこんでいた。窓ははめ殺しの上に表面が凸凹したガラスになっていて、外の様子は見えないが、外側に鉄格子が嵌まっていることだけは分かった。ガラスを割っても脱出できないだろう。

手前の張り出しには無駄に重そうなガラス製の灰皿だったり、碧眼の黒猫の置物だったりと統一感のない品々が並んでいた。中でも古代の祭事品を思わせる金の半獣人は、不木にこういった生物に対する信仰心でもあったのかという想像を掻き立てられる。それらに向けてシャッターを切り、カーテンを元に戻しておいた。

不木の死の不審点と、〝生き残り〟の存在。比留子さんならなにか糸口を摑んでくれるかもしれない。

そう期待しながら、比留子さんと話せる離れに急いだ。

「つまり成島たちとチームの中に、〝生き残り〟がいると思うんです。不木は昨日の時点でそれに勘づき、日記に書き残した。彼を殺したのも巨人ではなく、その〝生き残り〟の可能性が高い」

俺が一気呵成に話すのを、比留子さんは窓越しにじっと聞いていた。

さらにデジカメを手渡し、撮りためた写真も見てもらう。

俺はおかしな興奮状態にあった。

こんな時こそ比留子さんは冷静に進むべき道を示してくれる。今回もまた、彼女の能力が発揮される機会が訪れたのだ。

比留子さんは見終わったデジカメを棒にひっかけてこちらに返すと、口を開いた。

「葉村君。なにを期待しているのか知らないけど、私に聞いても無駄だよ」

冷めた物言いに、俺は少なからず驚く。

「無駄って、どういうことですか。俺たちはまだこの屋敷から出られない。放っておいていいわけがない」

「まさか葉村君、今みたいな感じでいろんな人に聞きこみをしたんじゃないだろうね。『この中に殺人犯がいるんです』って。そういう探偵みたいな真似はやめて。ろくなことにならないから」

その口調には苛立ちすら滲んでいた。

鉄格子の向こうで嘆息する。

「忘れないで。私が謎を解くのは、自分の命を守るためなんだ。一刻も早く犯人を捕まえることが身の安全に繋がるから、私もあらゆる手を尽くす」

「〝生き残り〟を見つけることだって身の安全に繋がるはずです」

「今は巨人という最悪の脅威から逃れるのが最優先でしょう。それなのにわざわざ味方同士で疑念を抱かせるような真似をするのは、どう考えたって悪手だよ」

「それを言うなら紫湛荘の時だって」

去年の夏に巻きこまれた殺人事件では、比留子さんは積極的に謎を解明し、犯人を明らかにしようとしていたはずだ。

「あの場合は合宿前から脅迫状が届いていたし、殺害現場にも犯人からのメッセージが残っていたでしょ。皆が犯人を捕まえることに協力的だったからやれたんだよ。それに比べて、今回君が見つけたのは〝生き残り〟の存在を匂わせる記述だけ。本当にそいつが不木を殺したかどうかも定かじゃないのに、余計な混乱を招いちゃ駄目だ」

比留子さんの言い分は正しいのかもしれない。でも俺には彼女がどうにかして俺を謎解きから遠ざけようとしているように思えた。

「〝生き残り〟が、これからさらに犯行を重ねる可能性もあるでしょう。知らんぷりはできませんよ」

「どうしてできないの」

思わぬ反問だった。

「君は私が電話したからここに来た、イレギュラーな人間だ。不木を恨んでいる〝生き残り〟がいたとしても、殺害動機から最も遠いのが君だ」

〝生き残り〟が巨人と同じ施設で実験台にされた人物だったとして、憎しみを抱く対象に順序をつけるなら、一番は当然不木だ。次に長年彼に従っていた雑賀や阿波根だろう。研究資料と巨人の身柄を欲している成島や裏井も同類と見られている可能性があるし、彼らの戦力であるボスやアウル、マリアも危険視される。

その点、俺や剛力は〝生き残り〟にとって殺害する動機がない。

「分かるかな。もし君が恨みを買うことがあるとすれば、〝生き残り〟の正体を暴こうとする行為に対してに他ならない。だから皆の前では黙っているべきだ」

「それじゃあ自分のことばかりじゃないですか！」

大声を出しそうになるのを必死に抑える。

けれど反論をする間もなく、比留子さんは容赦なく追い討ちをかけてくる。

「我が身を守るのは悪いこと？」

違う。

「犯人を推理するのは、自分の命よりも優先すべきことなのかな」

違う。

「まさか君は、命を危険に晒してでも犯人探しをするのが探偵だなんて思っているわけじゃないだろうね？」

違う。違う。違う。

俺はそんなことをしたいと望んでいるんじゃない。

問題の本質はそこじゃないって、どうして分かってくれないんだ。

「葉村君。――ここでは探偵は無力なんだ」

悔しさと怒りがこみ上げる。それは比留子さんにではなく、自分に向けたものだ。

紫湛荘での彼女は孤独で、自分が生き残ることに必死だった。自分の宿命と犯人の影に怯えるが故に、謎を解くことで身を守ろうとした。犯人を暴くことで生還に繋がる糸を手繰り寄せようとしていた。

もしそんな彼女の考え方を歪ませてしまった原因があるとしたら、それは俺だ。

比留子さんは元々ワトソンとして――おそらく助手としてというより、孤独を埋める精神的支えとして――俺を側に置きたがったのだが、それが仇となった。

無力すぎる俺は、彼女にとって〝同志〟ではなく、〝守るべき存在〟に成り下がってしまった。

その証拠に、前回の旧真雁地区の事件で比留子さんは推理力を駆使し、俺を死の危険から守ろうとして犯人の行動を操った。これまで防御の手段でしかなかった推理力を、犯人への攻撃に用いたのだ。

危害を加えようとする人に対抗したり、身内を守りたいと願ったりするのは当然のことだ。俺だって比留子さんに無事でいてほしい。けれど自分や身内が助かるために、他人に危険を転嫁することを「仕方ないことだ」と割りきってほしくはない。

「非常時だからって、優先すべきは俺の命だけですか。他の人は見殺しですか」

「君が誰かを殺すわけじゃない。この先誰かが犠牲になったとしても、悪いのは犯人――手を下した者だ。もしその結果を看過した者も同罪だというのなら――一番の悪は私が生きていることになる」

「なんで、そんな意地悪を言うんですか」

それを切り札にするなんて卑怯じゃないか。厄介事を引き寄せる彼女の体質が悪だという者がいたら、俺は声を大にして否定するだろう。手を下した者が絶対に悪いのだと。

俺の落胆が伝わったのか比留子さんは、

「そんなつもりじゃないんだ」

と気まずそうに目を逸らした。

「葉村君。いくら期待をされても、今の私はここから動けない。犯人を追い詰めるどころか、君を守ることもできないんだ。こんな状況で無責任な推理を披露するほど、私は己惚(うぬぼ)れていない。私たちにはミステリに登場する探偵のような特等席は用意されていない。君はそのことを誰よりも知っているでしょう」

俺は言い返せない。

ミステリの中の名探偵なんて現実にはいないと思い知らされたのは、他でもない比留子さんと初めて関わった事件の時だったのだから。

でも、本当にそれだけですか。比留子さんがその気になれば、真相解明のためにもっと積極的に働きかける方法があるんじゃないですか。

なのに比留子さんは誹(そし)りを覚悟の上で、他でもない俺——力量不足のワトソンを守るために、ホームズの道を外れようとしているんじゃないですか。

俺がもっと——。

気まずい沈黙が下りた時、通路の先の木の扉が開く音が聞こえた。

通路から覗きこんだ阿波根は、俺の姿を認めると食ってかかるように訊ねてきた。

「葉村さん、居間にあったアレキサンドライトの置物を知りませんか」

「アレキサンドライト？」

「出窓に置いていた黒猫の置物です。目の部分がアレキサンドライトという宝石でできているのですが、見あたらないんです」

「それなら、さっき見せてくれた写真に写っていたね」

比留子さんに言われてデジカメのデータを見直すと、確かに美しいアーモンド形の碧眼をもつ黒猫の置物が窓辺に写っている。

「ああ、この黒猫ですか。俺がカーテンを開けた時だから、三十分前にはありましたが」

「なんてこと、油断も隙もない！」

そう吐き捨てると阿波根はすぐに離れを出ていった。

高価な宝石なのかもしれないが、持ち主の不木はもういない。今は自分の身の安全を心配する時だろうに。

闖入者によって比留子さんと議論を続ける空気は失われてしまった。決まりが悪くなった俺は「じゃあ、戻ります」と頭を下げて窓に背を向ける。

「くれぐれも自分の身の安全を一番に考えてね」

俺を思っての言葉がかけられる。

俺は勘違いしていたのかもしれない。

振り返れば、比留子さんは出会った時から、探偵という役割が好きではないと公言していた。ホームズという役割に染まりきれないことは彼女自身が承知の上で、俺を側に置いてくれている。

では、俺はなにがしたいんだ。彼女のワトソンを担いたい俺は。

比留子さんの力を借りて謎解きがしたいのか。彼女のやることを補佐したいのか。

それすらはっきりしていない俺は、このままじゃ本当にただ守られるだけのお荷物じゃないか。

手にしたデジタルカメラが急に冷たく感じられた。

＊

一階・調理室《剛力京》二日目

裏井さんが炊飯器を傾け、慣れぬ手つきでボウルに白米を移している。炊き立てのご飯が途中で零れ落ちそうになるので、私はボウルを傾けて入れやすくした。彼は小さく礼を言った後、「熱っ」としゃもじを持つ手を湯気から逃がした。

ペットボトルを探しに調理室に来たところで、シュンシュン音を立てる炊飯器と睨めっこをしている裏井さんを見つけた。皆に振る舞う食事を用意しているのだ。

「簡単に食べられるおにぎりでも用意しようかと思って」

古めかしい炊飯器は五合炊きで、十人全員が空腹をしのぐことはできそうだ。この状況で仮におかずや汁物があっても喉を通らないだろうし。

ただ、水を張ったボウルや塩を振りまいたバット、ありったけの皿を調理台の上に並べている裏井さんの姿を見てなんだか不安を感じ、ご飯が炊きあがるのを一緒に待とうと決めた。

予感は正しかったらしく、白米を冷ます手際もいちいち危なっかしい。秘書としては有能に見える彼だが、料理はからきしのようだ。

「どれだけ待てばいいですかね」

「ラップを使えばすぐ作れますよ。素手で握らなくていいし」

言いながら私は戸棚からラップを見つけ、適当な大きさに切り分ける。

そこに葉村君がやってきた。心なしか不木の私室で別れた時よりも表情が暗い。それとなく事情を訊いてみたけれど、彼は「別に、なにも」とだけ返した。

彼にも手伝ってもらい、男性二人に挟まれておにぎりを作る。

「秘書って大変そうですね。ああいう人の下で働いていると、とくに」

ラップに包んだご飯の形を整えながら葉村君が話しかけると、裏井さんは「そうですかね」と小さく苦笑した。

「どうして成島さんの会社に？　裏井さんほど気の回る人なら、他でも働けるでしょうに」

私もそう思う。今回の作戦は結果的に計画から大きく外れてしまったとはいえ、こんな無茶な仕事を実行にこぎつける能力が彼にはある。

「自業自得ですよ。器用貧乏にいろんなことをこなせても、私自身にはなにかを成し遂げたいという夢も欲もなかったんです。流されるままに人生を歩み、自分が何者なのか、なんのために生きているのかずっと分からなかった。誰かの指示を仰いで要求に完璧に応えることの方が簡単でした」

そう語る裏井さんは先ほどまでのぎこちなさが嘘だったかのように、均等な形のおにぎりを作っては並べてゆく。試行、分析、修正。その繰り返しこそ彼の人生だとでも言うように。

「自業自得です」彼は繰り返した。「最初に命じられた、グレーな仕事を断れなかった。あれが小さいけれど、決定的な分岐点だったんでしょう。自分の弱さから目を逸らしている間に深みにはまって、気づけばこんなところまで来てしまいました」

それは有能さが招いた転落だったのかもしれない。成島のどんな無茶な要望も叶えてしまう裏井さんだったから、今回の失敗まで立ち止まれなかったんじゃ。

「裏井さんのせいで今の事態に陥ったわけじゃないでしょう。生きて出られさえすれば、またやり直せます。それに俺は、補佐という役割をなんなくこなせる裏井さんが羨ましいです」

「葉村さんと剣崎さんも、とてもいいペアではないですか。殺人事件をともに解決するなんて、そうそうできることじゃない」

葉村君は首を振った。

「俺には裏井さんのように比留子さんを支える力がない。むしろ俺がいるせいで、比留子さんは真実の解明とは違う手段で事態を収束しようとしたこともあります」

私は白米を握る手を止めて訊ねる。

「違う手段……たとえば犯人を力ずくで動けなくするというような？」

「そこまで直接的じゃなくて、どちらかというと積極的に人に手を差し伸べないんです。たとえ誰かが破滅の道に足を踏み入れようとしていても」

裏井さんは遠い目をする。

「……悩ましいですね。お二人の関係は、私のように嫌になったら辞めればいいという問題でもありませんし。ただ私見では、葉村さんが側にいること自体が剣崎さんの支えになっていると感じますが」

そんなフォローにも、葉村君の顔は暗いままだ。剣崎さんとの間でなにかやりとりがあったのかもしれない。

誰かの力になりたいのに、頼られない。その気持ちは私にも分かる。

話をしている間に、炊いたご飯は全部おにぎりになった。不木の私室に運ぼうと、裏井さんがトレーを持って調理室を出ようとした時だった。

「ちょ、ちょちょちょ！」

葉村君が急に、裏井さんの腕に縋りつく。トレーを落としそうになった彼は慌ててバランスを取った。私は咎める。

「ちょっと、なにやってんの」

「靴です！」

裏井さんは訳が分からないといった顔で足元に視線を落とす。

彼が履いているのは黒い革靴だ。いつもは綺麗に磨かれているのだろうその表面に、今は薄い規則的な汚れがついている。右足には甲の部分に大きく、左足には爪先の部分に半月状の形が。

この汚れがなんだと言うのだろう。

葉村君は右のスニーカーを脱ぎ、そのソールと裏井さんの靴についた模様を見比べる。

二つは同じ模様をしていた。

「間違いない。俺のスニーカーの跡です。昨夜巨人から逃げる時、成島さんに押しのけられたはずみで足を踏んでしまったでしょう。その時についたんです」

「そうでしたか。パニック状態でしたからね」

裏井さんが一旦トレーを置き、ハンカチで汚れを拭こうとするのを葉村君が止めた。

彼が慌ててデジカメの画像を確認するのを、私は言いようのない不安とともに見つめる。

「やっぱり」

画像から確信を得たのか、彼は語り始めた。

「不木の両足の裏には切創があり、足裏全体に血の痕が広がっていました。てっきり電話機とモニターの破片を踏んで怪我をしたからだと思っていましたが」

「裸足で歩いたんだから当然じゃないの」

「だとしても、裸足のまま電話機とモニターを踏み壊したり、残骸の破片を誤って踏んだりするとは考えづらいです。それに」

葉村君は不木の死体と床の血痕の画像をこちらに示す。

「ほら、足裏の全体に血がついているのに、破片に付いたはずの血痕は少なすぎる」

「床には血溜まりがありますよ。それを踏んで汚れたんじゃ――いや、そんなわけありませんね」

裏井さんが考えをすぐに撤回すると、葉村君は大きく頷いた。

「ええ。首を斬られた後に血溜まりを踏むはずがない。足裏の血は破片で怪我をした後に、どこかで足踏みをして広がったもののはずなんです。それなのに床にはほとんど血がついていなかった」

まずい、と私の直感が告げた。知られたくない領域に、彼は踏みこもうとしている。一方で裏井さんは「なにがなんだか……」と首を傾げている。

「裏井さんの靴を見て気づいたんです。不木が絞殺された可能性と組み合わせれば説明がつく」

裏井さんは驚愕に目を見開く。

「絞殺されたって、どういうことですか。彼は巨人に殺されたんじゃ」

「いいえ。巨人が不木を殺したと考えるには不審な点がいくつもありました。また巨人が対象の生死に拘わらず首を切断する習癖を持つことから、アウルさんは不木の病死と巨人による首の切断という説を唱えていましたが、それも恐らく違います」

アウルさんに口止めされていたのに、葉村君は構わず続けた。

「部屋に戻った不木は、電話とモニターを俺たちに利用させないよう、床に叩きつけ破壊した。その直後、部屋を訪れた何者かに彼は襲われました。可能性が高いのは細いワイヤーのようなもの、あるいは逆に痕の残りにくい太い帯のようなものでの絞殺です」

どうしよう。彼は着実に真相に近づいている。

「犯人に襲われた時、不木は床に落ちていた破片を踏んだ。破片についていたわずかな血痕はこの時のものです。問題はその後。彼は小柄ですから、犯人に引き上げられるような形で首を絞められたのではないでしょうか。つま先立ちになった彼はほとんど床を汚すことなく犯人の方に引き寄せられた。そして密着する形になると、高さを確保しようとして犯人の足を踏みつけた。何度も何度ももがくうちに足裏からの出血が犯人の靴を汚し、それをさらに踏んだために足裏全体に血がついた」

葉村君の推理は、実際に現場を見られていたんじゃないかと疑ってしまうほど、事実を言い当てていた。でも大丈夫。私までは辿り着けない、はず。

背中に冷たい汗が伝うのを感じながら、話を合わせる。

「つまり、犯人の靴には不木の血がべったりと付着したというわけね」

「ええ」

「じゃあ私はシロね」

堂々とスニーカーを彼の視線に晒す。黒いから分かりにくいが、血の跡は残っていないはずだ。彼

はそれをじっと見つめ、

「そうですね」

と頷いた。疑っている様子は微塵もない。

だけど油断してはいけない。自ら潔白だと露骨に主張すると却って怪しまれる。ここはあえて、自分に不都合な点も話すことにした。

「でも、当の犯人も足を踏まれたんなら、靴に血がついたことに気がついたんじゃない？　そのままにしているとは思えない」

「ええ。血がついたのは昨夜ですから、すでに拭き取られているでしょう」

当然だ。私もそうしたのだから。

それを聞いた裏井さんは落胆の色を浮かべた後、すぐに声を潜めた。

「もし犯人が巨人じゃないとすれば、今の話を無闇に吹聴するのは危険ですよ。こうして目の前にいる私が殺人犯である可能性もあるわけですから」

「いいえ。それはありません」

葉村君はそう言いきった。

「なぜ？」

「裏井さんの靴には、俺がつけた靴跡がそのまま残っているからですよ。もしその上から血がついたのなら、血と一緒に靴跡も消されていないとおかしい。だから裏井さんは不木殺しの犯人ではないんです」

私は内心で驚く。そういう理屈で容疑者を絞りこむこともできるのか。

裏井さんの口からほう、と感心したような息が漏れた。

「なるほど。疑いが晴れたのは喜ばしいことですが……」

「もちろん不用意に他の人に口外するつもりはありません。いたずらに皆を疑心暗鬼にさせたり、犯人を刺激したりしたいわけではないので」

私は素早く思考を巡らす。裏井さんは容疑から外れたが、彼のように不木の殺害以前の靴の汚れがそのまま残っている人が他にいる可能性は限りなく低い。誰もが朝から地下を歩き回り、埃や土や白い塗料の塵で汚れてしまったはず。

私から妨害を仕掛ける必要はない。むしろ協力的な姿勢を見せておこう。

「このことは三人の秘密にしておきましょう。私も誰かの靴に血がついていないか、あるいは不自然に綺麗じゃないか、気をつけて見ておくわ。分かったことがあったら知らせるから」

話を終え、おにぎりを運び始めた。

葉村君は力のなさを嘆いていたけれど、結構いい線いっていたと思う。

目の付け所も面白かったし、今まで剣崎さんとともに殺人事件を解決した実績というのもどうやら本当らしい。

だけど、この推理では私に至ることはできない。

第五章　慧　眼

＊　一階・不木の私室　《剛力京》二日目、午後二時

上着のポケットに入れていた折り畳みナイフをなくしたことに気づいたのは、午後二時過ぎだった。どこで落としたのか。自分が歩いたはずの場所を辿ってみたけれど、見つからない。ナイフの柄にはローマ字で「GORIKI」と彫ってあるから、拾った人が見れば私のものと気づくはずだ。

もしかしたら誰かに拾われているかもしれないと考えて、私は不木の私室にやってきた。

居間が明るいと思ったら、出窓のカーテンが完全に開き、外の光が差しこんでいる。

室内にいたのは阿波根さんだけで、彼女は不木の机の引き出しを漁っていたようだが、私に気づくと何事もなかったかのように閉めた。

「あら、剛力さん。どうかされましたか」

彼女は振り返る寸前、右手で上等そうな万年筆をポケットに忍ばせた。どうやら残された不木の私物から金目の物を探していたらしい。

白々しい態度は、詐欺や窃盗の常習犯によく見られるものだ。こういう輩は少しつついたところで「あなたには関係ないでしょう」とすぐ開き直る。残念なことに今の状況で彼女の罪を暴いても誰の得にもならない。

不本意ながら黙認することにして、こちらの用件を告げた。

阿波根さんが盗むほどの高級品ではないと思ってナイフの特徴を伝えたが、彼女はわずかに眉を寄せた。

「見てませんね。拾ったらお渡ししましょう。それに、ちょうどあなたを探そうとしていたんです。剣崎さんが話したいそうで」

「どうして私と？」

「皆さんと順番にお話ししているそうです。こちらの状況が気になるのでしょう」

彼女とは直接話をしていない。気になるのも当然か。

「じゃあ離れに行ってみます」

「そうしてくださいな。ところであなた、雑賀さんがどこにいるかご存じない？」

いつの間にか見下すような口調になっている。ボスさんや成島、あるいは同じ女性でもマリアさんに対しては徹底的に下手に出るくせに。

「見てませんけど。それがなにか？」

つっけんどんに返してやると、阿波根さんは明らかに気分を害した様子で「それならいいです」と言い残してそそくさと部屋を出ていった。

やれやれ。ああいうタイプは腰が低く見えて、その何倍も自分に甘いから質（たち）が悪い。

それよりも今は剣崎さんのことだ。

災いを招くと噂の剣崎家の令嬢とは、いったいどんな人物なのだろう。

葉村君が言うには、これまでいくつもの事件に関わり、解決に導いたらしい。それが本当だとしたら、別館に隔離された今の状況をさぞかし歯がゆく思っていることだろう。

葉村君もかなり鋭かったけれど、結局、真相を突き止めることはできなかった。

まだツキは私にある。

離れに着いた私は、窓の向こうに注意深く呼びかける。窓の隅で黒い頭が動いた。

現れた顔を見て、思わず息を呑んだ。

艶やかな黒髪。驚くほど小さな顔に白い肌。さきほどはよく見えなかったが、そこいらのアイドルでは太刀打ちできないくらいの美少女ではないか。

「こんにちは。お呼び立てしてすみません」

鉄格子の嵌まった窓から覗く姿は、まるで囚われのお姫様だ。

「剣崎比留子といいます。剛力さんですね」

「剛力京よ。話すのは初めてね。他の人とはもう話したの？」

「いえ。使用人のお二人と剛力さんとだけお話ししようと思っているんですが、雑賀さんはまだ捉まらないらしくて」

では私は阿波根さんに続いて二人目か。

雑賀さんの名前が出たので、彼の正体が指名手配犯ではないかという疑惑を話そうかと思ったが、自重した。別館から出られない彼女に、余計な心配の種を与えることにしかならない。

「阿波根さんとはどんな話を？」

「昨夜の様子や巨人の生態について聞かせてもらいましたが、あまり時間をもらえませんでしたね。彼女も雑賀さんを探しているみたいで」

「なにかあったのかしら」

「その前に、不木の私室にあった置物がないと騒いでましたから、もしかすると関係があるのかも」

さっき阿波根さんは高そうな万年筆を盗んでいたが、他にも目をつけていたのか。

「なくなったのは出窓にあった黒猫の置物だそうです。一部に宝石が使われていたとか」

「宝石？……ああ、黒猫の目に使われていた、赤いやつかな」

雑賀さんと阿波根さんは、どちらも不木の私物に対して盗みを働いているようだ。雑賀さんはもちろんのこと、阿波根さんも後ろ暗い事情があるはず。今後の逃走生活の費用にするためにやっているとしても不思議ではない。

「って、こっちから質問しちゃってごめん。私になにか聞きたいことがあるのかな」

「葉村君の様子を教えてほしいんです」

剣崎さんの声に憂いの色が滲んだ。

「あなたのことを心配してた。でも、いたって冷静よ」

「だといいんですが。探偵みたいなことはしてませんでしたか」

してた。けどそれを伝えるのも止しといた方がよさそうだ。

「なにか気になっていることはあるようね。でも難航中みたい」

「——それはよかった」

嚙み合わない反応に、つい彼女をまじまじと見つめてしまう。

剣崎さんは目を細めて、化粧筆のように摘まんだ髪先を小さな唇に押し当てた。そんな仕草一つで清廉だった印象が蠱惑(こわく)的になって、私は戸惑う。

「葉村君が謎を解いてしまうんじゃないかと気が気じゃなかったんです。自覚がないみたいですけど、彼は鋭いところがありますから」

「謎？　いったいなんのことかしら」

不木殺しのことを葉村君から聞いたのだろうと察したが、私はとぼけて訊ねた。

剣崎さんは一瞬視線を彷徨(さまよ)わせる。

「剛力さん、ペンと紙はお持ちですか」

記者の必需品だ。私はリュックに入れていたボールペンと予備のメモ用紙を取り出し、壁際に置いてあったビニール袋と棒を使って剣崎さんに渡した。

彼女は受け取ったメモ用紙に何事か書きつけたり、紙を折ったりしながら説明を始める。

「もしかしたらご存じかもしれませんが、葉村君は不木を殺したのが巨人ではないと考えているようなんです。しかもその犯人を突き止めようと手がかりを探している。まったく、今は皆で力を合わせてここから脱出しなきゃいけないのに、仲間同士で疑い合うのは非効率的だと思いませんか。まして探偵の真似事をして〝犯人〟の恨みを買うのは馬鹿馬鹿しいでしょう」

かなりドライな性格のようだ。理屈としては正しくても、葉村君には受け入れがたい意見だろう。

もっとも、私は彼女の意見に賛成だけれど。

「つまり犯人探しをするメリットはないということね」

「いえ、そうではなく」

手を動かしながら彼女は否定した。

「私は『彼が謎を解いてもいいことはない』と言いたいだけです。謎は私が解けばいい」

葉村君よりも先に犯人を見つけたいということ？

もしかしたらちょっと気難しい子なんだろうか。

呑気（のんき）にそんなことを考えていた私は——


「だって不木を殺したのは剛力さん、あなたでしょう」

彼女の不意打ちに、こちらは防御するどころかファイティングポーズをとることすらできなかった。

どうして剣崎さんがそれを？

顔を合わせたのは今初めて、しかも彼女は昨夜から孤立していたはずなのに。私は目の前の整いすぎた美貌から真意を読み取ろうと試みたが、逆にこちらの心情を見透かされている気分になる。ますます混乱しそうになった時、

——そうか！　ブラフだ。

彼女はこの離れに順番に人を呼んでいる。

不意に犯人だと名指しし、その反応を見ようという腹だろう。私だけでなく、阿波根さんにも同じことをしたはずだ。

話の運びもタイミングも完璧だったため動揺してしまったが、誤魔化しようはある。

私は大げさに吹き出してみせた。

「びっくりしたあ。急になにを言い出すのかと思ったわ」

剣崎さんは表情を動かさない。

再び不安に支配されそうになる心を奮い立たせ、反論した。

「不木は首を斬られていたんだから、巨人の仕業に決まってるじゃない。百歩譲って第三者の犯行だとしても、昨夜誰がどこに隠れていたかは裏のとりようがないから、犯人は分からないわ」

「葉村君はワトソンという役割に徹するあまり、目の前の物証を集めようとしすぎているんです」

剣崎さんは左手首の時計に目をやる。

「少し急ぎましょうか。——巨人以外の誰かによる犯行を疑ったのは、今朝初めて葉村君と話した時なんですよ。

葉村君は昨夜の出来事を事細かに聞かせてくれました。首塚で私とはぐれた後、彼が隠れ場所に選んだのは皮肉なことに首塚から一番近い暖炉のある部屋でした。彼が隠れている最中、アリさんが殺された。すぐ近くで聞こえた声からも、それは間違いないようです」

そのことは聞いたけれど、どう関係があるというのか。

「その直後、巨人は葉村君が隠れている部屋に入ってきたそうです。葉村君は息を殺して暖炉の煙突内に隠れ、巨人は彼に気づかず部屋を去り首塚に出ていった。首塚に繋がる鉄扉は開閉時に大きな音を立てますから、葉村君にも聞こえたわけです。そしてそれ以降、葉村君は鉄扉が開く音を聞いていない」

　剣崎さんはそこで言葉を切った。

「――分かりましたか？　巨人は一度首塚に出ていったきり、主区画に戻ってきていないのです。おかしくはありませんか？　翌朝、アリさんと不木の首はどちらも首塚から見つかったのに」

　そういうことか。昨夜死んだメンバーのうち、主区画で殺されたアリさんと、一階の私室で死んでいた不木の首は、葉村君の隠れ場所のすぐ近くにある鉄扉から首塚に持ち出されたはず。それなのに葉村君は一度しか鉄扉の開閉音を聞いていない。

「先ほど言った通り、アリさん殺害後に巨人が出ていく音は葉村君が聞いています。では不木の首が首塚に運ばれたのはいつでしょう？　葉村君が隠れ場所から出た後、つまり朝ということになります。巨人の仕業のはずがない」

　私は頭を働かせ、彼女の推理の穴を探す。

「巨人が二度行き来したと考えるから矛盾が生じるのよ。死斑や死後硬直からしても不木が夜のうちに殺されたのは間違いない。巨人ははじめに不木を殺し、その首を持って地下に下りてきた。そのあとアリさんと遭遇し、彼を追い詰めて殺した。ほら、どう？　二人の首を一緒に首塚に運んだのだとしたらおかしいことはないわ。葉村君は鉄扉の開閉音を聞いただけで、巨人の姿を見たわけではないんでしょ」

　咄嗟に捻り出した説明にしては上出来だ。

だが、美しき対手の態度は少しも揺らがなかった。

「その可能性は真っ先に疑いましたが、排除せざるを得ませんでした。不木の首を持ったままアリさんを殺したと言いましたね。あなたは大事なことを忘れている。

——巨人は左腕を肩口から失っているんですよ」

頭を殴られたような衝撃が走った。

「片腕でどうやって二つの首を運びますか？　どんなに手が大きくたって同時に二つの頭を鷲づかみにはできないでしょう。

髪の毛を摑む？　それも無理です。アリさんはスキンヘッド、不木もほとんど禿頭で摑めるほどの髪はありません」

私は頭の中でいくつもの持ち方を想像する。無理があると分かっていても言ってみるしかない。

「片腕で二つ抱えるくらい、不可能じゃないでしょう？」

「運ぶだけであれば。けれど巨人は一つ抱えた状態でアリさんを殺した上、首を切断しなきゃならないんですよ。小脇に頭を抱えて、どうやって大鉈を振るうんです？」

「一旦首を下ろせば」

剣崎さんが微笑む。

その瞬間、私は敗北を直感した。彼女の掌の上で転がされていたのだ。

「その通り。アリさんを殺し、その首を切断するには不木の首を下に置く必要があります。

あなたが葉村君に貸してくれた、可愛らしいカニのストラップがついたカメラには、安置された遺体の写真も収められていました——見せられる側としては複雑な心境ですけどね。アリさんと不木の首には明らかに異なる点があった。アリさんの首には白い塗料の塵がたくさん付着していたのに対し、不木の首は綺麗なままだったのです。主区画の廊下はどこであろうと白い塗料の塵が散らばっています。不木の首が一度でも下に置かれたのなら、絶対に付着しているはずなのに」

すなわち、アリさんの首と同時に運ばれたわけではないことの証左だ。

「よって不木の首は夜に巨人が運んだのではなく、朝になってから誰かが首塚に運んだことになります。不木の私室に通じるかんぬき付きの金属扉に、なにかを叩きつけたような傷があったそうですね。阿波根さんの証言から考えると、それは昨夜巨人によってつけられたもの。これも巨人は不木の私室に入れなかったことを示しています。

——では問題です。不木を殺した犯人はどうやって中に入ったのでしょう？」

なんて子だ。一歩も外に出ないまま、これらの論理を組み立てたというのか。

「あの不木が誰かを助けるために扉を開けてあげるとは考えにくい。考えられる可能性は、不木が戻るよりも先に犯人が部屋の中にいたこと。それに気づかず逃げ帰ってきた不木を殺し、死体とともに部屋で夜明けを待った。だから夜の間に首を持ち出せなかった。

首塚で戦闘が始まった時、不木は誰よりも先に首塚を出ました。暗闇の上に間取りも分からない成島さんたちが、不木を追い越せるとは思えない。そしてマリアさんと二人の使用人は一緒にいた。不木よりも早く部屋に入れる可能性があるのは、コーチマンが巨人に追われていって広間に残された剛力さん、あなただけです。あなたなら首を切断できるぐらいの凶器を持参できたでしょう」

そんなものはない。私が持っているのは小さな折り畳みナイフだけだ。でもきっと信じてもらえないだろう。

絞り出した声は、自分のものとは思えないほど弱々しかった。

「一階にいた私は、巨人が人の首を斬った場面を見ていない。だから巨人に罪をなすりつけようと考えるのは不可能よ」

「不可能ではないでしょう。不木の私室に逃げこんだ時にはまだ、不木が巨人を観察するために設置したカメラの映像をモニターで見ることができたはず」

私はそんなものを見なかった。そう主張しても、彼女の推理が覆るとは思わない。それ以上に――

「だけど私は」

「もちろん、これは想像です」

彼女は落ち着き払っている。

「でも剛力さんは自ら殺人犯だと教えてくれたんですよ」

「……なんのこと」

「さっき、不木の私室からなくなった置物の話をしましたよね。あの時、宝石の話題が出ると剛力さんは『黒猫の目に使われていた』と言ったんです。だけど出窓のカーテンはずっと閉まっていて、張り出しにある黒猫の置物は見えなかったはずなんです。なのにどうしてあなたは黒猫の目に宝石が使われていることを知っていたんですか。昨夜不木の私室に逃げこみ、出窓に隠れていたに違いありません」

しめた！　千載一遇の反撃の機会だ。私は内心で快哉を上げた。

「見たのよ。ここに来る直前に部屋で一人きりになる時間があって、外が見えるかと思ってカーテンを開けたの。その時に黒猫の置物が印象的だったから覚えていただけよ」

剣崎さんが再び、場にそぐわぬ可憐な笑みを浮かべた。

「その言葉が欲しかったんです。確かにあなたにも黒猫の置物を見る機会はあったかもしれない。ですが私が気になったのは別のところなんです。あなたは宝石について『黒猫の目に使われていた、赤いやつ』と言ったんですよ」

確かに言った。実際にそれを見たからだ。なにがおかしい？

「阿波根さんは宝石をアレキサンドライトと言っていました。アレキサンドライトの特徴は、『昼のエメラルド』『夜のルビー』と呼ばれるように光源によって色が変わることなんですよ」

色が、変わる……？

「自然光を浴びたアレキサンドライトは緑がかった色に輝き、ロウソクの火や白熱灯を浴びた時は赤い色に輝きます。分かりますか？　置物があったのは出窓の近くです。さっき見たのなら、アレキサンドライトは緑色に輝いていたはず。葉村君が撮った写真でもそうでしたよ。赤い色を見ることができたのは、夜に白熱灯のもとで置物を見た者——昨夜部屋にいた犯人に他なりません」

やられた。もし先に赤色という発言の矛盾を指摘されていたら、私は勘違いしていたと言い張れただろう。

だが先に「カーテンが閉まっていた」と餌を撒かれたことで、私は「ここに来る直前に開けた」と答え、自ら逃げ道を塞いでしまった。

私はすでに反論する気力を失っていた。彼女を打ち負かそうとして下手な手を打っても、そっくり自分に返ってくる。その代わりに聞きたいことがあった。

「ねえ、さっき『彼が謎を解いてもいいことはない』と言ったわよね。あれはどういう意味？」

私の問いに剣崎さんは、ようやく本題に入ったとばかりに頷き、手に持った数枚のメモ用紙をこちらに見せた。

「成島さんは巨人の捕獲を諦めないでしょう。おそらくもうひと晩はここに居座り、手を尽くそうとするはずです。ただ他の面々も一枚岩ではありません。世間から身を隠している人、多額のお金が必要な人、我が身がなにより大切な人……。今後誰がどのように動くのかは私にも予測できない。そこで」

次に剣崎さんの口から出たのは——

「剛力さんには、私の代わりに葉村君を守ってもらいます」

究極の取引の提案だった。

絶句している私に構わず、条件が示された。

「彼が無事でいる限り、私はここで話した内容を誰にも漏らさない。生き残ってここから脱出できたら、巨人の仕業だと思わせるようあなたと口裏を合わせてもいい」

耳を疑った。犯行を暴いておいて、野放しにするというのか。

「もし、葉村君を守れなかったら？」

つまり、葉村君が死んでしまったら。

「皆に不木殺しの真相を打ち明けるのはもちろん、あなたを告発する内容を書いたこのメモを窓からばら撒きます」

彼女は両手でたくさんの紙片を見せる。ご丁寧に、風に乗りやすい形状に折ったり、ビニール袋に入れたりしている。一枚でも人の手に渡れば私が殺人者だと知られてしまう。もし生きてここを出られたとしても、逮捕されてしまうだろう。

ようやく彼女が言っていた意味が分かった。

「『葉村君が謎を解いてもいいことはない』って言うのは……」

「ええ。彼があなたに口封じされたら終わりですから。でも私が真相を知っていれば別です。私を口封じするには、巨人を突破してここに来ないといけません」

彼女は皆から孤立している状況を逆手に取り、巨人に守られた女王として君臨するのだ。

私に拒否権はない。誰が敵に回ろうが、破滅を免れるためには葉村君を守り通すしかない。

私はこう言い返すのが精一杯だった。

「……葉村君に同情するわ。とんだホームズね」

「ホームズではありません」

彼女の声が心なしか冷えた。

「私は剣崎比留子です」

兇人邸には化け物が二人いる。

暴力の怪物と、知略の怪物が。

でも、彼女は一つ大きな勘違いをしている。

確かに昨晩、私はあの部屋で不木を殺した。

けれど、断じて――彼の首を斬ってなどいないのだ！


剣崎さんと別れて、私は不木の私室に戻った。そこには誰もおらず、まだ動揺の収まらない有り様を見られずに済んだ。

昨夜、私は不木の前に姿を晒し、〝彼の居場所〟を問い質した。

だが老人は不気味な興奮の極みに達しており、巨人に託した夢を饒舌に語るばかりだったため、激昂した私はカーテンのタッセルを使い彼の首を絞め、情報を引き出すうちに殺してしまったのだ。

本当はそこまでするつもりはなかった、と思う。死の恐怖が不木の口を少しでも滑らかにすればと考えたのだが、彼の体は想像した以上に衰えており、現世の糸をいとも簡単に手放してしまった。

憎い相手とはいえ人命を奪ったことでパニックに陥った私は、持病の発作を起こし、その場で眠ってしまったのだ。

ナルコレプシー。時間や場所に拘わらず強い眠気に襲われてしまう、睡眠障害の一つだ。投薬治療を続けているので日常生活は問題なく送れるが、それでも突然眠ってしまうことがあった。

そうして私は不木の死体のすぐ側で眠り続け、目が覚めた時には窓の外が明るくなっていた。

巨人が紫外線を嫌うこと、朝には別館に戻ることだけは不木の口から聞きだしていた。私は大急ぎで出窓の置物や飾りを整えてカーテンを閉めてから、金属扉のかんぬきを開けて廊下に出た。そして誰とも出くわさないよう祈りながら通用口の前まで行き、息を潜めていたのだ。

何者かが不木の首を切断し持ち去ったのは、私が部屋を飛び出してから、マリアさんたちによって不木の死体が発見されるまでの間しかない。

不木の首を斬った人物——あえて真犯人と呼ぼう——はどうやって計ったようなタイミングで行動できたのだろう？

いや、方法ならある。私自身も実際に経験したではないか。

倉庫にいれば、不木の私室のやりとりを盗み聞くことができる。

昨夜倉庫に逃げこんだ真犯人は、私と不木の口論を聞き、その後ぱたりと静かになったことに疑問を抱いた。そして朝になり私が去ったのを見計らい、部屋に踏みこんで不木の死体を発見したというわけだ。

真犯人がなぜ不木の首を斬ったのかは不明だ。けれど、真犯人もなにか目的があってこの兇人邸を訪れたのだとしたら、〝普通の死体〟が見つかり、巨人以外の殺人犯がいると皆に警戒されることを恐れたのではないか。

私と真犯人は互いに予定外の行動を起こしたわけだから、首の切断まで私の犯行だと剣崎さんが判断したのも、無理からぬことだ。

問題は、真犯人の本来の目的が分からないことだ。真犯人の行動しだいでは、葉村君の身に危険がおよばないとも限らない。

ならば取引のためにも、脱出するまでに真犯人を突き止めなければならないのではないか。

思い当たる手がかりなら、一つある。

不木の首は、今朝マリアさんたちが死体を発見する前に持ち出された。その時に首塚に運んだのなら、まだ暖炉の部屋に隠れていた葉村君が鉄扉の開閉音を必ず聞いたはずだけれど、それはなかった。

つまり葉村君が暖炉の部屋から出てきて剣崎さんを除く生存者全員が広間に集まった時点では、真犯人は不木の首を現場から持ち出したもののまだ首塚に運べておらず、一旦どこかに隠していたはずなのだ。実際に首塚に運ばれたのは、皆で手分けして生存者を探している最中しかありえない。

他の犠牲者の首は地面に放置されていたのに、不木の首だけドラム缶の中にあったのは、いつ運んだかばれたくなかったからだ。

なら、首が一時的に保管されていた場所を特定すれば、真犯人の正体に繋がるかもしれない。

まずは不木の私室から広間に続く通路を、目を凝らしながら歩いてみると、数メートル間隔で血の滴った跡を見つけた。それは間隔を広げながら広間まで続いていたが、地下への階段に差しかかったあたりで見失ってしまう。広間で重傷を負ったコーチマンの出血と判別できなかった。

仕方なく、リュックから自前のライトを取り出し、主区画の空き部屋を一つ一つ調べていく。

地下にも、そこかしこに古い血痕がこびりついており、どれが私の求める痕跡なのか、見れば見るほど分からない。

自分が首を運ぶ立場になったつもりで考えてみよう。

不木の私室で首を切断した後、地下に下りようとする。真犯人は私と不木の会話を聞いていたはずだから、巨人と鉢合わせする心配がないことは分かっていた。

だがちょっと待て。どこに誰が隠れているのか分からない状態で、地下に下りるのは危険ではないか。不木の首を運んでいるところを見つかったら言い訳のしようがない。しかも地下はライトを使わなければ移動が困難な上、細かな砂利や塗料の破片が散乱しており足音が響きやすい。

一方で地下から遠い場所に隠すと、後で首塚まで運ぶ時に皆に目撃される危険が増してしまう。

ということは——。

私は階段を上がり広間に戻った。

この広間こそが最適の隠し場所なのではないか。

広間の中で、誰にも見咎められない場所。

あった。止まったままの大きなホールクロック。

文字盤の下の大きな振り子が収まる空間の扉には中央にだけ細いガラスが嵌まっている。私は震える手で扉に触れる。

鍵はかかっておらず、簡単に開いた。

想像は正しかった。

動きを止めた振り子の下に、血の染みが広がっていたのだ。

＊　一階・不木の私室　《葉村譲》二日目、午後三時

午後三時を回り、今後の行動を決めるため、不木の私室に集まるようにと声がかかった。

侵入から半日以上経ち、昨日からまともな睡眠をとっていないメンバーの顔には少しずつ疲労の色が見えるようになった。それと対照的に、窓の外からは楽しげな音楽やアトラクションの稼動音が漏れ聞こえ続けている。この倒錯した温度差が、俺たちの精神をじわじわと蝕(むしば)んでいる気がした。

俺は何度目かの落胆の息をつく。

不木を殺した犯人の靴には血が付着した可能性が高いと考えてから、全員の靴をさりげなく観察してみたのだが、犯行を決定づけられるような痕跡は見つからなかったのだ。

剛力のスニーカーも、成島の革靴も、ボスたちのブーツも黒色。地下を行き来したせいかどれも砂埃を被っていて、血を拭き取ったかどうか判別できなかった。

皆の顔を見渡し、ボスが口を開いた。

「建物中を調べたが、やはり脱出口になるような場所は見つからなかった。皆もそうだろう」

阿波根や雑賀がここに残っていることがなによりの証拠だ。もし外に出る手段があるのなら、彼らはとっくに逃げているに違いない。

続けてボスは現状の整理を始めた。

それは少し前に俺が比留子さんから聞いた内容とほぼ同じだった。

「自力で外に出る方法は二つ。窓の格子をどうにかして切断するか、正面入り口の跳ね橋を下ろすしかない」

ボスは確認するように雑賀を見た。事情に一番詳しいのは建物の修繕や改築を請け負っていた彼だ。

雑賀はこのときも、注目を嫌うように視線を斜め下に逃がしながら早口に告げた。

「エンジンチェーンソーやワイヤーカッターならありますが、窓の格子は基礎工事にも使われる鉄筋でできていて簡単には切断できないでしょう。それに騒音が立ちますから、外にいる来場客や園内スタッフに気づかれるのは避けられませんよ。跳ね橋を下ろすのも同じ。巻き上げ機が壊れているから鎖を切断するしかない。鉄筋よりは切断しやすいでしょうが、こんな昼間に跳ね橋を下ろせば注目の的になります。通報してくれと言うようなものです」

かといって客や従業員がいなくなる深夜を待てば、巨人が徘徊している中で音を出しながら作業しなければならない。論外だ。

「捕まることもだけれど、一番の問題は出口が開きっぱなしになることでしょう」

マリアが厳しい口調で指摘する。

「あと数時間もすれば日が暮れるわ。壊した窓や跳ね橋から巨人が外に出てしまったら、それこそ大惨事よ」

外への影響の大きさを考えれば、強引に脱出口を開けるのは得策とはいえない。

「この部屋の窓はどうだ。金属扉があるから巨人は入ってこられないし、夜になってから叩き割ればいいんじゃないか」

ボスの案に雑賀は首を振る。

「この窓は旦那様が特注した強化ガラスです。拳銃でも割れやしないでしょう」

「じゃあ、廊下の窓から外にいる人に助けを求めるとか」

マリアの意見に反対したのは阿波根だった。

「外にいる人に通報してもらっても、せいぜい園の警備員か近所の警察が来るだけです。彼らに頑丈な扉を開ける術があるとは思えません。仮に開いたとしても、夜になれば警察官程度では〝あの子〟を止められないでしょう」

雑賀が阿波根に加勢した。

「通報なんてしたら全員が警察の厄介になるのは避けられませんよ。それでもいいんですか？」

俺は内心でため息をついた。議論の内容が、比留子さんが既に語ってくれたものとまったく変わらなかったからだ。

「方法ならあるぞ。来場客に被害を出さず、俺たちも捕まらずに済む方法が」

これまで黙っていた成島がここぞとばかりに前に進み出た。皆の視線が彼に集まる。

「コーチマンが持っている通用口の鍵を取り戻すんだ。剛力、君を連れて通用口から入った後、彼は鍵をどこにしまったか覚えているか」

突然話しかけられ、剛力は狼狽えた。先ほどから彼女は心ここにあらずといった様子だ。

「上着の胸ポケットに入れたはずだけど」

「なら、コーチマンの遺体さえ見つければ鍵を回収できるな」

皆の間に、静かな動揺が広がった。

それはそうだろうが、自分の言っている意味が分かっているのか。コーチマンの状況について今のところ推察できるのは、別館から続く鐘楼で殺されたであろうということだけだ。不木とコーチマンが残した言葉からすると、左に行った先に螺旋階段がある。だがそれ以上何の情報もなく、使用人も入ったことがないのに、巨人のいる別館に鍵を取りに行けというのか。

だが成島は不敵な態度を崩さず、テーブルの上にA3サイズ程度の紙を広げた。

「この図面を見てくれ。不木の資料の中にあったものだ」

図面といっても建築家が描くような精密なものではなく、鉛筆で簡単に引いたもののようだ。何度も描き直した痕跡と、ところどころに細かな文字の書きこみがある。

それを見た俺は、すぐに強い既視感を覚えた。屋敷の中を歩き回って作り上げた、兇人邸の間取り図と似ていたからである。

「屋敷の図面が見つかったのね！」

マリアが声を弾ませる。

「いや、これは……」

雑賀が訝るように身を乗り出した。しばし険しい顔で図面を睨んでいたが、すぐに得心したようだ。

「全体の造りは似ているが、この屋敷の図面じゃありませんな。まず寸法が違う。それに旦那様の部屋が見当たらないし、二つの跳ね橋もない」

俺が作った間取り図を横に並べて比較してみると、他にも相違点はたくさんあった。

現在兇人邸で使っているのは地下と一階であるのに対し、この図面には『一階』『二階』という記述がある。さらには『研究棟』『体育館』『宿舎』などの名称が並んでいる。

成島が言った。

「これは不木がいた研究施設の間取りを、図面に起こしたものだと思われる」

確かに『資料保管庫』や『培養室』など、各部屋の名称は研究施設を思わせる。

「ですが、偶然だと片づけるには兇人邸の間取りと似すぎてはいませんか」

「それこそが不木が兇人邸の増改築を続けた目的だとすれば？」

成島が告げたのは実に奇妙な動機だった。

「不木は、かつて過ごした研究所をモデルにしてこの屋敷を改造し続けたのさ。新たな建物を一から造るより、おおよその構造が似ている建物があるのなら、内部の間取りを変えた方が早い。前身のテーマパークを買いとったのもそれが理由だった」

図面の研究所も、この屋敷と同じく主に二つの建物が隣接する構造だったことが分かる。首塚と呼んでいる地下空間は、研究所の図面では一階の中庭にあたり、巨人のいる別館部分は二階建ての宿舎に相当する。

「旦那様はこの図面に従って、私に地下の改築を指示していたんですね。二階以上に行けなくしたのも、同じ目的だった」

長年の疑問が氷解したのか、雑賀は図面をなめるように確認している。

「不木はどうしてそこまで研究所に固執していたのかしら」と剛力。

「つまらんプライドだろうよ。かつては班目機関のもとで最先端の研究を行っていた奴も、今ではこんな山奥で人目を忍んで化け物を飼うことしかできなくなった。昔の環境に似せることで栄光を取り戻したと思いこみたかったんじゃないか」

この図面を信用するのなら、別館の間取りはだいたい把握できる。鐘楼に当たるであろう場所は『電波塔』として記載されていた。上まで続く螺旋階段は、別館の地階と一階のどちらにも通じているらしい。

俺は言った。

「問題は別館の扉を開ければ音がして、巨人に気づかれることです。どうにか鐘楼まで上ったところで、後ろから追ってこられたんじゃ逃げ場がない」

「誰かが巨人を他の場所に引きつけて、その隙に侵入するんだ」

成島が当たり前のように言う。

他の場所ってどこだ。巨人は日が昇っている間は首塚にすら出てこないのに。

マリアがなにかに思い至ったように叫んだ。

「まさか、夜を待つの⁉」

「それしかない。巨人が本館に入った隙にコーチマンの遺体を探すんだ。通用口の鍵さえ手に入れば巨人を屋敷に閉じこめたまま脱出できる。俺たちは捕まらずに済むし、来場客に被害が及ぶこともない」

もっともな説明だが、彼が気にかけているのは来場客の安全ではなく、巨人が外の目に触れるか否かだけだろう。

成島は是が非でも巨人をこの建物に閉じこめておき、態勢を立て直して戻ってくるつもりなのだ。

「馬鹿げているわ」

マリアの声には、押し殺された怒りの色が滲んでいた。

「昨夜だけで五人も殺されたのよ。残弾も少ない。こんな状況で巨人を引きつける?」

「なら、やはり外の人間に犠牲になってもらうことでいいな?」

「そういうことを言っているんじゃないわ」

「同じことだ。無理に外に出れば、野次馬か駆けつけてきた警察が死ぬ。それを防ぐためには巨人を閉じこめるしかない」

結論を急ごうとする成島に対し、剛力が口を挟む。

「ちょっといい？　他人に命を懸けろというのなら情報を出し惜しみするべきじゃないと思うわ」

「なんのことだ」

「もちろん巨人の生態について、資料を調べて分かったことよ。その内容によって、鍵を取り戻せる可能性だって変わるじゃない」

鋭い指摘に、成島はあからさまに苦い表情を浮かべた。

「貴重な資料だ。軽々しく教えられるものか」

「それでも話せることがあるでしょう。こちらだって別に技術を盗用しようってんじゃないんだから。それとも情報を伏せられたまま、巨人を相手にしろと言うの？　さすがに薄情じゃないかしら」

剛力が視線を送ると、マリアも強く頷いた。

「情報と言っても、皆さんはすでにご存じのことばかりなんですよ」

「おい、裏井」

成島が止めようとするが、アウルたちに宥められて引きさがった。

「巨人はかつて班目機関という組織が行っていた、超人研究によって人並み外れた力を得た。しかしその詳細については、不木自身も観察を通してしか把握していなかったようです。分かったのはあの怪力と、人間離れした生命力と回復力。新しい情報として毒や病気などに対する強い抵抗力があることぐらいですね。不木はこれらの能力を解析できれば、今の科学が二十年は進歩すると信じていたようです」

「弱点はないの？」

裏井は首をふった。

「紫外線以外の記述は見つかりません。ただ、嗅覚、聴覚などは人並み以上ではあるものの、動物のように人間の数百倍といった鋭さではないようです」

巨人は暗闇を見通すことはできても、隠れている俺たちに気づくことはなかった。体臭を嗅ぎつけられる恐れはないということか。

ただ――不気味なのは〝生き残り〟の存在だった。

もし〝生き残り〟が巨人と同じ被験者で、俺たちの中に紛れているとしたら、どうして巨人のような姿をしていないのか。たまたま結果が異なったのか、そもそも巨人と〝生き残り〟は別の処置を受けたのか。

これまで話に出ないということは、アウルは恐らくボスや成島などごく限られたメンバーにしか〝生き残り〟のことを話してはいまい。

比留子さんが心配していた通り、味方同士で疑心暗鬼になってしまう可能性もあるし、ここでは明らかにしない方がいいのだろうか。

あくまで当初の目的に拘る者、とにかく犠牲を生まないことを考える者、警察に捕まるリスクを嫌う者。

いとも簡単に場の均衡が崩れそうな、ひどく不穏な空気が部屋を満たしていた。皆が等しく生存を望んでいながら、それぞれ重視するものが違う。

しばらく沈黙が続いたが、やがて成島が折衷案を告げた。

「こうしよう。最も危険を伴う役目はこの三人が引き受ける。君らは邪魔さえしなければ、この部屋に籠もっているだけでいい」

三人というのはボス、アウル、マリアか。別館への突入に反対するマリアは明らかに不服そうだったが、三人以外は心が揺れたのが分かった。不木が使っていたこの部屋は頑強な金属扉で守られている。巨人の猛撃に耐えられるとすればここしかない。

「比留子さんを見捨てるんですか」

俺が思わずくってかかると、「人聞きの悪いことを言うなよ」とアウルがうんざりした口調で言う。

「要は、剣崎をどうやって助けるかって話だろう。今の戦力でなんとかするか、脱出して態勢を立て直すか、あるいは警察に任せるか。実際に動く俺たちで選ぶことが、そんなに不満か？　だったらお前が今すぐ別館に飛びこんでヒーローになればいい」

そう言われては、俺は引き下がる外ない。

雑賀と阿波根の二人は特に反対もせず、どこかほっとした様子で同意した。

剛力だけが沈黙を保っていたが、最後にこくりと頷いた。

「よし、具体的な作戦を決めよう」

ボスが場を仕切り始める。

三時半を過ぎた。日没まで残り約二時間半。

「コーチマンは死ぬ直前に鐘を鳴らしたことからして、鐘楼の最上部に遺体があるはずだ。最上部までは螺旋階段の一本道。途中で巨人に気づかれたら逃げ場はないぞ」

最悪なのは、侵入に成功して鍵を手にした後、追ってきた巨人に殺されるパターンだ。地下と同じく電灯一つない真っ暗闇だとすれば、ライトは持っていくとしても、万が一鍵を落としてしまえば見つけるのは至難の業だ。

ボスが立てた作戦はシンプルなものだった。

「人員を二手に分け、囮役が巨人を引きつけている間にもう片方が鐘楼に侵入する」

「引きつけるって、どうやってよ？」

マリアが投げやりな声を上げる。

「大きな音を立てて、この部屋の前まで巨人を誘導するんだ。ここなら巨人に襲われる心配はない。

その隙に、地下に隠れていた方が鐘楼に侵入し、コーチマンの遺体を見つけて鍵を取り戻す」

「それじゃまずいんじゃないか」

アウルが異を唱えた。

「巨人をここまで誘導する途中で、囮役がやられる可能性は」

アウルは俺が作った図面の地下の主区画を指差しながら説明する。

「囮役は巨人が食いついたことを確認してから逃げなきゃいけないわけだ。だが巨人の足は俺たちよりずっと速いぞ。この部屋に辿り着くまでに追いつかれる」

「広間の前から音を立てて、巨人の姿が見えたらすぐに避難すればいい」

「それでもここまでは距離がありすぎる」

「なら、金属扉の前からならどうだ」

ボスは粘るが、これもアウルは否定した。

「恐らくここからだと地下まで音が届かない。かなり距離があるからな」

俺たちは不木の私室の前で立てた音がどこまで聞こえるか実験してみた。どれだけ大声で叫んでも、途中の廊下と広間で拡散されてしまうのか、階段を下りた地点では微かにしか聞こえなかった。

「これでは巨人を引きつけられるかどうか分からないな。それに、巨人が金属扉の前に居座ったら、鐘楼へ侵入した者が鍵を見つけても不木の私室に戻れない」

ボスが唸って黙り込むと、雑賀がおずおずと提案した。

「ここまで誘導しなくとも、主区画と副区画の両方に隠れていれば隙をつけるのでは」

「どういうことだ」

「首塚に出た〝あの子〟は、主区画か副区画のどちらかに入っていきます。例えば主区画に入ってきたら、そちらに隠れている人がトランシーバーで合図を出します。それを聞いたら副区画に隠れている人はこっそり首塚に出て、鐘楼に侵入する算段です。副区画に入った場合は逆のことをすればいい」

それなら巨人がどちらに移動した場合でも鐘楼に忍びこめる。

「主区画なら、昨夜俺が隠れた暖炉があります。絶対安全とまでは言い切れませんけど」

もう一度あそこに隠れろと言われたら正直ごめんだが、他にいい場所が思い浮かばない。

「副区画はどうする。あそこは隠れられそうな場所はなかったはずだ」

実際、昨夜副区画に逃げこんだグエンは遺体となって発見されている。

雑賀は淡々と答えた。

「使える部屋がありますよ。旦那様の指示で、普段は塞いでいる場所ですがね」


雑賀が皆を案内したのは首塚の副区画側鉄扉を入って左手に進み、二度曲がってすぐ、副区画の奥だった。副区画は中心部にいくつかの部屋があり、それをぐるりと一周するように長方形に廊下が走っている。

これのどこが部屋なのか訝しんでいると、雑賀は内側の壁に走っている細い隙間に持っていたバールの先を突っこんだ。てこの原理で力を加えると、バリバリと思いの外軽い音を立てて幅二メートルほどにわたって壁が剝がれる。

壁と同じ色に塗装された薄いベニヤ板だ。

その裏から現れたものに、皆の口から驚きの声が漏れる。

「隠し部屋か」

阿波根も目を丸くしている。この部屋の存在は雑賀しか知らなかったらしい。

「なぜ今まで黙っていた？」

ボスが気に食わなさそうに糾す。

「役に立つとは思わなかったんですよ。この通り、塞いだまま使ったこともありませんでしたし」

先ほどの図面では、研究所のこの位置は壁になっている。それに従い部屋を塞いだのだろう。

ベニヤ板で隠されていた部屋は隣にもうひとつあり、どちらも三畳程度の小部屋だった。中はからっぽだ。

雑賀はこれから壁に見せかけたまま開閉ができるよう出入口を改造すると言った。そうすれば巨人に部屋の存在を知られないまま隠れることができる。

ボスが計画をまとめた。

「主区画は暖炉の部屋に一人、副区画は二つの隠し部屋に一人ずつ隠れよう。巨人がどちらかの区画に入ったら、トランシーバーで合図する」

「会話は危険よ」

「スピーカーを指で弾く程度でいいだろう。別区画から合図が聞こえたら首塚に出て別館に侵入する。静かに、迅速にな。首塚の鉄扉を開閉する時には注意しろ」

鉄扉の錆びついた大きな音は鬱陶しいが、巨人の出入りを知る頼りにもなるので、うまく利用するしかない。

「鐘楼で鍵を回収したら、隠れ場所か、うまくいけば不木の私室に戻ってきてくれ。特に注意すべきなのは、巨人が鍵を回収した者と鉢合わせすることだ。巨人が首塚に戻った時も、即座に連絡してくれ。以上だ」

問題は誰をどこに配置するかだ。特に主区画の暖炉は息を潜めるのにかなりの気力と集中力が必要とされる。昨夜は一度しか巨人が接近しなかったから俺でもなんとか乗り切れたが、いくら体力自慢の彼らでも無事で済む保証はない。

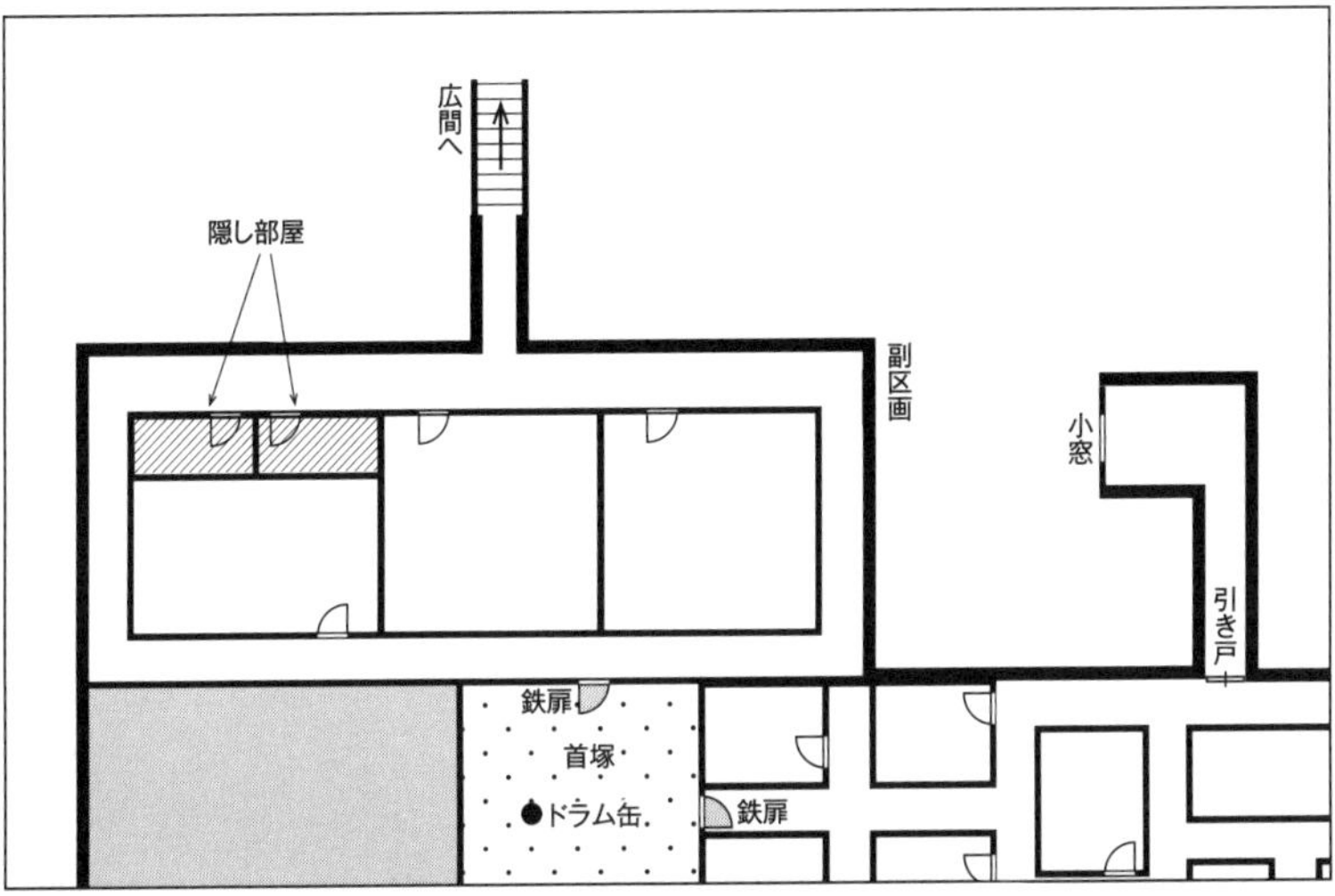

「主区画の暖炉には俺がいく」

名乗りを上げたのはボスだった。

「煙突の中はかなり狭いですよ。ボスの体格じゃ」

「さっき見たが、入れなくはない。むしろ余裕がない分、骨格で突っ張れるから楽だろう」

その役割を誰にも譲るつもりがないという断固とした口調だった。

「副区画の方はアウルと……マリア、頼めるか」

名指しされたマリアは忌々しげに顔を歪めた。

「成島にやらせなさいよ」

彼女は別館侵入に乗り気じゃない。意に反して留まることになった上に、命がけの作戦にまで付き合わされるのは納得いかないだろう。

「荒事が起きることも覚悟してこの仕事を請けたんだろう。一般人にやらせるわけにはいかない」

「主に動くのは俺でいい。マリアは万が一俺がやられた時のために控えていてくれ」

アウルも説得に加わると、渋々マリアは了承した。

「ちょっといいですか」

ここで言うしかないと思い、俺は一つの提案をした。

「鐘楼の最上部まで行って戻ってくる時間があるなら、

比留子さんも脱出できるんじゃないですか」

比留子さんが隠れている場所は、別館の中で鐘楼と反対側に位置している。トランシーバーの合図で鐘楼を目指すのと同時に、比留子さんに隠れ場所を出てきてもらえば、別館を脱出できるのではないか。

これには成島も好意的な反応を見せた。

「いいじゃないか。鍵が手に入り、剣崎さんも助けられるなら一石二鳥だ。トランシーバーは余っているんだろう。彼女にもトランシーバーと図面の写しを渡して、こちらの合図を待ってもらおう」

話がまとまる。やっと比留子さんを助け出す役に立てた気がして、少しだけ心のつかえが取れた。

日没は六時ごろだ。それまでに雑賀は部屋の入り口を作り直し、俺たちは準備を行う。残っている銃弾はボスたち三人で分けた。ライトは邸内にあったものもかき集めれば、全員に行き渡る。

そこまできたところで思わぬ心配事が発覚した。トランシーバーの充電だ。本来は一夜で片づくはずだったため、ボスたちが使っているのは小型のもので充電式なのだ。充電器は車内に置いてきている。

「連続使用時間は二十時間だったかな。昼間から電源を切っていたが、あと一晩保つかどうか」

万が一、巨人が現われる前に電池が切れたら、合図を出せない。それまで電池が保つよう祈るしかない。

俺はボスとともに比留子さんに会いに行った。

ずっと一人で考えていたものの、不木殺しの犯人は見つけられなかった。結局は彼女が望んだ通り、犯人から危険視されずに過ごしたことになるのだろうか。

「済まないが、もう一晩俺たちに付き合ってくれ」

ボスは作戦の詳細を比留子さんに伝え、ライトとトランシーバーを渡した。

それだけで立ち去りかけたボスを、俺は呼び止めた。

「こんな事態になっても成島さんとの契約を解消しないのはどうしてですか」

「最後まで仕事を全うしたいから、では駄目か？」

例えばアウルは請けた仕事に対するプライドに重きを置いた発言を度々している。一方、囚われの被験者を保護するという使命感で参加していたマリアは、すでにこの仕事に関わりたくなさそうだ。

だがボスは、この仕事になんの拘りを持っているのか分からない。

俺が納得していないのを見てか、ボスは諦めたように両手を広げた。

「金のためだよ。大金が必要なんだ」

「命は惜しくないんですか。生きてさえいれば、この先も稼ぐことはできるでしょう」

「この先では駄目なんだ。孫が難病にかかっていてな。高額な手術を繰り返さないと生きていけない体なんだ。金はいくらあっても足りない」

ボスはおそらく四十代。まだ幼いであろう孫の力になりたいと願う気持ちは、俺でも察することができる。

「とはいえ家族がいるのは誰でも同じだ。死んだメンバーの遺体も、なんとか帰してやれないか成島に相談するつもりだ」

最後に「もう少し彼女と話してやれ」と気遣いを残してボスは去り、俺は比留子さんと向き合うことになった。

「予想した通りの展開になっちゃったか」

彼女の声はあまり落胆した風ではない。

「……すみません」

「別に葉村君のせいじゃないでしょ。それにしたって、別館に侵入とは思いきったね」

「やめるべきでしょうか」

「たとえ通報や脱出を選んだとしても、巨人と接触した人が犠牲になる可能性はある」

巨人が屋敷から出ないだけまし、ということか。

「他に方法がないか、考えておくよ。今はとにかく生き残ることだ」

こんな当たり前の会話だけで、今まで重かった気分が持ち直したのが分かる。

比留子さんも少し照れくさそうな顔で続けた。

「私としてもいずれ遊園地デビューのリベンジをしないと気が収まらないしね」

その意味を咀嚼（そしゃく）するのに少し時間がかかった。

「……デビュー？　初めてなんですか」

「生まれた頃からこの体質の兆しがあったからね。いつかは観覧車やジェットコースターに乗ってみたいと思っていたのに、まさか初めての遊園地がここだとは、不本意だ」

それでトラックの中で行先を聞いた時にびっくりしたような反応をしていたのか。

「葉村君、笑ってるように見えるんだけど」

「……いえ。リベンジの時にはぜひお供させてください」

「うん」

比留子さんが少し笑ってぐいと鉄格子の隙間からこちらに腕を突き出した。窓と窓の間で、小さな手のひらが開かれている。握手を求めているのだと気づき、俺も右腕を伸ばす。

が、長さが足りず二人して空を摑む羽目になった。

「げ、限界です」

「弱音を吐くんじゃないよ！」

厳しっ！

俺たちは一旦身を引いて慎重に最短距離の位置を見定め、上半身を捻って肩口まで格子の隙間に突っこんだ。冷たい鉄の感触が頬にめりこむ。

「首が……」

「もうひゅこひ」

たぶん「もう少し」と言ったのだろう。

震える中指の先がわずかに触れた。

小さな指の腹。柔らかさも温かみもよく分からない。

それでもきっとなにか通じた。

接触は一瞬で、俺たちは力を使い果たしたように腕を戻し、節々の痛みに呻きながら笑った。

「夜には合流できるっていうのに」

「健闘を祈る握手をしたかったんだってば」

これが最後の会話になるのではないかという恐れは、いつも頭の片隅に貼りついていた。まして俺は作戦に直接参加するのでなく、安全な場所で比留子さんの帰還を待つことしかできない。

先ほど触れた指先を握りこむ。

「また後で」

「待っててね」

比留子さんの浮かべた笑みに背を向ける。

それが嫌なんだ。なにもできず、待つばかりなのは。

俺に力がないのが悪いんだって分かっている。

それでも。あなたの役に立てる力がないのなら、せめて同じ痛みが欲しい。

＊　一階・不木の私室　《剛力京》二日目、午後五時五十分

ボスさんたちが夜の作戦の準備に勤しむ間、私は阿波根さんとともに不木の私室にいた。

今夜も兇人邸に滞在し、コーチマンの遺体から鍵を取り戻すとは、好都合な展開になった。私にはまだやり残したことがある。

それに葉村君を守るよう剣崎さんから厳命された身としては、彼と一緒に不木の私室に籠もっていればよいのはありがたかった。それならば彼を死なせる恐れはない。

そういえば、私のナイフを拾ったという知らせはない。やはり地下で落としたのだろうか。

それとも、誰かに盗まれた？

隠し部屋を直している雑賀さんの姿が脳裏に浮かぶ。

私の考える通りなら彼は強盗グループの主犯格で、殺人まで犯している。

彼にとって窃盗行為は習慣になっていた可能性が高い。もしかすると、これまで殺された従業員の私物にも手を出していたかも。

そこまで考えて、一つ確かめなければならないことを思い出した。

ソファに座っている阿波根さんに聞いてみる。

「不木がこの屋敷に誘いこんだ従業員たちは巨人に殺されたんですよね。頭蓋骨はたくさん首塚にありましたが、残った遺体はどうしたんですか？」

すると阿波根さんはブリキ人形のようにぎくしゃくとした動きで何度も首を傾げ、「さあ……さあ」と口籠もった末にようやく意味の通る言葉を吐いた。

「私は日々の生活のお手伝いをするのが主でしたから、〝夜〟の後始末は雑賀さんに任されていたん

です。地下のどこかに転が……倒れている死体を見つけて処分し、綺麗に掃除するところまで」

「外に運び出していたとか?」

テーブルの上に置いてある中華包丁に目が留まる。死体をバラバラにすればゴミに紛らせて処分することも不可能ではない。

しかし阿波根さんは首を振った。

「雑賀さんは建物の修繕や改修に使う材料を受け取る時以外、屋敷の外に出ることはありませんでした。食料品や日用品の受け渡し、ゴミ出しは私の仕事でしたが、死体が入っていればさすがに重さで気づきますよ。おそらく地下のどこかに埋めていたんじゃないですか」

首塚には、土を掘り返した跡はなかったと思うが。

「そういえば剣崎さんに聞いたんですが、黒猫の置物は見つかったんですか」

私が弱みを握られるきっかけになった置物はなくなったままだ。

すると阿波根さんの目つきが変わり、溜まりに溜まったものを吐きだすようにまくし立てた。

「いいえ！　雑賀さんを問い詰めたのですが、はぐらかされたんです。きっと隠してるんですわ。旦那様が亡くなった途端に、なんて節操のない男でしょう！」

雑賀に先に盗まれたということか。こんな状況だというのに、二人とも図太い神経をしているものだ。

その時、アウルさんが部屋に入ってきた。なんだか釈然としない顔をしている。

「雑賀を見たか?」

タイミングをあわせたように彼の名前が出て、私と阿波根さんは顔を見合わせる。

「ここには来ていませんが」

アウルさんがユニットバスの中を検めていると、葉村君と裏井さん、マリアさんも部屋に戻ってきた。

「どうしたんですか」

「雑賀が消えた」

それを聞いて裏井さんは慌てた様子になる。

「隠し部屋の壁の改修は？」

「終わっていた。扉は目立たないよううまく隠してあったし、開閉にも問題はない。ただ作業を終えた本人が見つからないんだ。さっきからボスと探しているんだが」

時計を見ると、もう数分で午後六時だ。この部屋の出窓から太陽の位置は見えないけど、空は濃い赤に染まり、すでに熱を失いつつある気配を感じた。私は阿波根さんに訊ねる。

「巨人はどれくらい暗くなったら出てくるんですか？」

「日によって異なるようですが、いつも日が沈んで空が全体的に紫がかる頃には、あの子が上がってこないように旦那様が全ての格子を下ろしていました。あと三十分あるかないか……」

そろそろ配置につくべき時間だ。

「もう一度探してくる」

「俺も行きます」

アウルさんの後を追って、止める間もなく葉村君が出ていってしまった。

彼になにかあったら私が破滅するんだから、大人しくしてくれないものか。仕方なく私もライトを持って彼に続く。

アウルさんは雑賀さんの部屋に向かい、私は葉村君とともに地下へ下りる。

すでに朝から何度か巡った甲斐あって、造りは頭に入っている。二人がかりで回れば十分もかからないはずだ。

名前を呼びながら、全部の部屋の中をライトで照らして確認していく。

途中でボスさんと出くわしたが、やはり姿はないという。

「あの隠し部屋以外にも彼しか知らない場所があるんじゃ……」

「そうだとしたら探す時間がないな。あと五分経っても見つからなければ不木の私室に集まろう」

ボスさんと別れ、私たちは首塚に出る。

「空が……」

葉村君が見上げて呟いた。磨りガラスの天井ごしに、熟れきった赤色から藍色に変わりはじめた空が見える。

副区画に入ると、硬いものを踏み割る感触と同時にガラスが割れるような音がした。足元を照らすと、鋭く燦めくものが床中に撒き散らされている。目を凝らすと大量のガラス片だった。

「これ、なに？」

葉村君は知っていたらしく、正体を教えてくれる。

「蛍光灯ですよ。隠し部屋にいても巨人がどこを歩いているか分かるように、屋敷中からかき集めた古い蛍光灯を割ってアウルさんが撒いたんです」

今回の作戦では、できるだけ細かく巨人の動きを把握して合図を出す必要がある。暗闇でも分かるよう、音がする仕掛けは有効だ。

「副区画にだけ？」

「蛍光灯の数が足りなかったそうです。俺が昨夜隠れていた暖炉の部屋の方は鉄扉のすぐ隣なので開閉の音は聞こえます」

念のため、他にも隠し部屋のような仕掛けがないか気をつけつつ、なるべく破片の少ない場所を選んで歩を進める。私は右手の廊下、葉村君は左手に向かった。副区画の廊下は分岐がないので、誰かと行き違いになる恐れはない。

一度角を曲がり、壁伝いに歩いていた私は、ある箇所に細い切れ目が走っているのに気がついた。隠し部屋の入り口ととてもよく似ている。

まさか。

切れ目に指を掛けると、それだけで壁が奥に動く。開けるのではなく押すのか。壁の正面に立ち、力を加えて押しこむと、引き戸のように横スライドさせることができた。

現れた空間に、私は誘われるように体を滑りこませた。

――後から思えば、この時どうして葉村君に声をかけなかったのか。

扉の先は狭い通路になっていて、すぐ先で右手に折れている。地面は土が剥き出しだ。もしかして秘密の脱出口？

だけど逃げられるのなら、雑賀さんはもっと早くに姿を消していたはず。ただ隠れているだけなのだろうか。

さらに二度左に曲がった先で、誰かが倒れているのを見つけた。見覚えのある薄汚れた服。

私は恐る恐る近づいた。

ライトに浮かび上がったのは、目を見開いたまま身動き一つしない雑賀さんだった。その胸元は真っ赤な血で染まっている。

雑賀さんの体からは嗅いだ覚えがある、甘い匂いが香っている。

彼の胸に突き立てられた凶器を目にした私は、声を失った。

私の折り畳みナイフ。

――どうして。

次の瞬間、意識が遠のくのを感じた。ライトが手から落ちる。

「――さん、剛力さん、ここにいるんですか」

遠くから葉村君の声が聞こえ、私は自分が地面にへたりこんでいることに気づく。

廊下に戻ろうとしたが、動転と暗闇のせいでよろめいてしまい、無様に壁にぶつかりながらなんとか歩を進める。

廊下にいた葉村君が、隠し通路から出た私を慌てて支えた。

「どうしたんですか」

「ナイフ、私のナイフが」

そうじゃない。雑賀さんの死体のことを伝えないと。

けれど私の口からは「自分がやったのではない」と訴える言葉が出るばかりだった。

「とにかく一旦、上に戻りましょう」

ただごとではないと悟った葉村君は私に肩を貸し、急ぎ足で副区画を出た。不木の私室に向かう間もさっき見た光景が頭の中を駆け巡り、私の動悸はますます激しくなる。

集合時間をとうに過ぎていた。不木の私室の前に集まっていた皆は私たちを見るなり駆け寄った。

「なにがあったんだ」

「雑賀さんが、殺されてる。隠し通路があって、その奥で私のナイフで胸を刺されて」

私の訴えに、皆が一斉に言葉を失う。

当たり前だ。巨人がまだ出てきていないのに、人が殺された。不木の時とは違って、今度こそ私たちの中の誰かが犯人であることは明らかだ。

興奮しすぎたのか、間の悪いことにまたあの感覚がやってきた。

急激な虚脱感。

「どういうことだ。本当に『殺されて』いたのか」

深海に沈むように不明瞭になっていく意識に抗いながら、成島の問いに頷いた。

葉村君が私の異状に気づき、肩を揺する。

その甲斐なく、私の記憶は途絶えた。

＊　一階・不木の私室前　《葉村譲》二日目、午後六時二十分

「剛力さん！」

呼びかけも虚しく、俺の腕の中で剛力は意識を失った。なにか重篤な発作を起こしたのかと危ぶんだが、呼吸は安定しているし血色もいい。

「気を失ったようですね」

側に跪いた裏井が告げた。実際に雑賀の死体を見たのは彼女だけだというのに、これでは状況が分からない。

「冗談じゃないわ！」

これまでは気丈に振る舞っていたマリアが叫んだ。

「巨人だけじゃない、この中にも人殺しがいるんじゃないの！」

「落ち着け、マリア」

「どうして冷静でいられるのよ、ボス。ひょっとしたらアリやグエンを殺したのだって、この中の誰かかもしれないのよ。こんな状況で一緒に行動できないわ」

彼女はトランシーバーを放り捨て、広間に向かって歩き出した。

「どこに行く？」

「雑賀の部屋よ。あそこは内側から鍵がかかるはず」

「作戦はどうするんだ！」

成島が唾を飛ばして怒鳴るが、マリアは彼を睨み返した。

「あんたが私の代わりをやればいい。このクソッタレの研究がそんなに欲しいんならね」

「巨人が来たら、雑賀の部屋なんてひとたまりもないぞ」

「人殺しと一緒にいるよりましだわ。せいぜい気をつけなさい。あなたを殺しに来るのは巨人じゃなく、この中の誰かかもよ」

そう言い捨てて、マリアは本当に立ち去ってしまった。俺たちに残されたのは雑賀の死に対する困惑と、正体の知れない殺人者に対する恐怖と、目前に迫った夜への焦燥だった。残った戦闘要員はボスとアウルの二人だけ。

「いなくなったものは仕方ないだろう」

アウルはそう言って、マリアが捨てたトランシーバーを拾い上げた。

「迷っている時間はない。作戦は俺たちだけで決行だ。それとも本気でマリアの代わりをやるかい？」

何も言えない成島に、アウルは「冗談だよ」と意地の悪い笑みを浮かべた。

「隠し部屋と装備は余るが、仕方ないよな。俺とボスのどちらが殺られても作戦失敗だ。単純だろ」

まるで自分の命に頓着していないような口調だ。

今からが正念場だというのに、新たな殺人が起きたせいで結束が瓦解してしまったのを見て、逆に自分の中で作戦に対して一歩引いていた迷いが晴れた気がした。

俺たちには本当に後がないかもしれない。

成島の野望なんて知ったことか。比留子さんを助けるためにも、絶対にコーチマンの持つ鍵を手に入れなければ。

「俺が行きます」

気がつくとボスに志願していた。

「マリアさんの代わりに行かせてください」

これには成島や裏井も驚いた顔をした。ボスは俺の本気度を測りかねるように訊ねた。

「葉村は銃を使えないだろう」

「隠れられる部屋があるなら、動ける人間は一人でも多い方がいいでしょう。アウルが鍵を取りに行くとして、その間に副区画の様子を見張ったり比留子さんを誘導したりする必要がでるかもしれない。それに荒事になったら生き残れないのは皆同じです」

「ボス、時間切れだ。贅沢を言ってる場合じゃない」

アウルがトランシーバーを押しつけてくる。

「無茶はするな。合図に使ったら巨人が近くにいる間は電源を切っておけ。成島さんたちも、そっちから交信するのは避けてくれ」

もう誰も反対しなかった。裏井が剛力を背負い、深く頭を下げてから不木の私室へ入っていく。

ボスとアウルとともに歩き出すと、背後で金属扉のかんぬきが掛けられる音がした。


主区画に隠れるボスを残して、俺はアウルと首塚に出た。

磨りガラスの天井から見える空はさきほどより一層暗くなり、藍色に染まっている。もういつ巨人が飛び出しても不思議ではない不気味な雰囲気に満ちていた。

副区画に入ると、俺は先に雑賀の遺体を確認するため剛力が見つけた隠し通路の方へ行こうとしたが、アウルに腕を引かれた。

「なにしてる、時間がないんだぞ」

「でも、遺体の状況を」

言い終わる前に胸倉を摑まれる。

「やるべきことを見失うなよ、ガキが」

マリアの離脱にも飄々と対応していたアウルが、目に怒りを浮かべていた。

「俺たちの仕事は巨人を出し抜いて鍵を取り戻すことだ。でなきゃ剣崎を助けたところで屋敷から出られないんだぞ。犯人探しなんてしている暇はない。余計なことに気を散らしていたら死ぬぞ」

「でも雑賀さんを殺した犯人は俺たちの中にいるんですよ。それは〝生き残り〟かもしれない」

その瞬間、硬い物体が俺の腹に押し当てられた。拳銃だ。

「もし俺が犯人だったらここでお前を殺すね。それで満足か？」

俺がなにも言い返せないのを見て、アウルは胸倉から手を放し拳銃をホルスターに収めた。

「余計なことはするな。探偵ごっこじゃ誰も救えない」

俺は大人しく隠し部屋の片方に入るしかなかった。

室内に沈黙が下りると、すぐにアウルが隠れる隣の部屋の扉が閉まる小さな音が聞こえた。

怒れる巨人の徘徊する夜が始まる。

《追憶 Ⅲ》

目を覚ますといつもと違う天井が見えて、一瞬自分の魂が他の人に入ってしまったのかと考えた。でも清潔そうな真っ白なシーツの上で起こした体は私のもので、どうしてこうなったのか首を捻る。

私の気配を察したのか、仕切りカーテンの向こうで誰かが椅子から立ち上がる音がして、カーテンが引き開けられた。

「よかった。体はなんともない?」

羽田先生の声を聞いた途端、恐ろしい光景がよみがえる。

夕暮れ時の中庭。

異臭ただよう焼却炉。

炎に食(は)まれる首。

先生は屈みこんで私と視線を合わせてから「落ち着いて」と言った。

「ケイが見たのは人間じゃない。実験用の猿の首だったんだ」

——猿。

それを聞いて恐怖は少し和らいだけど、むごいことに変わりはない。

「猿って、不木先生の?」

「そうだよ。処分するため保管していた死骸を誰かが持ち出したらしい。嫌なものを見てしまったね」

いったん納得しそうになったけれど、だんだんとあれは本当に猿だったのかという疑問が頭をもたげてきた。

「猿の首はあんなに大きくないよ」

先生が困り顔で口をつぐむ。

「先生、誤魔化さないで。あれは子供だったんじゃないの」

「そうじゃないよ、ケイ。冷静に考えてごらん。子供たちの誰かだったら、いなくなってることにみんな必ず気づく。そんな嘘をついても意味がない」

言われてみれば、確かにそうだ。

「あれは本当に実験用の猿だった。ただ……猿があそこまで成長するような実験を不木先生が行っているなんて、誰も知らなかったんだ。不木先生の助手さえ遠ざけられていたらしい」

先生は私が見たこともないほど戸惑っているようだった。

「でも、どうして首だけ斬られていたんですか。実験動物ってそんな殺し方をするの」

私の問いに先生は再び話しあぐねていたが、「他の子には言わないように。ジョウジにも口止めをしたから」と前置きしてから説明してくれた。

「回復の見込みがないと判断した実験動物は、薬で眠らせた後に安楽死させるんだ。あんな風に首を斬ることはない。だけど所長たちが不木先生を問いつめたら、その、実験に使った猿はなかなか死なない体になった、と打ち明けたらしい」

先生は自分の口にした言葉を一つ一つ確かめながら喋っているみたいだった。

「薬の量を三倍にしても効き目が悪く、心臓を刺しても動かなくなるまでに数十分かかる。ある猿は死ぬより先に傷口が塞がったらしい。そこで確実に息の根を止めるために首を切断したというんだ。その首を、誰かが盗んで燃やした」

信じられない話だった。ゴキブリなんかは頭を潰してもまだ動くというけれど。それはつまり、〝猿ではないなにか〟に変わってしまったということか。

前にジョウジから聞いた、「戦で殺された落ち武者が首を探して彷徨い歩く」という話と似ていて、余計に不気味だ。

「所長たちは実験の詳細を提出するよう求めたんだけど、不木先生は口を噤んでいてね」

どういうことだろう。不木先生自身にも原因が分からないのか。

「こんなこと、子供の前で喋ったと知れたら私もただじゃ済まないな。忘れてくれ。ああ、それからジョウジにも聞いたんだけど——他の動物はお前たちの仕業じゃないね？」

質問の意味が分からず、私は眉をひそめる。

「他の動物って？」

「実はこれまでにも、焼却炉の中で動物の死骸が燃やされていたことがあったんだ」

全然知らなかった。それよりも、

「私たちの仕業って、どういうこと。それも不木先生の実験動物じゃないんですか」

「実験用動物ではない、ネズミや鳥が燃やされていたんだよ。それらの死骸には痛めつけて殺した痕跡があった」

「でも私たちを疑うなんて」

不満を表す私に、先生は大きな体を折り畳むようにして頭を下げた。

「悪かったよ、ケイ。理由もなく疑ったわけじゃないんだ。お前が気を失っている間、子供たちを体育館に集めて所長から説明があった」

わざわざ所長が皆の前で話をするのは滅多にないことだ。

「動物の死骸が見つかったのは、今月に入ってすでに三度目。しかもすべて焼却炉の中で見つかっている。この意味が分かるだろう」

大人たちは、わざわざ施設内で動物を殺す必要はない。施設の外に出られるのだから、山や森など人目に付かない場所に埋めればいい。それなのに——。

「犯人は外に自由に出られない子供、なんですか」

先生は「決めつけるのは早計だけれど」と前置きした上で言った。

「動物を捕まえるのは私たちにはとても難しいんだよ。もちろん罠を使った可能性もあるけれど」

身体能力に長けた子供と違って、大人たちはネズミ一匹捕まえるのも大変なんだ。まして鳥を捕まえられるのは私たちだけだろう。

「なんでそんなことを」

「分からない。でももし犯人が子供なら、その子のためにも止めないといけない」

先生は保健室だというのに煙草を取り出し、灰皿が見当たらないのかそのまま指先で弄(もてあそ)んだ。

「動物を捕まえて殺すという行為は、その子が発しているサインなんだ。幼少期から狭い施設で暮らし続けていることが負担になっているかもしれないし、普通の愛情を受けられないことに苦しんでいる子もいるかもしれない。私たちは研究者であると同時にお前たちの命を預かる親でもあるからね、よくよく注意しておかないと」

親、親か。こんな話の最中なのに、私は嬉しくなってしまう。ジョウジだけじゃなくて、先生も私たちのことを家族だと思ってくれていたんだ。私は実の親のことは知らないけれど、羽田先生は優しいだけじゃなくて頼りになるし、母親と父親を一人で兼ねているような気がする。

「まあ、一度親として失敗している身だけどね、こっちは」

先生がこの施設に来る前に息子さんを亡くしていることは知っていた。

「交通事故だったんだよね。それは先生の失敗じゃないよ」

「事故自体はね。でも私はあの頃研究に夢中で、五歳になる息子を夫の実家に預けたまま構ってやらなかった。息子の寂しさにも気づいてやれなかった。だからまさか、私自身が忘れていた私の誕生日のために、一人でプレゼントを買いに行くだなんて思いもしなかったんだ」

その帰り道に息子は車に轢かれた、と先生は呟いた。

すぐに病院に運ばれたが、息子は、頭を激しく打ち、意識が戻らぬまま三日後に死亡した。息子が倒れても手放さなかった、綺麗にリボンを結ばれた花束は、遺体と一緒に棺桶に入れた。

その出来事は、二つの大きな後悔を心に刻んだと先生は言う。

もっと息子のことを気遣っていれば。

そして、人の体があとほんの少しでも頑丈であれば。

息子は死ななかったのかもしれない。

それらの後悔が先生を離婚に踏み切らせ、一層研究にのめりこませた結果、この研究所の目に留まることになったのだという。

「こんなに多くの子供ができるとは思わなかったけどね。だからケイ、どんな悩みでも、いいや悩みでなくても話しておくれよ」

先生が私たちを思ってくれるように、ジョウジが言ってくれたように、私にとっても皆は大切な家族だ。ここでの生活がいつか終わって皆が離れて暮らす日が来たとしても、そして、普通とは違う目で見られながら生きる人生になったとしても、私には〝ここ〟での思い出がある。家族の一員として生きていく時間はずっと続くのだ。

そこで私はあることを思い出し、少し迷ったけれど口を開いた。

「実は一昨日の夜に中庭に出た時、不木先生が誰か子供と喋っているのを見たの」

「子供と？」

「うん。内容は聞こえなかったけど、すごく熱心に喋ってるみたいだった」

先生は少しの間黙って、真剣な顔で私を見つめる。

「これまでにも、そんな風に話しかけられたって話を他の子から聞いたことはある？」

「ううん」

「ありがとう。またなにかあったら教えて」

動物を痛めつける何者かと、不木先生の得体の知れない研究や振るまい。これらが見えないところで繋がっているのではないかと思えてきて、その日の夕食はあまり喉を通らなかった。


「へえ。猿の首だけだったのはそういうわけか。気持ち悪いな」

羽田先生とのやりとりを話したら、ジョウジは言葉ほどショックを受けていない様子でそう言った。

「前にここで大量の首が見つかったって話をしただろ。何百年も経って、生首にかかわる事件が起きるなんて、ここは呪われてるのかもな。猿博士もそれを気にして、死体が生き返らないようにするために首を斬ったんだよ、きっと」

また怪談話を始めようとするジョウジを強引に遮り、私が気絶した後にどんなことがあったか教えてもらった。

ジョウジによると、体育館に集まった時の大人たちは殺気立っていたらしい。

「もし俺が犯人だったら、捕まって拷問でも始められるんじゃないかと思ったよ」

所長が動物殺しについて話していた時も、整列した子供たちは周囲に立つ大人からの鋭い視線にいつもと違う雰囲気を感じ取り、体育館は異様な空気に包まれていたという。

それからというもの、空気の変化は生活のそこかしこで感じるようになった。これまで親しく喋っていた研究員や職員たちの態度がよそよそしくなり、初めて見る生き物に触れるかのような怯えが目の奥にある。

就寝時間後の部屋の行き来だったり、教室の掃除をさぼることだったり、これまで見逃されてきた決まり事が厳しく締め付けられ、大人と子供の立場の違いを意識させるような高圧的な言動が増えた。

それは機関の査察の日が近づくにつれ強くなり、私を含め子供たちはなにかあるごとに顔を見合わせて「最近、変だね」と首を傾げ合った。

あれ以降も何度か動物の死骸が見つかっていて、そのせいで大人たちは危機感を募らせているのだと噂されていたけれど、情報源ははっきりしない。重要な査察の前に起きた事件だから大人は神経をとがらせているのであって、それさえ無事に終わればまた日常は戻ってくるだろうと、私は楽観とも願望ともつかない思いを抱いていた。

そんな中、査察以外にも俺たちの知らない理由があるはずだ、と言い出したのはジョウジだった。今の窮屈な空気を誰よりも嫌っている彼は、昨夜も新しい手品を習得したと女子の部屋に遊びに来たのがばれて散々怒られたばかりだった。

授業が終わった後、ジョウジは宿舎に戻ろうとする私の手を引いた。

「ちょっとだけ調べてみようぜ。先生の研究室は無理だけど、所長の部屋なんかは意外と外まで声が聞こえるんだ」

ジョウジは以前から冒険と称して施設のあちこちに隠れ場所を見つけたり、大人の話を盗み聞きしたりしていた。褒められたことではないけれど、私もなにが起きているのか知りたかったから受け入れた。二人で協力すれば簡単には見つからないはずだ。

私たちは小走りで研究棟二階にある所長の部屋に向かった。途中で一度も大人に出くわさず目的の扉の前に辿り着く。

定例の会議中らしく、中から所長の大きな声が聞こえてきた。

「中止はあり得ない！　この査察で結果を残せば国家予算がつくというのに。子供の悪戯ごときでこの機会をふいにするなど、そんな馬鹿な話があるか」

私が少し離れて廊下の見張りに立ち、ジョウジは扉に耳を当てたが、私の位置までも十分に声は届いた。

「しかし、本部でも慎重を期す声が上がっているようです。なにせ、例の予言はまだ一度も外れたことがないんだとか」

「よりにもよって査察がある期日に大量殺人を予言するとはな」

予言。大量殺人。

思わぬ言葉の連続に、私とジョウジは顔を見合わせた。

「くだらん。我々の研究の成果を妬（ねた）んで妨害しようというのだろう！」

懸念を掻き消すように所長は喚いた。そこによく知った声が割って入る。羽田先生だ。

「この施設の存在は機関の中でも最高機密の一つです。あちらの研究も人里離れた山奥で行われていて、我々のことを知っている可能性はない。妨害の線は薄いでしょう」

「本部からもそう言われたよ。それに、サキミだかなんだか知らんが、まだ能力のメカニズムすら明らかにできていない、科学とも呼べんような代物らしいではないか」

「ですがインチキと断定できる要素が見つかっていないのも事実です。予言の検証にはすでに機関も相当な数の人員を投入しているそうですから、無視するわけにもいきません」

少し間を開けて、別の人の途方に暮れた声が聞こえた。

「……だからと言って、我々から査察の中止を進言するわけにはいかんだろう」

「そんなことをすれば研究の安全性を自ら否定するようなものだ。私たちの悲願が……」

話し合いが途切れたので、ジョウジがこちらに戻ってきた。ここらが潮時だろう。私たちは無人の廊下を抜けて研究棟を出た。

「さっきの話、どう思う?」

「どう思うもなにも……」

所長や羽田先生の口から出た以上、信じるしかない。

最近大人たちが神経質になった原因はきっとこれだ。別の研究施設にいる予言者が、ここで大量殺人が起きると予言した。だから大人たちは子供の中に危険なやつが交じっているんじゃないかと疑っている。

大人が事件を起こす可能性もあるのではと思ったけど、私は前にコウタに言われたことを思い出した。私たちはすでに普通の大人以上の身体能力がある。大人にしてみれば、子供の誰かが犯人だった場合の方がよほど恐ろしい。

「だったら査察を延期できないのかな。予言された日さえ避ければ大人も安心するんじゃ」

「さっきの話でもあったろ。それは駄目だ」

「なんで?」

ジョウジは怒ったように大声になる。

「殺人が起きるかもしれないから日を変えてくださいなんて、俺たちの誰かが危険な人間だって認めるようなものじゃないか! それに俺たちは同じ環境でずっと暮らしているんだぞ。この中に一人でも危ない考えを持つ子供がいると思われるということは……」

そうか。私たちは皆同じ場所で、同じ実験処置、同じ教育を受けて成長した。同じ研究の対象なんだから、その中の一人でも力や感情をコントロールできないとなれば、私たち全員がその危険を秘めていると思われてしまう。

「予算が増えるとか実績を認められるどころじゃない……」

「そうだ。この施設、いや研究自体を見直さなきゃならなくなる」

だから大人たちは追い詰められている。もし予言が百パーセント当たるのなら、もうなにをしても無駄だ。でも予言の絶対性にはまだ疑問があるみたいだった。査察を決行し、予言が外れる結果に賭けることだけが研究を続ける唯一の道なんだ。

「ねえ、もし研究が打ち切りになったら、私たちはどうなるの。離ればなれになっちゃうの？」

ジョウジの返事はなく、宿舎の方から子供たちのふざけ合う笑い声だけが風に乗って耳に届いた。

「ケイ、俺さ――」

やがて口を開いたジョウジの顔には、後ろめたさを隠すような表情が浮かんでいた。

「実は見ちゃったんだ。俺たちが焼却炉で猿の首を見つけた日の前の晩、トイレに行こうとして廊下に出た時に、誰かが人目を避けるような小走りで宿舎の階段を下りて中庭に出たんだ。たぶんあれ、コウタだった」

衝撃を受けて鼓動が激しくなる。

私は中庭でコウタに会わなかった。

コウタは人目を避けてなにをしていたんだろう。

密かに動物を殺していた？　不木先生と会っていた？

もしそうなら、コウタは実験に使った猿の首を譲ってもらうこともできただろう。

私に力の重要性を語ってくれたコウタ。

ひょっとして、査察の日にここで大量殺人を起こすのも……。

「どうしよう。先生たちに言った方がいいのかな、俺――」

＊　地下・副区画《葉村譲》二日目、午後七時三十分

以前、ネットの記事で、無響室の中に一時間もいると何人であれ発狂してしまうと読んだことがある。無響室とはその名の通り、あらゆる音を遮蔽、吸収する特殊な壁材でできた部屋のことだ。室外の音が遮断されているのはもちろん、室内で立てた音もたちまちかき消されてしまう。「最も残酷で効果の高い拷問」と論じるものもあり、興味を引かれた。

動画投稿サイトに実体験動画を公開している人もいて、一時間滞在できたことを誇っていた。残念ながらというべきか、発狂するというのは誇張だったようだ。

だが、そういった体験者たちはあくまでもそれが実験であり、いずれ無響室から出られると分かっていたし、実況のために自ら声を出したり音を立てたりしていた。

いつになったら出られるのか分からず、また音を立てることすら禁じられていたとしたら、人は無音の中でどれくらい正気を保っていられるのだろうか。

聞こえるのは自分の体内の音。空気が粘膜を擦り、血液が流れ、内臓がうごめき、自分を生かす音。これまで知覚してきた世界の内と外が逆転し、もはやその音が自分のものなのかも分からなくなる。音がなくなる時は、自分が死ぬ時なのだ。

そんなことを頭の片隅で——決して外の動きを逃さないよう神経を張り巡らせながら——自分に言

い聞かせなければやっていられないほど、隠し部屋での一分一秒はつらかった。

気を緩めるわけにはいかない。

音を立てるわけにはいかない。

なにより、ミスを犯せば自分を含めて誰かが死ぬ。

そのプレッシャーが、心の余裕を容赦なく削いでゆく。

唯一の救いは、一定周期で伝わる小さな地響きだった。屋敷の近くに設けられたジェットコースターの振動。外にはまだ客がいるのだ。

人の声ですらないささやかな音だが、息を潜め続けなければならない身にとっては十分気休めになった。

時計を見る。七時半。

隠れ始めてから一時間、まだ巨人の動きはない。ボスからの合図を聞き落としたのではないかと不安になり、トランシーバーの電源が入っていることを確認する。

大丈夫。うまくいくはずだ。

大きく息を吸い目を閉じると、瞼の裏に比留子さんの姿が浮かんだ。

俺がこうしてマリアの代わりを務めていることを比留子さんは知らない。知ればきっと怒るだろう。でもこれは俺が彼女の隣に立つために必要な決断だったと思うのだ。そう念じながら、さっき彼女に触れた右手中指を左手で包みこんだ。

――ミシ。

すぐ近くから音が聞こえ、反射的に身を強ばらせた。

息を止め、耳を澄ませる。

……。

………。

ただの家鳴りだ。古い建物にはよくある。

脱力して息を吐いた途端、心臓が存在を主張するように暴れ始める。

落ち着け。巨人が副区画に来たら、まず入り口の鉄扉が開く。あの耳障りな音を聞き逃すはずがない。

神経をすり減らす時間が続く。

午後八時。

午後八時半。

午後九時。

そして――

ギイィ……。

ガコンッ。

――本当に？

来たのか。こっちに。

間違いようがない。鉄扉が開く音だ。

俺は廊下側の壁に耳を寄せる。

俺たちは巨人がなるべく副区画の奥、広間に続く階段のそばまで来るのを待ち、ボスに別館への侵入を促す合図を出さなければならない。巨人が急に首塚に引き返した場合にも、ボスが逃げられるように。

いっそう耳を澄ます。
パリン、と蛍光灯の破片を踏む音が聞こえた。
まだ遠い。どうやら音はアウルの潜む部屋の側、時計回りの通路から響いてくる。
パリン……パリン……。
間隔をあけて鳴る音は、巨人がゆっくり歩く様を雄弁に示していた。
と、急に音が止んだ。巨人が一度角を曲がったあと立ち止まったようだ。
しばらく待てども変化はない。もしや巨人は引き返すつもりなのだろうか。
沈黙を破るように、アウルが潜む部屋から音がした。
ゴン、ゴン。
巨人か？　いや、アウルがなにか硬いもので壁を叩いているらしい。
巨人の動きがないことに業を煮やして、注意を引くつもりか。
すると、巨人が再び歩を進める足音が聞こえ、また止まった。
隠し部屋の存在を知らない巨人が、音の源が分からず困惑しているようにも思える。
ここでボスに合図を出すのか。まだ引きつけるのか。
（あと一息……）
俺と同じ思いだったのか、アウルが再び壁を叩く。
まさかそれが惨事の引き金になるとも知らずに。
次の瞬間、なにかが爆発したかのような轟音と地揺れが俺たちを襲った。

＊　一階・不木の私室　《剛力京》二日目、午後九時三十分

　私が気がついた時には、ボスさんたちが地下に向かってからかなりの時間が経ち、すっかり夜を迎えていた。

「雑賀さんが殺されたと聞いて、マリアさんが作戦を離脱したんです。彼女の代わりに葉村さんが」

　裏井さんから状況を教えられ、私は頭を抱えた。

　ちょっと待て。もし葉村君の身になにかあれば、不木の殺害のことを皆にばらされて、雑賀さんまでも私が殺したと疑われるのではないか？　雑賀さんの第一発見者は私で、死体の胸に刺さっていたのは私のナイフだ。

「剛力さん、まだ体調が優れませんか」

　よほど酷い顔色をしているのか、裏井さんが心配そうに訊ねてきた。

「もう平気です。地下にいる三人のことを考えていただけで」

　こうなった以上、葉村君が無事に戻ってくれるのを待つしかない。

　それに剣崎さんとの取引を抜きにしても、私は彼に死んでほしくはない。

　私はベッドを下り、最初のうちはテーブル上のトランシーバーを見つめていたが、動きのないまま刻々と時間が進むうちに、気持ちの向けどころがなくなっていた。

　成島は落ち着きなくテーブルの周りを歩き回り、阿波根さんはソファの端に腰かけたまま頭を垂れている。私と裏井さんは何度も何度もトランシーバーと時計を見比べた。

　長く沈黙を保っていたトランシーバーから狂乱の音声が届いたのは、あまりにも突然だった。

　午後九時半。

　短いノイズ音の後に聞こえてきたのは、合図として打ち合わせていたトランシーバーを弾く音ではなく、音割れを交じえた戦場を思わせる激烈な破壊音だった。

　激しくなにかがぶつかるような音。そして人のものとは思えぬ咆哮。

　その中にようやく人の声が混じる。

『巨人が、壁を――！』

　葉村君だ。

　想定外の事態であることは明らかだった。隠し部屋の存在に気づいた巨人が、壁を破壊して葉村君たちに襲いかかったのだ。

「おお、なんてこと……」

　阿波根さんが音を拒絶するように耳を押さえてうずくまる。

　トランシーバーから別の声が聞こえた。

『いったいどうなっているんです！　どうして葉村君の声が――』

　剣崎さんだ。私を追及した彼女からは想像できないほど取り乱した声で状況を尋ねている。彼女には葉村君がマリアさんの代わりを務めていることを伝えていなかったのか。

『逃げろ、葉村！』

　苦しげな声は恐らくアウルさんだ。

　すると成島がトランシーバーを摑み上げた。

「ボス！　今ならいけるぞ！」

　私は耳を疑った。

　こいつは殺されかけている二人を見捨てて、鍵を取りに走れと命じているのだ。

　私が文句を言うより先に、ボスが応えた。

『中止すべきだ。巨人は想定外の行動に及んでいる』

「寝ぼけたことを言うな。最優先は鍵だ。今しかない！」

『無理だ。副区画の二人と連携できなければ鍵を取っても戻ってこられない』

「役立たずめ！」

成島はトランシーバーを床に叩きつけると、テーブル上のライトと中華包丁を摑んで部屋を飛び出した。直後、金属扉のかんぬきを外す音が響く。

「社長！　無茶です！」

裏井さんが慌てて成島の後を追う。

私は呆気に取られていたが、一旦かんぬきを掛け直しに行ったあと、トランシーバーに向かって叫んだ。

「成島と裏井さんが部屋を出ていったわ！」

『なんだと?』ボスさんの狼狽える声。

「鐘楼に行くんだと思う。剣崎さん、そこから出る準備をして！」

葉村君たちからの交信は途絶えたまま、ボスさんではなく成島が動くという想定外だらけの状況だが、彼女が脱出するチャンスは今しかない。

再び、ボスさんの緊迫した声が聞こえた。

『くそ、止められなかった。成島が首塚に出たぞ！』

＊　**地下・副区画　《葉村譲》**

轟音が響くたびに壁が、床が揺れた。

巨人が壁を破壊してアウルに襲いかかっているのだ。

俺は急いでトランシーバーに告げた。

「巨人が、壁を——！」

それを掻き消すように、一際大きな揺れが部屋全体を襲った。アウルが殺されてしまう。だが、俺になにができる。巨人を止める術なんてあるものか。

『いったいどうなっているんです！　どうして葉村君の声が——』

比留子さんだ。

いつもこうだ。やったことが全部裏目に出る。

「逃げろ、葉村！」

破壊音に混じってアウルの声が聞こえた。

トランシーバーの向こうでは成島とボスが口論をしている。助けを待つ余裕はない。

俺は腹を決めた。

トランシーバーの電源を切り、ライトを摑んで扉を開けて隠し部屋から飛び出すと、巨人が暴れている廊下とは逆方向に走る。蛍光灯の破片を踏みつけながら二度角を曲がり、副区画の出口へ。

鉄扉のドアノブに手をかけ、巨人のいる方向に向かって大声で叫んだ。

「こっちだ、来い！」

破壊音が止む。恐らく巨人は反応している。

「聞こえてるのか！　こっちだぞ」

今度こそ重い足音がこちらに向かって来る。俺は鉄扉を開けて首塚へ飛び出した。

月は雲に隠れているのか、首塚は完全な闇に包まれている。

さあ、ここからだ。

巨人はすぐに出てくる。夜目の利く巨人から逃げ切るのは不可能だ。このままでは抵抗もできず殺されてしまう。

考えろ。考えろ。考えろ。

刹那、脳裏をよぎったのは使い古された密室トリックだった。

成否の確率を計る余裕もなく、体はそれを実行に移した。

ライトを消して、開いた扉の裏側になる壁に張りついたのだ。

途端に、このトリックを作中で用いた古今東西の小説家たちを罵りたい衝動に駆られる。

――こんなもん、扉を閉めた後に振り向かれたら終わりじゃねえか！

次の瞬間、ほぼ同時に二つのことが起きた。

まず主区画の側の鉄扉が開き、人影が首塚に出てきた。ボスだろうか。

直後、副区画の扉が大きな音とともに巨人に勢いよく押し開けられる。なんとか顔面への直撃は免れたが、肩を痛打した。気づかれたか⁉

たった扉一枚を隔てて、巨人の息遣いが聞こえる。

身を硬くした俺の耳に、人影が首塚を駆け抜け、別館の鉄扉を開く音が聞こえた。

その動きに、俺を見失っていた巨人は狙いを変えたようだ。

扉越しに感じていた巨人の気配が遠のき、直後には扉を叩きつける音とともに別館へ消えていった。

首塚に沈黙が戻った。

……あんな化け物から逃げられるわけがない。

俺は震える脚で出てきたばかりの副区画に戻り、ガラス片をなるべく避けて歩いてアウルの姿を探した。

彼がいた隠し部屋は廊下から中が丸見えになるほど破壊されていた。自動車が激突したかのように、壁が室内に向かって崩れている。

　ライトをつけて名前を呼ぶと、返事があった。彼は崩れた壁の下敷きになっていたのだ。

「大丈夫ですか？」

「足が挟まった。くそっ」

　声は苦しげだが、生きている。大きな瓦礫が倒れた壁との間に隙間を生み、アウルは圧し潰されずに済んだらしい。

「巨人はどうなった？　今、通信で成島が首塚に出たと聞いたが」

　思わず「成島さんが？」と聞き返してしまった。暗闇で分からなかったが、あれは成島だったのか。首塚で起きたことを伝えようとした時、近くに転がっていたアウルのトランシーバーから比留子さんの声がした。

『別館の出口近くまで行ったのですが、成島さんを追って巨人が現れたので、焦って元いた場所に戻ってしまいました。巨人の動きが分からないので合流は諦めます』

　計画では鍵を確保した人物とタイミングを合わせて比留子さんも別館を脱出するはずだった。が、それは御破算だ。今はもう、巨人とどこで鉢合わせするか分からない。

「こちら葉村。アウルさんは生きています」

『ああ、葉村君、よかった……』

　比留子さんは安堵の声を漏らす。

　成島からの通信はない。巨人が首塚を出ていったスピードから考えても、成島は鐘楼の最上部に辿り着くこともなく殺された可能性が高い。

　俺はアウルが瓦礫から足を引き抜くのに手を貸し、破壊を免れた俺の隠し部屋に一旦移動した。

　アウルは右足を骨折したらしかった。彼が作戦に参加し続けるのは明らかに無理だ。

もし次に巨人が主区画に入ったという合図があったら、鐘楼に行くのは俺の役割だ。

そう考えた途端、体中から血が抜けるような寒気が走る。できるのか、俺に。

「足を照らしてくれ。固定する」

アウルの囁きに従って、ライトを向ける。

添え木の代わりになるものはない。仕方なくアウルは上着を脱いで足首が動かないよう縛るにとどめた。

他は幸い側頭部に大きめの擦過傷があるだけだ。

処置を終えたアウルがつぶやいた。

「なんで戻ってきた」

言われて初めて、巨人が別館に入った時、一階に戻るチャンスがあったことに気づいた。

「……なんででしょうね」

「お前、馬鹿だろ」

アウルに「逃げろ」と言われた時、俺は恐怖にかられながら、それは嫌だと思った。何故かと聞かれても困る。

——くっそう。なかなか理屈どおりには動かんものだな、人間というのは。

不意に懐かしい声、懐かしい光景が蘇る。

あの人も、人を助けるために危機に身を投じた。俺はあの夏の日からいろんなことを学び、教訓にしてきたつもりだったけれど、結局辿り着いたのはあの人と同じものだったのだろうか。

そう考えると、自分の行動を悔いる気にはならなかった。人はその選択が最善かどうかなんて分からない。できるのは選択した道の中で力を尽くすことだけ。

「馬鹿はこっちも同じじゃか。成島が死んじまったらこの仕事もパアだ。俺としたことがよ」

アウルはそう自嘲した。

その後の数時間は動きがなく、自分の精神力と戦わなければならなかった。命の危機を乗り越えたことで、急に体が疲れを訴え始める。もう二日近く寝ていないのだ。

午前一時頃、アウルがトランシーバーの電池切れに気づいた。

ここに来て限界が訪れたらしい。首塚に出る前に電源を切った俺のトランシーバーを使い始めたが、こちらもそれから二時間ほどで電源が入らなくなった。これで俺たちは他の場所の状況を一切把握できなくなったわけだ。今度こそ作戦は続けられなくなり、俺は自分がほっとしていることに気づいてまた嫌になった。

変化が起きたのは、日の出が迫った午前五時だった。

副区画の入り口の鉄扉が開く音が微かに聞こえた。

緩みかけていた意識を急に引き戻したせいか、頭が振り子のようにぐわんと揺れる。

そっとライトをつけると、正面に寝そべっていたアウルも半身を起こしていた。

蛍光灯の破片を踏みしめる音が聞こえる。

恐らく巨人だ。

先ほどとは反対、入り口から反時計回りに通路をだんだん近づいてくる。

だが角の辺りで不意に足音が途絶えた。

剛力が見つけた隠し通路がある辺りだ。開けっ放しにしていた引き戸に入ったのだろうか。

少し経ち、再び蛍光灯の破片を踏む音が聞こえた。足音はそのまま遠ざかり、鉄扉が開く音がした。副区画を出ていったのだ。

安堵の息をついていると、アウルが小さく呟くのが聞こえた。

「日の出が待ち遠しいぜ」

第七章　生き残り

＊　地下・副区画　《葉村譲》三日目、午前七時

日の出が六時半頃だというのは予め阿波根に聞いていたので、七時まで待って俺はアウルを残したまま首塚に向かった。警戒しながら鉄扉を開けると、首塚はすでに明るかった。

周囲を見回すと、昨夕までなかったものが目に留まり、思わず足を止めた。

雑賀の首がこちらを向いて転がっていたのだ。

驚いたものの、すぐに巨人の仕業だと気づく。

巨人は死者の首も斬る習癖がある。それは自分が殺した相手だけでなく、昨日雑賀が証言したように死体に関しても同じだということを本人が証明してくれた。

さらに別の首も見つかった。

成島である。

勝ち目のない危険を冒さずにいられないほど焦っていたのだろうか。これほど多くの人を巻きこみ犠牲を出してなにも手にできなかったなんて、怒りを通り越して哀れみしか湧かなかった。

——それでも、諦められなかったのだろう。

俺がワトソンの役割に固執していることだって、根っこは似たようなものかもしれない。

もし昨夜の作戦に比留子さんの命が懸かっていたのなら、こうなっていたのは俺の方だったかもし

れない。

目の前に転がっている首は、俺だ。

成島に対する哀れみは消えていた。

俺はアウルの元に戻る前に、雑賀の遺体があると言われた隠し通路を覗いてみることにした。巨人の脅威はひとまず去ったが、雑賀を殺した犯人は分かっていない。

「ん？」

昨日から開けっ放しにしていた引き戸の中に入ろうとした時、奇妙なことに気づいた。奥から強い香水の匂いが漂っている。

不木がつけていたムスクだ。昨日は気づかなかった。

不思議に思いながら歩を進めると、折れ曲がった通路の奥に、首のない雑賀の遺体が仰向けに倒れていた。剛力が呟いていた通り、胸には小ぶりなナイフが突き立っている。

そこまではいい。

遺体の横には、剛力の説明になかったものが転がっていた。

刃を血で染めた中華包丁。

不木の私室にあったものだ。それがどうしてここに？

さらに、包丁の柄の部分に細く丸められた紙が括りつけられている。そっと広げてみると、見覚えのある文章が書かれていた。

間違いない
奴らの中に施設の子供が
まだ事故の生き残りがいたのか

羽田の仕業？

まだ暖炉の部屋に隠れていたボスと合流し、二人でアウルに肩を貸しながら一階に上がると、裏井、剛力、阿波根が広間で待っていた。

真っ先に駆け寄ってきたのは、昨日意識を失ったまま別れた剛力だ。

「よかった、無事だったのね！」

「アウルさんが怪我をしてしまいましたが……マリアさんは？」

「雑賀さんの部屋に籠もったまま。巨人が押し入ったらしくて扉も壊れていたんだけど、なんとかやりすごしたみたいだわ」

皆で不木の私室に移動した後、俺の口から成島が死んでいたことを報告すると、裏井は憔悴しきった様子だった。

「私が不甲斐ないばかりに、止めることもできなかった……」

「気の毒ですが、自業自得でしょう」

阿波根が冷たく言い放つ。不木に仕えていた彼女にとって、成島は侵略者でしかなかったのだろう。

「むしろ犠牲者が一人で済んで僥倖と考えるべきでは。もっと被害が出ていてもおかしくありませんでしたわ」

彼女はそう言ってアウルを見た。確かに彼が殺されなかったのは幸運としか言いようがない。

連れ立って不木の私室に戻ると、ボスが上着の汚れを拭いながら切り出した。

「それぞれの場所でなにが起きたのか整理させてくれ」

昨夜、各所の状況はわずかな交信でしか知ることができなかったし、深夜になるとトランシーバーの充電が切れて交信不能になってしまった。

「なら剣崎さんの話も聞く必要があるでしょ。葉村君も顔を見せた方がいいわ」

剛力に促され、六人で離れに移動する。

俺の顔を見るなり比留子さんは鉄格子を握ったままずるずると脱力したが、やがて垂れていた頭をもたげると、目を合わせるのも恐ろしい半眼で俺を睨みつけた。

「君が作戦に参加するなんて聞いてなかった」

「すみません。火急の事態だったので。でもこの通り無事で……」

「もうちょっとで殺されるところだったじゃない！　なんでそんな無茶を」

言い返すことができない俺に、アウルが口ぞえしてくれた。

「こいつは馬鹿で無計画だが、やむを得ない理由があった。作戦前に雑賀の遺体が見つかったんだ。それでマリアが作戦から離脱した」

雑賀の死を知らされて、比留子さんは眉根を寄せる。

「作戦前？　つまり日暮れ前ということですか」

皆の視線が第一発見者の剛力に集まる。彼女は気まずそうに頷いた。

「雑賀さんの姿が見えなくて皆で探していたら、たまたま副区画で隠し通路の入り口を見つけたの。奥に入ったら、彼が胸を刺されて死んでいた」

「凶器は？」

「ナイフよ。……私の」

比留子さんの表情に険しさが増したので、俺は説明を加えた。

「剛力さんは昨日の昼間にナイフを失くしていたそうです。犯人はそれを拾い、彼女に罪を着せるために使用したのかもしれません」

比留子さんはそれ以上訊ねず、気持ちを落ち着けるようにペットボトルから水を一口飲んだ。

「昨夜の状況について巨人の動きをなぞりながら話してほしい。葉村とアウルから始めてくれるか」

ボスに促され、俺が口火を切る。

巨人が副区画に入ってきたのは午後九時半頃。

巨人は時計回りに通路を歩き、足を止めた。アウルが気を引こうと壁を叩くと、巨人は廊下から壁を体当たりで破壊し、アウルは瓦礫の下敷きになる。

この時不木の私室にいた面々と比留子さんはトランシーバーで俺たちの異変を知った。剛力によると、成島は計画の続行を命じ、これに反対したボスと口論になったという。

次に裏井が口を開いた。

「業を煮やした社長は、ライトと中華包丁を持って飛び出していきました。私もすぐ後を追ったのですが、地下で社長と揉み合いになり、突き飛ばされて……。その隙に社長を見失ってしまったんです」

俺はそのときトランシーバーの電源を切っていたが、二人が地下に向かったことは剛力からの無線で伝わっていたと、比留子さんは話す。

「私は脱出に備えるため、別館地下の入り口近くの角まで移動しました。なにかあればすぐ引き返せるように隠れながら」

交信を受けて、ボスは隠れていた暖炉の部屋を一旦出て、廊下で成島を待ち構えていたという。

「成島は一人でやってきた。なんとか思い止まらせようとしたが、振り切られてしまった」

「力ずくで止められなかったんですか」

比留子さんが指摘する。ボスが本気になれば、成島を抑えこむことなど造作もないはずだ。ボスは珍しく答えに窮した。

「……暗かったし、巨人に気づかれるような騒ぎになるのも避けたかった。それに俺は作戦中止を主張した手前、彼を止める権利はないとも考えた」

　その後、俺が囮になって巨人をアウルから引き離し、首塚に出たことを話す。扉の裏に隠れている時に、主区画から出てきた成島が別館に駆けこみ、巨人がそれを追っていったことも。

「扉の裏って……」比留子さんが苦々しい声で呻いた。「葉村君はそこまでミステリに命を捧げるつもりなの？　悪いけどちょっと引く」

「他に方法がなかったんですって！」

　俺の弁解をため息で受け流し、比留子さんが再び別館の様子を語り始めた。

「成島さんは別館に入ると迷わず鐘楼の方に駆けていったことが足音で分かりました。私は作戦がうまく進んでいるのかと考えましたが、直後に巨人らしき足音が追ってきたことで失敗を悟り、脱出を諦めてここに戻ってきたんです。申し訳ありませんが、成島さんを救う方法は思い浮かばなかった」

　比留子さんが鉄格子の向こうで頭を下げる。裏井は力なく首を振った。

「剣崎さんのせいではありません。……しかし、巨人が社長を追っている隙に別館から出ようとは考えなかったのですか？」

「巨人から離れるのに必死で、その選択もあったと気づいたのはここで一息ついた後です」

「それでよかった。暗闇の中で巨人の動きも分からない上、扉の開閉音を立てれば剣崎が追いかけられる可能性もあった。リスクを徹底的に避けたのは正しい」

　ボスの言葉に、裏井も同意した。

「裏井さん、成島さんは途中で中華包丁を落としていきませんでしたか」

「ええ、社長の腕をつかまえようとした時に壁にぶつけて、廊下に落としたはずです。社長はそのまま拾わずに首塚に向かってしまいましたが」

　やはり、雑賀の遺体の側に落ちていた中華包丁は成島が持ち出したものだったのか。

いったい誰がそれを拾い、雑賀の遺体の側に置いたのだろう。

一人床に座りこむアウルが疑問を挟んだ。

「裏井さんよ。あんたは成島に突き飛ばされたと言ったが、それでも成島を追いかけようとしなかったのか」

裏井は青い顔で何度か口を開きかけたが、「申し訳ありません」と勢いよく頭を下げた。

「情けない話ですが、私はライトを忘れてしまい、真っ暗闇で先に進めなくなりました。そうこうしているうちに鉄扉を開ける音が聞こえて……。そこで気持ちが折れてしまったのです」

裏井は元来た道を辿り、不木の私室に戻ってきたという。

「勇んで出ていったのに、すぐに戻ってきて情けない声で開けてくれと扉を叩くものだから呆れましたよ」

阿波根に意地悪く言われ、裏井は強張った顔で俯いてしまった。

次にボスが話す内容に耳を傾けた。

「俺は地下に隠れ続けることにした。いったん一階に戻ることもできたが、またアウルと葉村が襲われる可能性もあるし、巨人の主区画への出入りを見張り続けるべきだと考えた」

一階に上がってしまえば、地下に巨人がいるかどうか分からなくなってしまう。成島を止められなかったこともあり、俺とアウルだけを地下に残すのは心情としても憚(はばか)られた、とボスは話した。

「すると午後十一時頃になって、今度は主区画に巨人が入ってきた」

その時に一階に上がり、雑賀の部屋を襲ったのか。剛力が文句を言う。

「ちょっと待って、合図はなかったわよね。どうして?」

「直前に充電が切れてしまった。巨人はしばらく地下をうろついていたようで、一度だけ暖炉の部屋にも入ってきたがすぐに去った。時折廊下から壁を殴りつける音がしたが、一時間ほど経つと首塚に出ていったよ」

俺とアウルのトランシーバーが使えなくなったのは午前一時と午前三時。時間差はあるが、他のメンバーのトランシーバーも昨夜のうちに充電が切れたという。

もし交信できていれば、俺が鍵を取りに行くことになるはずだったと考えると、複雑な気分だ。

巨人が主区画に入ったのがこの一度きりということは、雑賀の部屋に隠れていたマリアが襲われたのもこの一時間ほどの間での出来事だと考えられる。

最後は俺の番だった。

「副区画には午前五時頃にもう一度巨人がやってきて、足音から推測するに雑賀さんの死体がある隠し通路に入った後、出ていきました。日が昇ってから首塚を確認したところ、切断された雑賀さんの首が首塚にありましたから、その時に巨人が斬ったのでしょう」

作戦実行直前の雑賀の死体発見、それによって疑心暗鬼となったマリアの離脱、予想外の巨人の破壊行動が、成島の焦りとパニックを招いてしまった。阿波根がさっき言った通り、犠牲が成島一人で済んだのは僥倖だったのかもしれない。

「裏井」憑（つ）き物が落ちたような平静な声でボスが告げた。「今回の仕事は失敗だ。これ以上は付き合えない」

「ええ。こちらとしても社長が亡くなった今、危険を冒す理由はありません」

「なら考えるべきことは二つだ。ここからどうやって脱出するか、そして誰が雑賀を殺したのか」

「俺たちは警察じゃない。脱出のことだけ考えればいいだろう。それが剣崎を助けることにもなる」

そう反論したアウルに、阿波根が真っ向から異を唱えた。

「この中に旦那様と雑賀さんを殺した犯人がいるのよ。協力なんてできないわ！」

「不木は関係ないだろう」

「馬鹿にしないで。旦那様の死に方がおかしかったことくらい、私も気づいているのよ。あれは〝あの子〟の仕業じゃない。私たちの中の誰かが犯人よ。捕まえて身の程を思い知らせてやるべきだわ」

雑賀の死でこれまで堪えていたなにかが吹っ切れたのか、阿波根は昨夜までの気弱さが嘘のように強気の態度でまくし立てる。

「そう簡単にはいかんだろう」

ボスが宥めるように言う。

「犯人は超人研究の〝生き残り〟かもしれないんだ。不木が日記にそう残していた」

それを聞いて阿波根の表情が凍りつく。

「生き残りですって！　そんな……」

「言っていいのか」アウルが今さらながら確認する。

「雑賀が二人目の犠牲者と思われる以上、仕方あるまい」

ボスの言葉に、俺は先ほどの発見を打ち明けるならここしかないと思った。

「実は雑賀さんの遺体の側に中華包丁が落ちていて、この紙が巻きつけられていたんです」

ハンカチに包んで持ってきたその紙を見せると、ボスとアウルが息を呑んだ。裏井と阿波根に、それが切り取られた不木の日記の一部であることを説明する。

記述の中にある羽田という人物については、ボスによると残された研究資料の中にも記載があり、不木とは別の手法で超人研究を行っていたということだ。もっと昔の日記からは、不木が羽田に対して異常なまでの対抗心を抱いていたことも分かったらしい。

「問題は、〝生き残り〟がいることを隠すために日記を切り取ったはずなのに、その切り取った人物がページを現場に残したことだ」

「雑賀さんの遺体が見つかったことで、巨人の仕業に見せかけるのを諦めたんだと思います。いつでも俺たちを殺せるという脅しなのか、これ以上巨人に手を出すなという警告なのかは分かりませんが……」

「不木と雑賀の殺害が本当に〝生き残り〟の仕業だとすれば、常人以上の能力を持っている可能性が高い。捕まえられる保証はない」

「でもなにもしなければ、雑賀さんみたいに殺されるかもしれないわよ！」

阿波根の訴えはもはや悲鳴に近かった。

犯人の存在を承知した上で無視する。これは昨日、不木の死について比留子さんが俺に指示したことでもある。

今回の場合、犯人が一日に一人ずつ、それも人目を忍んでの犯行に徹していることから、手当たりしだいに殺しているわけではない気がする。雑賀と同じように誰もが一人きりになる時間は多かったし、その気になればもっと多くの人を手にかけられたはずだ。

つまり犯人には不木と雑賀を狙う動機があった。両者に共通するのは兇人邸に住んでいたこと。単純に考えれば、次に狙われる可能性が高いのは阿波根である。彼女が犯人の特定を主張するのも無理からぬことだ。

このまま静観すべきではないと、俺も考えている。殺人犯を放置できないし、雑賀の殺害現場に残された日記のページや中華包丁には犯人の切実な意図のようなものが秘められている気がしたからだ。

「雑賀さんの遺体には他にも妙な点があったんです。皆さんの意見を聞きたいのですが、付き合ってもらえますか」

衆目が集まるなか窓に目をやると、比留子さんが責めるような、心配するような顔でこちらを見ていた。

＊　地下・首塚《剛力京》三日目、午前八時

葉村君を先頭に首塚に出ると、成島と雑賀さんの首が転がっていた。

自殺した従業員の首も巨人が切断して運んだ話を思い出す。巨人が昨日二度目に副区画に入った時に斬ったのだろう。

葉村君は皆を副区画に誘導し、隠し通路の前までやって来た。

昨日遺体の側で嗅いだ香水の匂いが、引き戸の外にまで漏れてきている。

「これは、不木のつけていた香水だな」

ボスさんが袖で鼻を覆った。匂いは隠し通路に入るとますます強くなり、皆は顔をしかめながら歩を進める。

雑賀さんの遺体は、私が見た時と同じ姿勢で通路の行き止まりに倒れていた。ただ首がない。窓側の壁に頸部の切断面を向け、反対側に脚を伸ばす形だ。通路から見て頭部を右にして倒れていたために、右腕しかない巨人が首を切る際にも動かす必要がなかったようだ。

胸に突き立つ折り畳みナイフの刃がライトの光を鋭く反射し、私の心臓がぎゅっと縮んだ。

「あれが剛力のナイフか？」

「ええ。まさかこんな形で見つかるなんて」

自分でも怪しい説明だと分かっている。けれど誰も疑問の声を上げず、逆に不安になる。心の中では私を疑っているのではないか。周りの顔を見ることができず、呪いにかかったかのように雑賀さんの遺体を凝視するしかなかった。

「ああ、匂いの元はこれだな」

ボスさんが遺体のズボンのポケットをさぐると、割れた香水の小瓶が出てきた。刺されて倒れた拍子に割れてしまったのだろう。私が発見した時はさほどでもなかったが、時間が経つにつれて匂いが通路中に広まり、引き戸の外まで漏れだしたのだ。香水が入っているのは高級そうな小瓶なので、雑賀さんが盗んだのかもしれない。

改めてよく観察すると、死体にはナイフが突き立った胸以外に腹部にももう一箇所、服に切れ目がある。合わせて二回刺されたらしい。そこから流れ出た血で服は赤黒く染まっている。

頸部の切断面の下には血溜まりが広がっており、すでに黒く乾燥していた。そこは土というよりは、水はけの悪そうな粘土質が剝き出しになっている。

「これを見てください」

葉村君が遺体の手前に落ちている中華包丁をライトで照らした。

「この柄の部分に、さっきの日記の切れ端が巻かれていたんです」

ボスさんが遺体を踏まないように気を遣いながら、包丁の柄と刃の境をつまみ上げた。

「血が刃の両面に付着している」

状況が意味することに気づき、皆の顔に困惑が浮かぶ。

「巨人が、この包丁を使って首を切断したのか」

「自分の鉈があるのに？」

ボスとアウルが不審げに言う。

私が死体を見つけたのが午後六時頃。

成島が中華包丁を持ち出し、主区画の廊下に落としたのは午後九時半過ぎ。

巨人が主区画に入ったのはその約一時間半後の午後十一時頃。

そして葉村君は、午前五時頃に巨人がこの通路に入ったと言っていた。

葉村君が死体を確認したのが午前七時。

時系列的には矛盾はないけれど……。

ボスさんは地面をライトで照らしながら、黒く変色した血溜まりの真ん中を指でなぞり、皆に向ける。

「すでに指ですくえないくらいに乾いているな」

指に血がまったく付着していない。

「血液は空気に触れると凝固が始まる。血溜まりの場合は周りが乾いていても中央は長い間粘り気が残るもんだ。だがこれはそうじゃない。俺の経験上、ここまで完全に乾燥するには九時間近くはかかるだろう」

「九時間……、昨夜の十一時以前か」

アウルさんが逆算する。

顔を上げ、壁、天井と視線を巡らす。

「……新しいな」

ボスさんが壁を軽く叩きながら呟いた。確かに隠し通路の両側のコンクリート壁は地下の他の場所に比べて汚れが少ない。

壁の、死体がちょうど見上げる位置に鉄格子付きの小さな窓がある。

窓の向こうを照らしたアウルさんが、合点がいったように言った。

「向こうは主区画の引き戸の部屋か」

「ああ、行き止まりになっているところですね」

それなら私も見た。わざわざ新しく引き戸を設(しつら)えたような、不思議な部屋だった。窓の鉄格子は腕が通るぐらいの幅しかない。

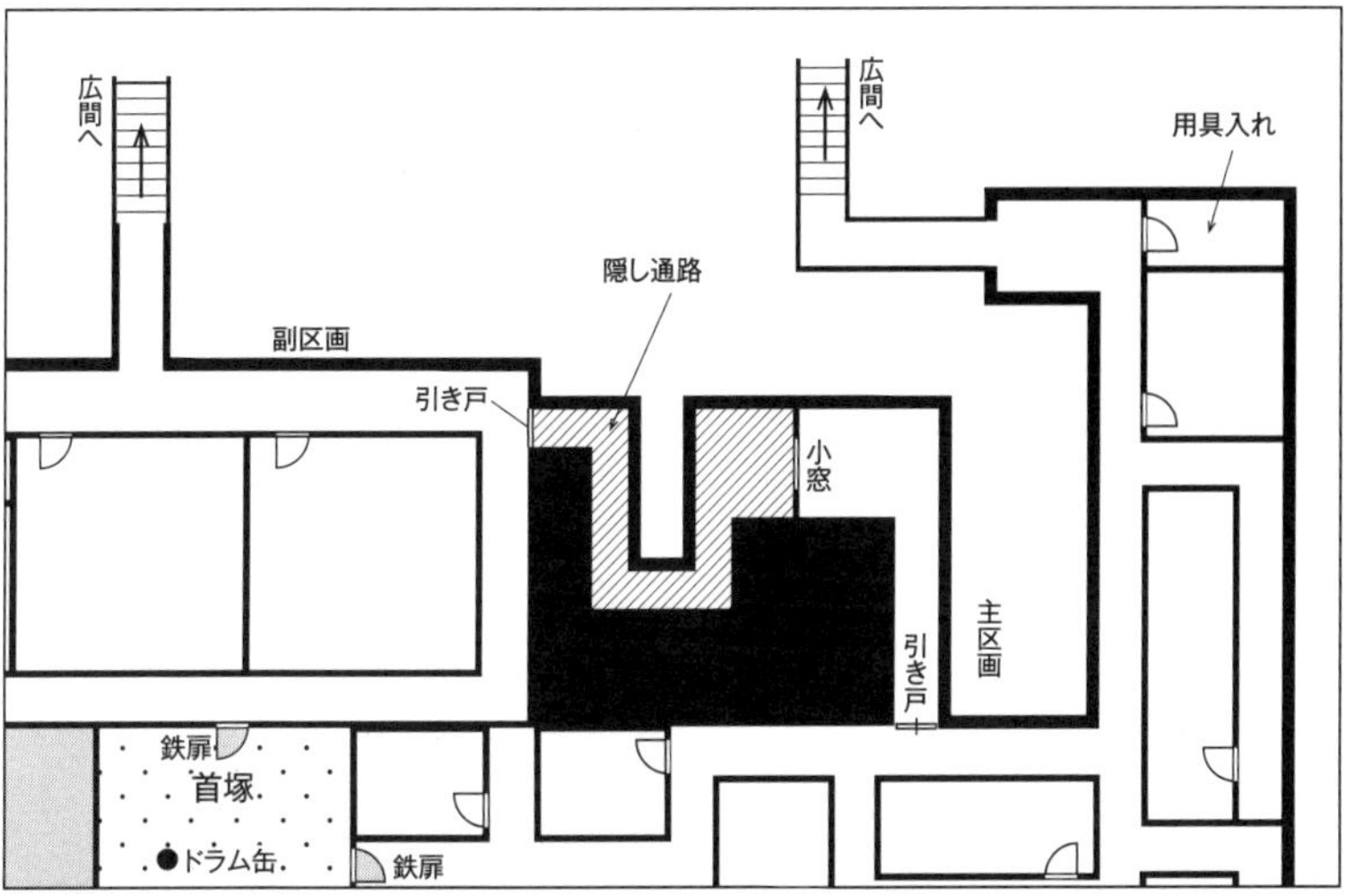

「気温は低いし、地面の水はけも悪そうだ。血が乾燥しやすい条件ではない。葉村、巨人がここに入ったのは？」

「朝の五時頃です」

「およそ三時間前か。その時に首が切断されたのでは、計算が合わんな。では昨夜の九時半頃、アウルが襲われる前に死体の首が斬られた可能性は？」

　これはアウルさんと葉村君が口々に否定した。

「俺たちは廊下にいる巨人の足音を把握していた。すぐ俺の方に来た。ここには近寄らなかったはずだ」

「五時に入ってきた時は巨人が反時計回りに破片を踏む音がはっきりと分かりましたから」

　話についていけないらしく、後ろにいる阿波根さんが遠慮がちに訊ねた。

「さっきから、なんの話をしているんですか」

「雑賀の首を斬ったのは巨人ではないということだ。恐らくは〝生き残り〟が夜のうちに雑賀の遺体の首を切断し、首塚に運んだ」

　巨人の凶行への恐怖とはまた違う、得体の知れなさに皆が顔を見合わせる。

　けれどこの謎に一番怯えているのは私だった。

また遺体の首が切断された。

正体不明の何者かは私が殺した不木の死体の首を持ち去っただけではなく、今度は私のナイフを使って雑賀さんを殺し、皆の目を盗んで首を切断して運んだのだ。

わけが分からない。どうしてこんなことを。

現場を一通り見終えると、ボスさんが巨人が破壊した部屋も見ておきたいと言い、皆でアウルさんがいた隠し部屋へ移動した。

トランシーバー越しに昨夜の様子は聞いていたけれど、ライトで照らし出された壁は想像以上にひどい有り様だった。厚さ三十センチはあるコンクリートの壁に、大人が余裕で通れそうな大穴が開き、中が丸見えになっている。室内に散乱する、持ち上げられそうにないくらい大きな瓦礫は、巨人の怪力の凄まじさを雄弁に物語っていた。

その時、破壊された壁を観察していた葉村君が突然飛びすさり、後ろにいた裏井さんに肩をぶつけた。

「どうしたんですか」

私たちは、葉村君が引きつった顔で指差している方にライトを向ける。

壁の断面から、腕の骨らしきものが突き出ていた。

思わず悲鳴を上げて横にいたボスさんの腕にしがみついてしまう。

よく見ると、側には肋骨らしきものも散らばっている。

壁の中に白骨死体が埋めこまれていたのだ。

白骨は裸の状態で埋めこまれたらしかった。肩、胸のあたりの骨までが覗いているが、その上にあるはずの頭蓋骨が見当たらない。これまで兇人邸で巨人の生け贄にされた従業員たちの首以外の部分が見つかっていないことを考えると、白骨死体の正体は明らかだった。

もちろん、これをやったのは屋敷の修繕を任されていた雑賀さんだろう。

「だから雑賀さんはあまり副区画をうろつかれたくなさそうにしていたのか」

葉村君が寒気を堪えるように、腕をさすりながら言った。

「阿波根さんはこのことを知らなかったの？」

私が彼女に訊ねると、

「知りませんとも！　全部雑賀さんがやったことですわ。なんと人聞きの悪い……」

と恨みがましい視線を向けられる。

「他の死体も全部ここにあるのか？　見たところ、この壁はそう新しいものじゃなさそうだが」

「……ちっ」

ボスさんがコンクリート壁の汚れを確かめながら漏らした呟きに、後ろで様子を見守っていたアウルさんが舌打ちした。

「嫌なこと考えちまった。さっきの隠し通路の壁、不自然に綺麗だと思わなかったか？　まるでつい、いいいいいい最近作られたみたいに」

彼の言わんとすることを悟って、私たちは息を呑む。

「最初のうちは、こんなふうに修繕する壁に紛れこませる形で遺体を処分していたんだろう。だが従業員が呼び出される頻度が上がるにつれ、別に遺体を埋める専用の場所が必要になったんじゃないか。それがさっきの隠し通路だ。いや、元々は通路じゃなくもっと広い空間だったのかもしれない。どんどん死体をコンクリートで埋めるうちに、あんなに狭く……」

私はただ茫然とするばかりだった。

雑賀さんの遺体を見つけてショックを受けていた時、私は比べ物にならないくらい多くの遺体に囲まれていたんだ。

＊　一階・不木の私室　《葉村譲》

副区画から不木の私室に戻ってきた俺たちは、雑賀を殺害し、首を斬った犯人の正体についてはー旦保留にして、まずは脱出方法を模索することになった。

結局選択肢は二つしかない。

一階の廊下の窓から外に助けを求めるか。自分たちで跳ね橋を下ろすか。

どちらを選んでも客や従業員に気づかれて騒ぎになるのは避けられないし、忘れてはならないのが脱出した後のことだ。

外から扉や壁を破壊してもらおうが、俺たちが正面の跳ね橋を下ろそうが、それをすぐ塞ぐことはできない。そして、日が暮れると巨人が世に放たれてしまう。

「我々は警備員なり警察なりに身柄を拘束されるだろう。その状況の中、ここで起きた惨劇について説明し、巨人の危険性を理解してもらい、再び屋敷を封鎖しなければならない」

「無茶です。不法侵入者でしかない我々の言葉を、誰が信用すると言うんですか」裏井が悲愴な声で反対する。「警察は真っ先に屋敷の主である不木の姿がないことを訝しむはずです。彼が死んだと分かればより多くの捜査員が集まってきます。封鎖するなんて、考えられない」

「……なら、死体を隠しちゃうのはどうかしら」

声を落として提案したのは剛力だ。これにも裏井は反論した。

「無駄でしょう。死体がなかったところで、この屋敷の異常性は隠しおおせません。それは私たちがよく知っているはずです」

鉄格子で塞がれた窓、異様な機構で封じられた階段、悪臭に満ちた地下空間。警察が一度立ち入れば、俺たちがどう危険性を説いたところで屋敷中を調べ尽くすまで手を止めてはくれないだろう。そして最初に巨人と遭遇する数人は、恐らく死ぬ。

ようやく脅威に気づいて応援を要請したところで、拳銃と盾で包囲する程度では気休めにもならない。営業時間内なら来場客にも危害が及びかねない。

ドリームシティはホラー映画さながらの巨人による狩猟場と化すだろう。

ボスが呻く。

「これ以上の犠牲は避けたい」

「一か八か外に出て、必死に訴えるしかないんじゃないか。どうせやるなら、早いに越したことはないだろう」

アウルの言う通り、時間さえあれば客を逃がすことくらいはできるかもしれない。

「せめて、あらかじめ警察に警告できれば……」

俺の呟きに、一人だけ離れてうずくまっていた阿波根が顔を上げた。

「そうだわ！　もしかすると連絡の手段があるかもしれません」

皆は驚きというよりも、今さらなにを、といった怪訝な表情を浮かべて彼女を見る。

「雑賀さんは〝あの子〟に殺された従業員の後始末を旦那様から任されていました。旦那様は足がつくのを嫌い、遺留品もすべて処分するよう命じておられましたが、雑賀さんは値打ちのありそうなものは取っておいたはずです。その中にもしかしたら……」

「それはどこにある？」

「恐らく部屋に隠しているのでしょう」

今、雑賀の部屋にはマリアが籠もっている。

驚いたことに、昨夜巨人の襲撃を受けたという部屋の扉は無傷に見えた。造りが簡素だったため、巨人の攻撃でまず壁側のラッチ受けが吹っ飛んだらしい。だがマリアはその扉の前になにやら家具を並べているのか、扉は動かない。

マリアを説得するのはかなり骨が折れた。

雑賀の死をきっかけに仲間への疑念を膨らませた彼女だが、さらに成島の死と〝生き残り〟の存在を知らせた今はなおさらだった。

「お願いします。外と連絡が取れれば、一般人に犠牲を出すことなく脱出できるかもしれないんです。もう時間を無駄にできない。急がないと」

最終的には俺の口からそう訴えたことで、マリアはようやく障害物を退けてくれた。

片手に拳銃を構えたまま俺たちを招き入れ、彼女は部屋の隅で壁を背にして立った。

「妙な動きをすれば、分かっているわね」

ボスは大きく破壊されたベッドを見て尋ねた。

「怪我をしたと聞いたが、大丈夫か」

「大したことない。さっさと用だけ済ませて出ていって」

マリアはにべもない答えを返した。ただ、猫背気味の姿勢と押し殺したような声からして、肋骨を痛めているように見える。

「手分けして探せ。隠し部屋を作っていた雑賀のことだ。凝った場所に隠しているかもしれん」

ほどなく、骨折した足を庇いながら床板を調べていたアウルが声を上げた。

「この床板、外れるぞ」

見ると、一部だけ固定されておらず、持ち上げると、下の空洞に木箱がいくつも収まっており、そこから従業員たちの遺留品らしき品々が出てきた。

時計や指輪、バッグ、財布類など品の種類ごとに木箱が分けられている。現金は抜き取られているが、カード類は入ったままだった。そして阿波根が探し回っていたアレキサンドライトが使われた黒猫の置物も見つかった。

「これだけの従業員が殺されたのか」

アウルが中にあった身分証や免許証を手に取りながら呻く。

木箱の一つに、通信機器類がまとめられていた。

上の方には最近のスマートフォン、下を掘り返せば一昔前に使われていた折り畳み式携帯電話なども見つかる。

ボスがいくつか手に取ったが、当然電源は入らなかった。しかし底の方から充電用ケーブルも二本出てきた。旧式の携帯電話用と大手メーカーのスマートフォン用だ。

「端子が合うやつは全部充電してみよう。電源はついてもロックがかかっている可能性は高いが」

仮にロックを解くことができても通信契約が続いている端末でないと使えない。亡くなってから数ヶ月、下手をすれば数年。従業員たちの口座からまだ使用料が引き落とされ続けている可能性はどれほどのものだろうか。

俺は腕時計を確認した。

午前十時。開園時間だ。一分一秒が過ぎる毎に、犠牲者が出る可能性は高まっていく。

「これ、先に充電してみてくれない？」

剛力が差し出したスマートフォンには天秤を模したラバー製のストラップがぶら下がっている。

「それ、もしかして……」

俺は呆然として剛力に借りたデジカメを取り出す。これについているストラップと似ているのだ。

その時、カード類を確認していたアウルが手を止めて顔を上げた。

彼がこちらに差し出した免許証は、一人の男性のものだった。

『剛力智』

皆の目が剛力に集まる。

彼女は諦めたように肩をすくめた。

「兄の智はここの従業員だった。私は失踪した彼を探すために来たの。でもこれは、見つからない方が嬉しかった」

その端末が使えるかどうか、不木の私室に戻って試すことになった。マリアも気になったのか、警戒は解いていないものの後をついてくる。

剛力の兄のスマホは、しばらく使っていなかったせいか、起動するのに三十分ほど充電が必要だった。予想通りロックがかかっていたが、剛力がパスワードを入力するとすぐに開いた。

「回線は生きてますか？」

「大丈夫」

まずは一歩前進だ。

「しかし警察に通報したところで、我々の説明を信じてくれるとは思えません」

裏井の言う通りだ。こちらの窮状を理解してくれる相手に連絡しなければ。

「あんたの会社はどうだ。成島の関係者ならなんとかしてくれるんじゃないのか」とアウルが問う。

「今回の件は、社長が独断で調査して進めたことです。班目機関に出資していたのも先々代の頃の話で、事情を知る人間はもういません。現在の会長に連絡がついたとしても、警察に話がいくのは変わらないかと」

「ならいっそ、爆弾を仕掛けたとでも嘘をついて通報したらどうだ？」

アウルの口から過激な提案が飛び出した。

「そうすれば園内の客は退避させられるだろうし、特別な警察……キドウタイだったか？　それも来てくれるんじゃないか？」

「なるほど、いいかも」

意外にも皆の感触は悪くない。客の安全が保証され、装備を整えた部隊が駆けつけてくれるという点では、これまでのどの案よりも優れている。

だが懸念がないわけでもなかった。ボスが眉間に皺を寄せて言う。

「問題は我々が出た後に屋敷を封鎖してくれるかどうかだ。向こうは爆弾と言われて出動した以上、邸内を徹底的に調べるだろう。下手に別館に手を出せば犠牲者が出るぞ」

その話を聞いていて、俺に一つの案が浮かんだ。

「もしかしたら、比留子さんならどうにかできるかもしれません」

「あの人の連絡先なら覚えているよ。昔からお世話になってるからね」

比留子さんはそう言って鉄格子越しに受け取ったビニール袋から剛力智のスマホを取り出した。

あの人とは、過去にも班目機関に関する調査を引き受けてもらったカイドウという探偵だ。大企業の要人や閣僚、官僚を顧客とする特殊な探偵らしく、剣崎家と縁がある人物だと聞かされていた。

「私でも想像が及ばないくらい修羅場をくぐっている人ですから、警察の上層部や公安にも知り合いがいるはずです。彼なら事態をうまく収拾する算段をつけられるかもしれません」

言うが早いか、鉄格子の向こうで画面をタッチした彼女を見て、離れまでついてきたマリアが呆れる。

「ヒルコは、しまいには世界でも救ってしまいそうね」

あの毅然とした立ち振る舞いを見て、実は生き残ることに必死なだけだと誰に分かるだろう。共に行動する俺ですら、彼女には並外れた役を期待せずにはいられないのだから。

比留子さんはカイドウ氏に現状を一通り説明すると電話を切り、その後何度かに分けて向こうから連絡を受けた。

カイドウ氏はこちらの危機を正確に把握し、すぐさま心当たりのある関係各所に連絡を取ってくれているようだが、二つ返事とはいかないらしい。返事を待つ間、スマホの充電を繰り返す必要があった。

二時間近くかけたやりとりの末、希望の糸はなんとか繋がった。

「県警に機動隊の出動を要請することはできそうです。ただ公安にも関わる案件なので調整に時間がかかると思われます。班目機関といえば娑可安湖の事件のことがありますから、公安も慎重に事を進めたがるでしょうし。あと成島グループに話を通すとか、フェイクのスキャンダルを仕立ててマスコミに嗅ぎつけられないようにするとか、やることは多いみたいです」

覚悟はしていたことだが、相当な大事だ。

俺の実家にも連絡がいくのかなあ、なんてしょうもないことを考えてしまう。

「すべての調整がいつ終わるのかは、まだ分からないそうです。念のため、今夜も不木の私室に籠城することも考えておくようにとのことでした」

アウルが不満そうに口を歪めた。

「夜になれば巨人が出歩くぞ。それでも救助に来られるのか?」

「そこは信頼するしかないでしょう」

脱出の見通しが立ったことで、皆の間にも安堵の空気が漂った。

しかし——。

「用は済んだわね。私は雑賀の部屋に戻るわ」

マリアはそう言い残し離れを出ていく。

それにつられるように、一人、また一人と去っていき、俺と剛力だけが残された。

一つの懸念が片づいたことで、残る一つの謎が再び重くのしかかったのだ――つまり、〝生き残り〟である犯人とは誰なのか。

殺人犯の目的はなんなのか。まだ行動を起こすつもりなのか。

「葉村君、聞いてほしいことがあるの」

剛力が意を決したように話し始めた。

その内容は、驚愕するものだった。初日の夜、不木を殺したのは彼女だというのである。

動機は彼女の兄、剛力智だった。

「失踪した兄の手がかりを探すためにこの園の取材を始めてすぐ、不法就労の疑いを抱いたわ。最初の晩、不木と会えた私は兄をどうしたのか問い詰めたのよ」

だが不木は己の研究を誇るばかりで、怒りに駆られた彼女は力ずくで情報を引きだそうとして、不木を死なせてしまった。

「それで巨人の仕業に見せるため、首を斬ったのですか」

「剣崎さん。私が不木を殺したところまではあなたの推理通りだけど、首を斬ったのは私じゃない」

推理？　どういうことだ？　比留子さんは俺の戸惑いを察して、申し訳なさそうに、剛力と取引するに至った経緯を説明してくれた。彼女の犯行を黙っている代わりに、俺を守るよう頼んでいたことも。

比留子さんが真相に対する執着を失っていなかったことを嬉しく思いはしたものの、歯がゆさばかりがこみ上げた。俺はまた知らぬ間に守られていた。それも比留子さんが誰かを屈服させるというやり方で。だが今はそのことを悔しがっている場合じゃない。

「剛力さんが首を斬っていないとは、どういうことですか？」

剛力は順番に話し始めた。

「私にはナルコレプシーという持病がある。簡単に言えば過眠症ね。不木を殺した直後にその発作が出て眠ってしまったけれど、朝起きた時も金属扉のかんぬきはかかったままだった。巨人が紫外線を嫌うことは不木から聞きだしていたから、不木の死体はそのままにして部屋を出たの。もちろん不木の日記を破り取ったのも私じゃない」

屋敷の構造が分からない彼女が唯一知っている場所は、通用口から広間に繋がる通路だけだった。彼女は通用口のすぐ側で身を潜め、他の人間が動き出すのを待ったという。

「だから死体の首がなくなっているのを見た時は驚いたわ」

「その話を信じるなら、剛力さんが出た後のわずかな時間に犯人が死体の首を斬り、日記のページを破り取ったことになりますね。不木が燃やした資料と一緒に処分せず、そのページを所持していたのも、すでに暖炉の火が消えていて、持ち去る方が手間がかからなかったからと考えればつじつまが合う」

比留子さんの言うとおりだとすれば、雑賀の首を斬り、日記のページを遺体の側に残した犯人は、不木の首を斬った者と同一人物と考えるのが自然だ。

それから剛力が見つけたという、ホールクロックの中の血痕についての話もされた。犯人は不木の首をひとまず広間のホールクロックに隠し、その後皆が手分けしてあちこちに散った際に、首塚まで運んだのだろうと彼女は言う。アウル、マリア、阿波根が地下の捜索をしていたし、鉄扉の音がしても気にはなるまい。ライトで人の動きも知れる。

比留子さんが剛力の話を信用しているのかどうか、表情からは読み取れない。もしかすると剛力はまだなにか隠している可能性もある。

　だが少なくとも、今朝方に発覚した雑賀の首の切断に関しては、剛力は関与不可能だ。彼女は阿波根、裏井と一緒に不木の私室にいたのだから。

「どうして今さら俺たちに打ち明ける気になったんですか」

「不木を殺したことは剣崎さんに見抜かれてしまったけど、雑賀殺しなんて覚えのない罪まで背負うのはごめんだからよ。犯人がわざわざ私のナイフを凶器に使ったのは、私に罪をなすりつけるためだとしか思えない。犯人を見つけるには、あなたたちに協力する方がいい」

「そうすることで、私たちに危険が及ぶと分かった上で、ですか」

　比留子さんの辛辣な言葉に、剛力はわずかに怯んだ様子を見せたが、

「これ以上、受けに回るわけにはいかない。考えつく限りのことをやるしかないのよ」

　そう言い残して背中を向け、離れを去っていった。


「覚えのない罪、ね」

　比留子さんがぽつりと零す。

「今の話、本当だと思いますか？」

「少なくとも彼女が不木を殺したことはね」

　比留子さんは剛力の犯行を暴くに至った推理を聞かせてくれた。

　今さらながら彼女の頭脳には舌を巻く。

　だが俺の賞賛に彼女はたいして反応せず、別の話題を切り出した。

「ねえ葉村君。次のミス愛の活動は安楽椅子探偵をテーマにする予定だったじゃない」

　この件に首を突っこむ前、まさにそのための本を見繕おうとしていたのだ。

「今回、似たような身になってみて分かった。楽だよ、これは。だって私のところに君や他の人が必要な情報ばっかり持ち寄ってくれるんだもの。私はそれを組み立てればいいだけ」

簡単に言ってくれる。彼女とほぼ同じ情報を持ち合わせていても、俺は同じ答えに辿り着けなかったじゃないか。

「それをできるのが名探偵なんですよ。限られた情報から真実を解き明かすんですから」

「違うよ。すごいのは椅子に座る探偵じゃない。探偵の元に必要な情報ばかり持ち寄る、情報提供者だ。彼らは必要不可欠な情報ばかりを選び抜き、探偵に与えてくれる。それを無意識のうちにやっている君たちこそ特殊能力者だよ。取り扱う情報の量が探偵とは段違いなんだ」

「情報の量、ですか」

「君は私と同じように推理を組み立てられなかったと嘆くけど、それは私よりもはるかに多くのものを見て、多くの人と話したからだ。当然情報の組み合わせのパターンは膨大になり、検証にも多大な労力が必要だ。それと比べて私はどう？　君が無意識のうちに選別した情報と、私自身が得た数少ない手がかりを元に推理をするだけで済む」

つまり、こういうことか。

安楽椅子探偵の優れている点とは、探偵が現場に赴くことなく限られた情報だけで推理を組み立てることだと俺は思っていた。だが比留子さんは、現場に行かずとも推理を組み立てられるような情報のみを選別できる情報提供者の方が優れていると言う。

小説の場合、無論それは作品を読みやすくするための作者の工夫だ。事件解決に関係ない情報をいちいち列挙されたのでは、読まされる方は苦痛で仕方ない。情報を選別するのは神であるところの作者であって、情報提供者ではない。

現状の比留子さんは、与えられた手がかりを基に推理を組み立てることしかできない。彼女が剛力を呼び出して脅迫したのは、推理の検証作業のためでもあったのだ。

「とはいえ不木殺しを認めた剛力さんが今さら嘘をつくとは思えない」

「どういうことでしょう」

比留子さんは手の中にあるスマホを持ち上げた。

「私はこれまで、剛力さんが不木を殺した後で、巨人の仕業に見せかけるために首を斬ったのだと考えていた。でも雑賀殺しも彼女の犯行だとしたら、雑賀さんの遺体を日が暮れる前に発見してみせたことになる。それはおかしい」

日暮れ前に遺体を発見してしまっては、巨人以外の殺人者がいることが明らかになってしまう。不木殺しを巨人の仕業に見せかけたのと矛盾した行為だ。また凶器にナイフが使われたことをわざわざ示した点も、巨人が犯人ではないと言っているようなものだ。

二人分の〝殺害〟と、二人分の〝首の切断〟。

このうち剛力の手によるのが不木の〝殺害〟だけなのだとしたら、残りは誰がなんのために行ったのか。この先もまだ誰かが殺されることになるのか。

「比留子さんはまだ、この状況で犯人探しをするのはナンセンスだと思っていますか」

すでに脱出の手配は進んでいて、うまくいけばあと数時間で俺たちは警察に身柄を保護されることになる。殺人犯を突き止めるのは、それから警察に任せてもいいことだ。

しばらく黙考した末、比留子さんは口を開いた。

「積極的には賛成できない」

思わず落胆しそうになるが、言葉には続きがあった。

「けど昨日君に話した理由とは、むしろ逆だね」

逆？　俺の身を守るためではないということか。

「肝心なのはやっぱり首を切断した理由だよ。なぜ犯人は不木と雑賀さん、二度も死体の首を斬ったのか」

首を斬る理由はミステリでもいくつかある。俺は例を挙げた。

「有名なのは、死体の身元を分からなくするためですね。他の人物と服装を取り替えることで、殺害順を誤認させることもできる。首なし死体が出てきたら真っ先に疑うべきトリックです。次に首を斬り離すことで持ち運びを容易にするためというのも考えられます。人体消失と見せかけて、首以外は張りぼてだったなんていうトリックもこの一種ですね」

「今回は死体の入れ替わりはない。どちらも首が切断される前に剛力さんが顔を確認しているからね。他のトリックが使われた可能性は今のところ否定できないけど、私が着目しているのは首の切断が皆にどんな心理的作用を与えたかということだよ」

普通トリックを用いるのは、不可能状況を作ることで捜査を攪乱させるためだ。

「不木殺しと雑賀殺しにおいて、首が切断されたことで私たちはどう考えたか。考えてみると、実は両方とも同じ効果があったことが分かる」

「同じ効果？」

比留子さんが指に髪を絡める。

「剛力さんから疑いの目が逸れたことだよ。不木殺しにおいては、死体から首がなくなっていたことで巨人の仕業だと信じた。雑賀殺しでは、死体の胸には剛力さんの折り畳みナイフが刺さっていて、そのままなら剛力さんが容疑者候補の筆頭だったはず。だけど翌朝には現場から首が持ち去られており、側に中華包丁が落ちていたために剛力さんは容疑者から外れた」

「剛力さんが他の誰かと協力している可能性はあるんでしょうか」

「そこが妙なんだよね。共犯だとすればもっとスマートなやり方で疑いを逸らせられたはずだ。そもそも雑賀殺しに剛力さんのナイフなんて使わなければよかったのに。やってることが矛盾しているんだよ」

「犯人は剛力さんの持ち物だと知らずに使ったとか……あ、ナイフには彼女の名前が彫ってあるのか」

折り畳みナイフなんて拾ったら、誰のものか気にするのが普通ではないだろうか。しかも表記はローマ字だった。仮にボスたちの中に漢字の苦手な者がいたとしても、読み違えはしないはずだ。

「犯人は巨人が徘徊する夜間に危険を冒してまで雑賀さんの首を斬り、剛力さんを庇った。時間と手間をかけてそんなことをする人物が、私たちに危害を加えるだろうか」

俺もそう思う。雑賀の遺体が見つかった時点で、巨人以外の殺人者がいることは皆の共通認識になっていたのだ。それにも拘わらず剛力のために動いた。

そもそも、〝生き残り〟にだってもう巨人をどうこうできないはずだ。正気に戻せるとは思えないし、連れだして逃げようというわけでもないだろう。

俺の考えを察したのか、比留子さんは頷いて告げた。

「さっきの質問に戻ろう。私たちは犯人を突き止めるべきなのか？　なんのために？」

探偵と殺人犯が敵対関係にあるのは、ミステリでは疑問の余地のない当然の設定だ。だが俺たちは、犯人を捕まえるためにここに来たわけではない。

「私たちと犯人の利害は、もはや対立していない可能性がある。もう誰も傷つかず、あとは助けを待つだけ。もしそうなら、私たちが犯人を突き止めようとする行為は、いたずらに皆を危険に晒すだけかもしれない」

昨日比留子さんが俺に謎解きを戒めたのは、俺が犯人に目をつけられることを危惧したためだった。

だが今はどうだ？

――犯人は探偵の敵なのか。

比留子さんはこうも付け足した。

「もちろん、今の時点では犯人が中庸の立場だという保証もない。兇人邸にやってきた目的すら分からないからね。そういう意味では、私たちは犯人を探すことでしか危険を予測できないんだ」

不木は死んだし、巨人は誰にも止められない。そんな進退窮まった状況で、なぜ犯人は雑賀を殺したのか。真意が分からないから、今後犯人がどういう行動に出るのか予想がつかない。これを打破しようとすると、結局は犯人探しに繋がってしまうのだ。

先の危険を回避するための、やむを得ない謎解き。

それが今の着地点だと、比留子さんも考えているようだ。

「とりあえず、カイドウさんには剛力さんの情報も集めるよう頼んでみる」

「彼女はまだなにか隠していると？」

「剛力智という、このスマホの持ち主を探しに来たというのは本当だと思う」

比留子さんはそこで言葉を切り、俺の顔色を窺うように見つめる。

「……君に軽蔑されるかもしれないけど、このスマホに保存されている写真を見たんだ」

そうか。比留子さんは紫湛荘の事件で俺が〝死者の遺留品に無断で手をつけること〟を殊更に嫌っていることを知っている。その原因が俺のつらい経験にあることも。

「それなりの理由があったんだと信じますよ」

ありがとう、と呟いて比留子さんは話を続ける。

「画像フォルダに、智さんらしき男性と彼女のツーショット写真がたくさんあった。兄妹というよりは、付き合っている男女のような雰囲気のね。いずれにせよ二人が親しい関係にあったのは間違いない。でも彼女はどうして今まで彼を探しに来たことを明かさず、取材だと偽っていたんだろう」

「不木殺しの動機があると知られたくなかったんじゃないですか」

「それなら最後まで隠した方が得策じゃない？　私にはどうも、彼女が打ち明けるタイミングを見計らっていたように思えるんだよね」

「今日になって変わったことと言えば、従業員たちの遺体が壁の中から見つかったことと、智さんのスマホが見つかったことでしょうか」

あるいは最後まで隠すつもりだったのに、スマホのロックを外す必要が生じたことで、二人の関係を打ち明けざるを得なくなったのだろうか。

すると、比留子さんの口から意味深な呟きが漏れた。

「……そうか、見つかったのは首のない白骨死体だった。これでは本当に剛力智が死んでいるのか、確定できない」

確定できない？　どういう意味だ。

比留子さんは剛力智がまだ生きていると言いたいのだろうか。

思わず黙りこんだ俺の耳に、窓の外からジェットコースターの走行音と遠い歓声と、あの忌々しいメロディーが響く。

——ようこそ。現実と幻の間の楽園、ドリームシティへ。

——みなさん一緒に踊りましょう。明けない夜が明けるまで。

別れ際、比留子さんが現時点で組み立てられるいくつかの仮説を話してくれた。

それらの検討を中心に調査を進めるべきだが、なによりも先に確かめなければいけないことがある。

離れを後にして居間に戻ると、裏井が不木の資料を片付けていた。

「裏井さん、被験者について聞きたいことがあるんですが」

「構いませんが……私に分かることでしょうか」

「裏井さんも資料を読みこんだはずです。成島に口止めされていたこともあると思って」

申し訳なさそうに無言で肯定する裏井に疑問をぶつける。

「もし〝生き残り〟が俺たちの中に紛れているんだとしたら、一般人と区別のつかない姿をしていることになります。同じ被験者である巨人と、どうして大きな違いが生じたんでしょうか」

「それについては、不木の日記にも名前があった羽田という研究者の説明をする必要がありそうですね」

裏井は、大量の資料の中から数冊のノートを取り出し、こちらに渡すと内容をかいつまんで教えてくれた。

——超人研究とは、文字通り人間の身体能力を強化するための研究だった。

主に研究をリードしていたのは不木と羽田という二人の研究者で、それぞれ異なるアプローチでの研究を行っていた。

「不木の手法は特殊なウイルスに感染させることで遺伝子情報を変えるというもので、彼自身は《アップデート》と呼んでいたようです。当時の遺伝子工学の最先端をゆく内容でしたが、研究は困難を極め、動物実験でも失敗続きで人体実験は許可されていなかったようです」

班目機関に評価されていたのは羽田という研究者の方だった。

羽田の手法は、突出した能力を持つ種族からその能力を発揮する《因子》を取り出し、子供に接種することで能力を向上させるというものだった。

「きっかけは第二次世界大戦中、日本軍のある部隊が中国奥地に踏み入った時、異様に傷の治癒が早い民族を見つけたことだったようです。戦時中からすでに人体改造の研究は進められており、その結果を元に発展させたのが羽田でした」

羽田は他にも南米の山岳民族、北アジアの遊牧民、アフリカのシャーマン一族など、様々な民族から《因子》を集め、成長途中の子供たちの脊髄に特殊な方法で注入した。

「その子供たちというのが、羽田の手法に拒絶反応を起こさない、《受容因子》を持っていたようです。班目機関は全国の学校や医療機関につながりがあり、そこで密かに得た遺伝子のデータを解析することで実験に耐えうる子供を探し当てたと」

子供とは、不木ではなく羽田の研究の被験者だったのか。

「羽田の研究は順調に進んでいた。被験者の子供は、非常に優れた運動能力と回復力を備えていたようです。しかしある日、研究施設で重大な事故が発生した。詳細は分かりませんが、同時に火災も発生し、多くの職員とともに子供たち全員が犠牲になったと記されています。そこには査察に訪れていた機関の要人や、政府の密使も含まれていたとか。ですがここで疑問が湧きます。不木は人間の被験者を使った実験を許可されていなかったのならば、不木が連れ出し、監禁していた巨人は何者なのか」

「……巨人は元は羽田の被験者だった子供だと？　それを自分の被験者にするために、事故まで起こした？」

失敗続きだった不木は羽田の集めた子供たちの《受容因子》に目をつけたのかもしれない。

「真相は分かりません。ですが気になることがもう一つ。子供の《受容因子》を利用したとしても、動物実験ですら満足に結果を出せなかった不木の研究が、どうして急に巨人のような規格外の成果を生み出すことになったのか。実は巨人に接種したウイルスの詳細が、どこにも書いてないのです」

動物実験に用いたウイルスについては、とり憑かれたかのような執念で大量の研究ノートが残されていたという。にも拘わらず、唯一の成功といっていい巨人に関しては、見慣れぬウイルス名が一つ載っているだけで、詳細なデータはなかった。

「どういうことでしょう」

「分かりません。しかし班目機関は他にも様々な研究を行っていたと聞きます。もしかすると、別の研究を行う誰かから供与されたか……」

　真相は不木しか知りえない。

　巨人と〝生き残り〟は外見の違いと能力の程度に差はあれ、同じ特質を備えている。

「〝生き残り〟が不木の手にかかっていないのであれば、一般人と変わらない姿をしていることも納得できます。ただその場合、身体能力はどのくらい優れているんでしょうか」

「一般人よりははるかに優れているようです。単純な比較であれば、巨人の方が上位ではないかと。不木は日記の中で何度も『羽田に勝った』と誇っていますから」

　〝生き残り〟は巨人に勝てない。

　そうだとしても事態が好転したわけじゃない。俺たちではおそらく〝生き残り〟にすら敵わないだろうから。

　ただ、被験者の子供たちの身元について特に言及がない。全員日本人と考えるのであれば、ボスやマリアは〝生き残り〟の候補から外せる。アウルはアジア系の顔立ちなので、保留だ。彼と剛力、阿波根、そして目の前の裏井。この四人の誰かが〝生き残り〟なのか。

　どうにかして犯人を絞りこめないか考えを巡らせていると、

「あの……あくまで思いつきなので他言無用にお願いしたいのですが」

　と密やかに裏井が切りだした。

「昨夜、副区画には葉村さんとアウルさんがいました。犯人がどんな超人であろうと、中に入る時には鉄扉の開閉音が響いてしまいます。お二人ともがそれを聞き逃したとは思えない。なら犯人は巨人が来る前から副区画にいた人物としか考えられないんじゃないでしょうか」

言わんとすることはすぐに分かった。

「アウルが犯人だと？」

もっとも分かりやすい推理だ。ずっと副区画にいた者なら、鉄扉を開閉することなく遺体の元まで行ける。

けれどこれは簡単に否定できる。

「たしかに時間はありましたが、副区画の廊下には蛍光灯の破片が撒かれていました。彼が廊下に出たのならそれを踏む音がしたはずです」

死体の元に行く時と、戻ってくる時。隣の部屋にいた俺が二度も音を聞き逃すとは考えられない。

そう答えると、裏井から思わぬ指摘があった。

「巨人が暴れているタイミングに合わせて行動したとしたらどうでしょう。壁を破壊するほどの騒音ですから、足音くらい誤魔化せませんか」

アウルはわざと巨人を挑発して暴れさせたというのか。

「確かに巨人が暴れている隙に、死体の元まで行って首を切断することはできるかもしれません。でもどうやって隠し部屋に戻ってくるんです」

「葉村さんは巨人を隠し部屋から引き離すために首塚に出たでしょう。その間に戻ることができた」

なるほど筋が通っている。

だが、この説にはもう一つクリアしなければならない条件があるのだ。

「斬った首が残ったままですよ。俺が巨人と入れ替わりで戻った時には、アウルは瓦礫の下にいたんです。首を外に持ち出す時間はなかった」

しかし裏井はためらいながらも言う。

「そのまま死体の側に置いておけばいいんです！　午前五時に巨人は遺体の場所に行った。その時に切断されていた首を見つけ、首塚に持ち帰ったんだとしたら」

俺は間取り図の裏に、昨夜巨人が主区画と副区画に出入りした時刻をまとめ、裏井が言った流れを検討した。

夜九時半頃、巨人の大暴れと同時にアウルが隠し部屋を出て、遺体の首を切断。巨人が俺を追って首塚に出た隙に戻る。

午前五時頃、死体の元にやってきた巨人が転がっている首を持ち去り、首塚に運ぶ。

時系列は通っている。だが……。

「昨夜、裏井さんが成島さんと揉み合いになったのはどのあたりですか？」

突然の俺の質問に、裏井は不意をつかれたようだ。

「広間の階段を下りて、何メートルか進んだところだと思います」

「だとすると、やはりアウルは犯人ではないですね。首の切断に使われたのは、現場に落ちていた中華包丁です。あれは成島さんがあなたと揉み合いになった際に落としたもののはず。アウルは副区画に隠れて以降、主区画に足を踏み入れていません。朝になってからでは遅い。俺が真っ先に雑賀さんの死体を見に行った時、すでに包丁は落ちていましたから」

犯人は主区画で中華包丁を拾う機会があった人物でなければならないのだ。

「……なるほど。言われてみればその通りです」

裏井は自説のミスを恥じるように頭を下げた。

「不慣れなりに考えを巡らせてみたんですが、すでに葉村さんは検証済みだったんですね」

「比留子さんに教えてもらったことを喋っているだけですよ」

「……剣崎さんがいくつもの事件を解決に導いたことは知っていましたが、正直なところ半信半疑でした。ですがこうしてお話を聞くと、まるで私たちと彼女では見えている光景が違うように感じます

時刻	巨人の動き（証言者）	メンバーの動き
18:00		剛力 雑賀の遺体発見
18:30		雑賀の部屋…マリア 主区画…ボス 副区画…葉村、アウル 不木の私室…それ以外 （成、裏、阿、剛）
21:30	↕副区画【5〜10分？】 （葉村、アウル） 別館（葉村）	アウル 襲われる 葉村 →首塚→副区画 成島 →主区画（包丁おとす） →首塚→別館 裏井 →主区画→不木の私室
23:00	主区画と1F【約1時間】 （ボス、マリア）	マリア 襲われる
0:00		
5:00	↕副区画【5〜10分？】 ※隠し通路に入る （葉村、アウル）	
7:00		葉村 雑賀の首が斬られているのを発見
8:00		血の乾き具合確認 ※9時間以上経過

雑賀の首切断？

ね」

その声には畏怖の感情がこもっているように聞こえた。

「裏井さん、もう一つ聞いてもいいですか」

「なんでしょう」

「成島さんと地下で揉み合いになり突き飛ばされた後、ライトがなかったから追いかけられなかったと言いましたよね。でも真っ暗闇の中で、ライトを使っている成島さんはすごく追いかけやすかったはず……」

口にしてしまってから、すぐに後悔した。案の定、裏井は真っ青になって黙りこくっている。

「すみません、言い方が悪かったです。聞きたかったのは――」

「……嫌になったんです」

裏井が絞り出すように言った。

「秘書になって三年、どんな無茶な要求にも応じてきました。休みもろくにない環境でしたが、ただひたすら上司の指示に従うことだけが私の自尊心を守る方法だったのです。ですがやはり限界でした。社長を止めようとして摑み合いになりながら、こんなところで死にたいのか、いつまでこの人に振り回されるのかと思ったのです。気づけば手から力が抜けて、振りほどかれてしまっていました」

成島の腕の感触を思い浮かべるかのように手を見つめる顔からは、感情がごっそりと抜け落ちている。

「このままでは社長が危ない、と頭では分かっていたのですが、後を追うのを体が拒否していました。どうしよう、いやもう間に合わない、と思ううちに、我に返った時にはすべてが手遅れでした。だんだんと社長を見殺しにしたという実感が湧いてきて、私は慌てて……」

能面のような表情が徐々に崩れ、裏井は両手で顔を覆った。

い。

その瞬間を誰にも見られていなかったとしたら……。極限状況の中でどういう選択をするか分からな
もし憎い人物の背中を押すのではなく、その腕を摑む手を緩めるだけで自由になれるのだとしたら。
俺は裏井に詫び、逃げるように不木の私室を後にした。
「……すみません、無神経なことを聞いて」

足早に廊下を進みながら、物思いを振り切る。

同じ副区画にいたアウルに犯行が不可能となると、外から入ってきた誰かを疑わざるを得ない。

もう一度、雑賀が死んでいた現場から調べよう。

そう決めてライトを手に地下に向かおうとした矢先、広間で剛力に出くわした。

なんのつもりか、階段入り口の上部から覗いている落とし格子の下端にぶら下がり、足をばたつかせていた。ウインドブレーカーの下のシャツがずり上がり、白い腰が覗いてしまっている。

「……なにしてるんですか」

俺の呼びかけに、彼女は床に着地すると手についた汚れをパンツでごしごしと拭う。

「この落とし格子さえ下りれば、巨人は地下から上がってこられないでしょ。力ずくで引っ張ればどうかと思ったんだけど、私の体重じゃ無理だったわ。やっぱり鍵がないとダメみたいね」

「そうですか。でもここを塞いだら巨人だけでなく比留子さんも出てこられなくなるんですが」

「あ、そうか。ごめん」

剛力はさっき俺たちに秘密を打ち明けて、清々しているように思える。

「地下に行くの？」

「もう一度、雑賀さんの現場をよく見ておこうと思いまして」

「なら一緒に行くわよ。二人の方が安心でしょ」

どうやら彼女は俺たちが雑賀殺しの真相を暴くものと信じているようだ。

道すがら、俺は昨夜の状況について念を押した。

「剛力さんはずっと不木の私室にいたんですよね」

「そうよ。阿波根さんに聞いてもらってもいいわ。葉村君たちが襲われた時に飛び出していったのは、成島と裏井さんだけ」

成島と裏井が揉み合いになったという場所に立つ。もし私室に残った剛力と阿波根が共犯だったとしても、裏井がここにいたのなら遺体まで行き来することは不可能だろう。

「裏井さんはどれくらいで戻ってきましたか」

「五分くらいかな。成島を止められなかったって、落ち込んでた」

「マリアさんは？」

「一度も見てないわ」

雑賀の遺体を残したままの隠し通路に着く。遺体の胸には折り畳みナイフが刺さったままだ。

他の犠牲者のように遺体を移動させなかったのは、明らかに巨人ではない誰かによる殺人のため、現場保存をした方がよいと判断したからだ。気温も低いため、腐敗の進行は遅い。

俺は頸部の切断面に改めてライトを向ける。

巨人に首を斬られた他の遺体と同じに見えた。真下の地面には刃物を叩きつけた時にできたらしい窪みがある。

「不木の時にアウルも言っていたけれど、かなり滑らかな切断面に見えます。ノコギリのように、何度も押し引いて切った感じじゃない」

「一撃でやったってこと？　昔の介錯人が日本刀を使っても難しかったっていうけど」

「頸椎の傾きに合わせれば可能だという話もありますけど、常人が中華包丁でできる芸当ではないでしょうね」

首の切断で有名なものにギロチンと呼ばれる処刑装置がある。その刃は地面に対して斜めに傾きがついていたという。地面と平行な刃をただ落とすのではなく、包丁を扱う時のように物体に対して斜めに刃を滑らせることでスムーズに切断できるわけだ。

もしギロチンほどの重さと鋭利さ、角度の工夫もなしに首を落とすのであれば、常人をはるかに上回るスピードとパワーで〝叩き斬る〟しかないだろう。斧でもあれば別だが、調理用の中華包丁でそれをやるのは人間業ではない。巨人、あるいは〝生き残り〟でもない限り。

いや、だとしても大きな問題が残っている。

犯人はいつ、どうやって雑賀の遺体の元まで行ったのか。

昨夜、副区画には一晩中俺とアウルがいた。音を立てる鉄扉が開けば、俺たちが気づかなかったはずがない。昨日確認済みだったが、念のため剛力にも昨夜俺がいた隠し部屋に入ってもらい、同じことを試してみる。

結果はすぐに出た。

ギィ……。

「丸わかり。金属の音はすごく通るから」

どれだけ慎重に扉を扱っても、開閉音は隠せない。

「首を斬った時の音はどれくらい響くんでしょうか」

「地面にも刃物を叩きつけたわけだから、それなりに音がするわよね」

雑賀の遺体がある辺りの地面は土が盛ってあり、掘ってみるとその下は数センチの厚さで固いコンクリートだ。土で衝撃が緩和されたかもしれないが、昨夜の静寂の中で息を潜めていた俺とアウルが気づかないものだろうか？

再び剛力に隠し部屋に入ってもらい、俺は近くに転がしたままだった中華包丁を、指紋が付かないよう袖を使って拾い上げた。地面に叩きつけると、ドッと重い音が立ったが、剛力は首を傾げながら出てきた。

全く聞こえなかったらしい。

俺は首の切断に気づきようがなかった。音の有無で犯行時間を絞りこむのは無理そうだ。

その後は、まだ知られていない隠し通路の類があるのではないかと、剛力と二人で徹底的に副区画を調べた。だが床や壁、果てには掃除用の箒をとってきて、天井まで叩いて回ったが、新たな通路も空間も発見できなかった。

「ねえ、思ったんだけど」

剛力が不意に声を落とした。

「副区画に忍びこむのが無理なら、窓越しに断ったとしか考えられないんじゃない？」

殺害現場の壁には小窓があり、主区画側の引き戸の部屋と通じている。あちらから窓越しに細工をした可能性は俺も考えていた。

「冷静に考えて、裏井さんが戻ってくるまでに五分もかかったのは長すぎる。揉み合いになった時に成島が包丁を落としたなんてのは嘘で、本当は雑賀さんの首を斬るために彼から包丁を奪ったんじゃないの」

昨夜の裏井の行動が怪しくないと言えば嘘になる。だが窓越しに遺体の首を斬るなんてできるのだろうか。

俺たちは主区画に移動し、引き戸の部屋の奥にやってきた。

小窓の位置は立った時の俺の胸くらい。現場側とほぼ同じだ。

窓からライトを向けると雑賀の遺体の首元までが見え、頭があった位置あたりが死角になる。

「このままじゃ遺体には届かないですね」

この鉄格子が厄介なのは、縦横に鉄棒が渡っている点だ。格子の隙間は約十センチ四方ほどしかない。鉄格子の隙間から腕を差し入れるが、肩がつかえて、地面までの距離の半分も届かない。

「包丁を持てば遺体まで届かない？」

無理だ。俺の手から遺体まではまだ一メートル以上離れている。包丁を投げつけるだけならできるが、正確に狙いを定めるのが難しい上、首を両断できるとは思えない。

「じゃあ、鉄格子の隙間を力ずくで広げたらいいじゃないの。犯人が〝生き残り〟なら、そのくらいできたって不思議じゃないわ」

剛力はそう言うが、見たところ鉄格子が力ずくで曲げられたような跡はない。

試しに鉄格子を両手で摑んで思いっきり引っ張ってみる。

「ふぬ、んんんーーーーー」

我ながら非力だ。もちろん鉄格子はびくともしない。

その時、背後から別の光が俺たちを照らした。怪訝そうな顔をしたボスが立っていた。

「変な声がすると思ったら、なにをしている」

犯人探しをしていることを知られたくなかったのだが、先に剛力が答えてしまう。

「実験ですよ。鉄格子を曲げて首を斬れないか」

それでだいたいの事情を察したのか、ボスは「替わってみろ」と前に進み出た。

ボスが静かに気合いを発すると、筋肉質な腕から力が伝播して握りしめた鉄格子がかすかに震えだす。ひょっとするとこのまま曲げられるか、と思ったが。

「──あ、駄目だ」

俺の呟きでボスの集中が途切れ、力が抜けた。

「いけそうだったじゃないの」

残念がる剛力に、俺は鉄格子の根元のコンクリート部分を示した。先ほどはなかった細かなひびが入り、小さな欠片が生じている。

「強引に力を加えたせいでコンクリートが欠けたんですよ。たぶん地下のコンクリートは経年劣化が激しいんでしょう。鉄格子が曲がるほど力を加えたら保たない」

根元のコンクリートに異状がなかったのだから、鉄格子に力は加えられていないと考えるべきだ。

そこで俺はある有名なミステリのトリックを思い出す。

「犯人が入れないのなら、遺体を引き上げればいいんじゃないでしょうか」

例えば、遺体を鉤のようなもので窓際まで引っ張り上げる。そして包丁で首を切断した後で遺体を寝かせればいい。色々と工夫は必要そうだが、絶対不可能ではないだろう。

俺の身振り手振りの説明を受け、ボスが素朴な疑問を漏らした。

「そんなことをすれば、首を切断した時の血痕が向こう側の壁に付くんじゃないか。だが血痕は床にしか広がってなかったぞ」

その通りだ。それに雑賀の遺体は小窓に頸部を向け、反対側に脚を伸ばす形で倒れていた。窓に引き寄せた後に下ろすと壁にもたれかかる体勢になってしまうし、まっすぐ寝かせるのも困難だ。

結局、窓越しに雑賀の首を切断した可能性は捨てざるを得なかった。

やはり犯人は、副区画の隠し通路にやってきたと考えなければいけない。

となると、主区画から出なかった裏井は容疑から外れる。

三人で一階に戻る途中、俺の持っていたライトが明滅し始めた。電池切れである。

「もし必要なら俺のを貸すが？」

ありがたく受け取ろうとした時、ボスがためらいがちに言った。

「気をつけろ、葉村。まだなにかが起きる気がしてならない」

「どういうことですか」

「俺の勘がそう告げているんだ。なにかが起きる前にはいつも首の後ろがチリチリと焦げつくような感覚がある。直感か、それともただの思いこみなのかは分からん。だが俺はそれを頼りに何度も危機を乗り越えてきた。ひょっとしたら剣崎の体質というのも似たようなものなのかもな」

　俺は剛力と顔を見合わせた。

「俺にできるのはこうして見回りを続けることくらいだ。自分で首を突っこんだ以上なにが起きても諦めはつくが、お前たちは被害者だ。命は大事にしろよ」

　俺の肩を叩くとボスは先に行ってしまった。

　ボスの背中を見送り、俺は途方に暮れる。

　心配してくれているようにも思えるし、警告だとも取れる。剛力も同じように感じたらしい。

「どうするの。ボスさんはああ言ってるけど」

「……もし本当になにか起きるのなら、少しでもできることをしないと。話を聞いて回りましょう」


　雑賀の部屋に向かった。マリアが籠もっている場所である。

「マリアさんは、葉村君が一人で話を聞いた方が応じてくれると思うから、私は見えない位置にいるわ」

　剛力の意見に従い扉越しに声をかけると、最初は話すことなどないとあしらわれたが、このままでいいからと粘り、話だけは聞かせてもらえることになった。

　マリアの主張はこれまでと変わらなかった。昨夜はずっとこの部屋にいて、外の出来事は俺たちから聞くまでまったく知らなかったという。

「巨人が来たのは何時頃でしたか」

「正確には覚えてない。巨人が来る直前に確認した時は十一時過ぎだったわ」

　ボスが、巨人が主区画に入ってきたと証言した時間だ。時間的な矛盾はない。

「巨人に襲われた後も、この部屋を出なかったんですか。本当に一歩も？」

　少しむっとした声が中から聞こえた。

「一度は出たわよ。巨人が去った後、ベッドの下から這い出て、扉の状態を確認した時に。他の隠れ場所に移ろうかとも考えたけど、ここに留まることにした。一度襲われた場所の方がかえって安全だと思って」

　室内で移動する音がし、扉のすぐ近くからマリアの声がした。

「ユズルは雑賀を殺した犯人を探しているんでしょう。でも昨夜雑賀の首を持ち去ることができた者がいない。違う？」

「まさにそんなところです」

　マリアも昨夜の状況を知り、雑賀の首に関して不可解だと感じたらしい。

「〝生き残り〟のことを聞いて思ったんだけど、犯人が〝生き残り〟だとすれば、巨人とコミュニケーションが取れてもおかしくないんじゃないかしら」

「巨人と言葉が通じるということですか」

　とても想像しがたいことだが、マリアは続けた。

「言葉まで通じなくてもいい。本能的に犯人を敵ではないと認識し、襲わない程度の知性が巨人にあれば」

「だとしても、犯人が俺たちに気づかれずに副区画に出入りすることは無理です」

「それができるのよ。ボスならね」

少し離れた位置で話を聞いていた剛力が、まさかといった表情で俺を見る。

「夜の間、誰が主区画を出入りしたのか知りえたのはボスだけよ。彼なら自由に主区画を出ることができた」

「でも副区画にはアウルさんと葉村君がいたんですよ」

初めて話しかけた剛力の声に驚いたように、マリアが一瞬黙る。

「……確かに副区画の鉄扉を開けば二人に気づかれたでしょうね。でも巨人と一緒に出入りしたのならどうかしら」

もし犯人が巨人に襲われないのだとしたら、一緒に副区画に入ることができる。そして巨人がアウルを襲っている隙に犯人は雑賀の死体の元へ行き、首を切断する。

「でも、そのあと巨人は葉村君を追って首塚に……」

「もちろんボスも巨人と一緒に首塚に出たのよ。真っ暗だし、扉の裏に隠れていたユズルは気づかなかった」

かなり場当たり的で運頼みの要素が多いが、ボスならばそれが可能だったのだ。

「本気で疑っているんですか？」

「考えてみてよ。ボスがその気になれば、首塚に出ようとする成島を止められないはずがないじゃない。なのに彼は成島を行かせた。いいえ、止めることができなかったのよ。だってその時、彼は副区画で雑賀の首を斬っていたんだもの！」

マリアは興奮を落ち着けるように呼吸を置き、続けた。

「私はどのメンバーとも初対面なんだもの。誰も信用できないわ。ユズルも気をつけた方がいいわよ」

もう少し話を聞きたかったが「もう行って」と拒絶され、俺たちは扉の前を離れた。

「まさかボスさんが容疑者に挙がるなんてね。さっき、まだなにかが起きるって言っていたのは、これの警告だったのかな。——葉村君は今の話にあまり驚いていないのね」

「ええ、実はボス犯人説は比留子さんが検討していましたから」

剛力が途端に不満顔になる。

「じゃあなんで教えてくれなかったの」

「矛盾点があるからです」

比留子さんの推理を一度整理して話す。

「ボスは巨人と一緒に副区画に侵入し、巨人が暴れている隙に雑賀さんの首を切断して、再び巨人と同時に扉から出た、という説でしたよね。ですが巨人が暴れている時、俺たちはボスとトランシーバーでやりとりしたじゃないですか」

剛力も気づいたようだ。

巨人が暴れ始めて、俺はすぐトランシーバーで皆に呼びかけた。すると無線でボスと成島が言い合いを始めたのだ。

「マリアの説に倣うと、巨人が暴れていた時にボスは副区画にいたことになります。すぐ近くで巨人が壁を破壊していたのなら、騒音がボスのトランシーバー越しに聞こえたはずです。コンクリート壁をぶち破るほどですから、首を斬る音とはレベルが違う。いくら隠し通路の奥でも響きますよ」

このことは、ずっとトランシーバーのやりとりを聞いていた剛力の方がよく知っているはずだ。

「あの時ボスさんは押し殺した声で成島と言い争っていて、他に音は聞こえてこなかった」

ボスが副区画にいなかった証拠だ。

ちなみに、巨人と一緒にという条件なら、ボスが副区画を出入りするチャンスはもう一度あった。

巨人が再び副区画を訪れた午前五時だ。

しかしこの時に雑賀の首を切断したのなら、現場の血痕は皆が確認するまでに乾かなかったはずだ。よってこの仮説も成立しない。

「犯人はボスさんでもない、か。でもボスさんが成島を止められなかったとは思えないんだけどなあ」

剛力は残念なような安心したような、複雑な顔をする。

午後二時。救助の動きを待つばかりだった俺たちは離れに集められ、比留子さんからショッキングな報せを聞くことになった。

「救助隊の編成がストップしたらしい」

「ストップって、どういうことですか」

朝から今か今かと待っていた俺たちの落胆は大きかった。

「落ち着いて。見捨てられたわけじゃないんだ。カイドウさんによると県警機動隊のＮＢＣテロ対策班を向かわせることで調整していたみたいなんだけど、上層部から計画を練り直すという連絡があったらしい。巨人という存在の扱い方についても意見が割れていて、班目機関が関わっているだけに情報を共有するのに神経を使っているみたいだ」

ＮＢＣというのは核・生物・化学兵器を指すが、巨人がどれに属するのか、悩みどころなのかもしれない。そもそもこれは殺人なのか、テロなのか、災害なのか。

待ったをかけたのが誰なのかは知らないが、機動隊にすら巨人の姿を見せるわけにはいかないと考えたのか。

「俺たちにしたって勝手に屋敷を襲った犯罪者にすぎないからな、誰もスタンドプレイをしてまで助けちゃくれないさ。下手に動いて騒ぎになるよりも、閉園時間を待ってから制圧した方が簡単だ」

アウルは醒めたような笑いを口に浮かべる。

彼の言う通りだとすれば、十分な調整がつくまでは、何日でも俺たちを閉じ籠めておけばいいとでも考えているのかもしれない。思うように事態が進展しないことに苛立ちを感じていると、裏井がこっそりと話しかけてきた。

「剣崎さんの存在がなければ我々は見捨てられていたかもしれませんね」

そうかもしれない。剣崎グループが政財界にどれほど顔が利くかは分からないが、彼女は警察にも協力して事件を解決した実績がある。カイドウ氏も懸命に調整をしてくれていると信じるしかない。

「嫌よ、嫌！　こんなところで死にたくない！」

阿波根が突然叫びだした。彼女は床に突っ伏すと、堰を切ったように泣き始める。

「どうして私がこんな目に合わなきゃいけないの。なにもかもが無茶苦茶だわ。もう橋を下ろしてここを出ましょう。通報したんだから、助けに来ない方が悪いのよ！」

「だから、橋を下ろしたら巨人が外に出ちまうんだって」

アウルが呆れたように言うが、彼女はぐちゃぐちゃになった顔で彼を睨みつけた。

「まだ日没までには何時間もあるでしょう！　言うこと聞いて逃げない奴なんて、殺されても仕方ないわ。私たちは自分の命のために行動する権利がある。緊急避難ってやつよ。これは市民の正当な権利だわ！」

今まで従業員を見殺しにしてきた彼女が、正当な権利を主張するとは。

阿波根は俺たちの反応が鈍いと見るや、素早く立ち上がり、正面にいた俺を突き飛ばして離れを飛び出した。

「どこに行く気だ？」

呆気にとられる俺たちに、松葉づえ代わりに見つけたモップを突きつけてアウルが言う。

「どうせろくなことじゃない。さっさと追え」

命令されるのは釈然としないが、言われた通り阿波根を追うと、彼女は正面入り口の跳ね橋の機械室に入るところだった。

「まさか、本気で橋を下ろすつもりなのか」

中にあったワイヤーカッターを手に取ったところで俺と裏井が止めた。

「離しなさい、離せっ」

阿波根は暴れるが、力では勝てないと分かると、その場にうずくまって泣き崩れた。こうまで情緒不安定な人間が側にいると、こちらの気力を奪われてしまう。

他のメンバーも追いついてきて、泣き喚く阿波根をうんざりした顔で見つめる。

するとボスがそそり立つ跳ね橋と俺の手の中にあるワイヤーカッターを見やりながら、思いがけない言葉を発した。

「このまま救助が来ないなら、自力で脱出することも考えておく必要があるかもな」

裏井が、信じられないとばかりに首を振る。

「今さらどうしたんですか」

「人命を最優先に考えているのなら、とっくに来場客の避難くらいは始まっているはずだ。俺たちは本当に見捨てられたのかもしれん。あるいは俺たちが脱出したと分かれば、警察が動くきっかけになる可能性もある」

ここに来て、救助を待たないというのか。突然の心変わりに俺は混乱する。

あれだけ犠牲が出ることを避けたがっていたのに、どうして。

「機械室から離れろよ、ボス」

アウルの声に振り向くと、彼はモップで体を支えながら片手で拳銃を構えていた。その銃口はボスの胸を狙っている。これにはその場の全員が固唾を呑んだ。

「馬鹿はよせ」

「それはこっちの台詞だぜ。昨晩からあんたの動きはどうもおかしいと思ってたんだ。作戦を中断したのはまだしも、成島一人も止められなかったなんてな」

「地下は暗かったし、たまたまだ」

「そうかい。じゃあ今朝からずっと、地下をうろついて血痕を集めてんのはどうしてだ?」

ボスの表情がわずかに変わった。

「どういうことなの。ボスさんはずっと作戦を指揮する立場だったじゃない」

剛力の疑問に、アウルは油断なく銃を構えたまま答える。

「昨日までは成島に従順だったのに、どうして態度が変わったのか。考えてみりゃ、ボスが仕事よりも優先することなんて一つしかない。なあボス、あんた確か難病の孫のために治療費を稼いでるんだよな」

俺もボスの口からそう聞いた。だが金を稼ぐためなら、なおさら成島を裏切るわけにはいかなかったんじゃないか。

「態度がおかしくなり始めたのは、昨日の作戦前に巨人の説明を聞いてからだ。不木の資料を見直してみたら、被験者と巨人に関するものがなくなっていた。——あんた、資料を別の企業に流すつもりだったな?」

多くの仲間を犠牲にして手に入れた資料を、横流し?

ボスは黙ったままだ。その態度こそが、アウルの推理した通りであることを雄弁に語っていた。

「昨日、裏井は巨人の特徴をこう説明した。『人間離れした生命力と回復力。あとは毒や病気などに対する強い抵抗力』。これは難病の家族を持つ人間にとって喉から手が出るほど欲しい力だ」

剛力が納得したように大きく頷いた。

「成島を手伝ってお金が手に入っていたとしても、それでお孫さんの難病が完治するわけじゃないものね。あの資料を生かせる研究機関はいくらでもある。そのためには、成島には死んでもらった方が都合がよかった……」

だから昨夜、本気で成島を引き止めなかった。

さらに試料として、ボスは巨人の血液を持ち帰ろうとしていたのか。どれが巨人の血痕かは判別がつかないから、なるべく多くの血痕を集めたのだろう。

そして今、どうにかして警察に捕まらないよう脱出を提案している……。

「卑怯なのは分かっている」

ボスは一言一言が痛みを伴うかのように、苦しげに語る。

「だが、今しかなかったんだ。俺は若い頃から馬鹿でな、二十三歳で結婚して、数年で離婚したよ。娘の親権を取られて、会うこともなかった。後悔したし寂しかったが、俺の暴力が原因だったからな。仕方ないさ。それから軍に入り任務に没頭し、ここ数年は傭兵になり命を試すような仕事ばかりしていたが……、二年前に初めて、友人を介して娘から連絡があった。結婚したこと、孫が生まれたこと、その子が難病を患っているという話だった」

思いもしなかったボスの告白に、身勝手だと思いながらも俺たちは言葉を失う。

「俺が生きてきた意味はこれだったと思ったよ。ようやく娘に贖罪ができると思って、どんな仕事も引き受けた。死ぬことすら怖くなかった。稼いだ金が、孫の命を一日でも長らえさせてくれるなら」

そうしてこの仕事のさなか、ボスは孫の命を救えるかもしれない奇跡を見つけた。多くの人々の命を吸った、忌まわしい奇跡だった。

今でなくては間に合わない。他人の犠牲に目をつぶるしかなかったのだ。

たとえこの研究が治療に生かされる確率が砂粒ほどのものだったとしても。

「あんたの気持ちは分からんでもない」

アウルの声は厳しさを失わなかった。

「だが、今回の仕事は失敗に変わりないとしても、裏切りを許しはしない」

「アウル！」

俺は叫んだ。彼が引き金を引くのではないかと思ったのだ。

「安心しろ。まだ俺たちには人手が必要だし、無駄な殺しはしない。だがこれ以上身勝手な真似をするつもりなら、今後は警告なしだ」

拳銃が下ろされると、ボスは「すまなかった」と詫びてポケットから汚れた布きれを取りだし床に捨てた。地下で血痕を拭き取ったものだろう。そしてその場を後にする。

阿波根も目の前での出来事に戸惑いつつ、ぶつぶつと文句を零しながら立ち去った。

裏井が頭を抱える。

「なんてことだ……。こんなにも皆が信頼し合えなくなっていたとは」

「なんだよ、俺が悪かったみたいじゃないか」

戸口にモップをついたまま、アウルが軽口を叩く。

「それに怪しい奴ならとびきりのが一人いるだろう。真っ先に作戦を離脱して、昨夜のアリバイも分からない奴が」

「マリアのことですか」

彼女はトランシーバーも持たずに雑賀の部屋に籠もったため、昨夜の行動について確かめる術がない。

「ですが首塚に出ようとすればボスが気づきますし、副区画にも来なかったはずです」

「その思いこみが鍵なんだよ。マリアが〝生き残り〟だとして、巨人と一緒に出入りできたと考えたらどうだ」

奇しくもマリアがボス犯人説を唱えたのと同じか。巨人は一度主区画を出入りしているので、その機を生かせばマリアもボスに気づかれずに移動が可能かもしれない。だが問題はその後だ。

「巨人が主区画の鉄扉を開閉したのは午後十一時に入った時と、一時間後の午前零時に出ていった時の二回だけ。そのどちらかでマリアが首塚に出てきたとしても、巨人と副区画に入れるのは午前五時です。これでは首を切断するのが遅すぎて血痕が乾かない」

すらすらと説明できるのは、一度推理したことだからだ。

もっと細かく言えば、他にも主区画の扉が開くタイミングはあった。成島が首塚に出ていった九時半すぎだ。この機会を利用したパターンについても、比留子さんと検証した。

マリアが成島の後ろにぴたりと張りついて首塚に出ていくことができたとしよう。その後、副区画に戻る俺の後に続いて副区画に入るのも、相当難しいだろうができたとしよう。これで侵入成功。

しかし遺体の元に行く際に蛍光灯の破片を踏む音がするし、雑賀の首を切断して出ていこうにも、次に巨人が副区画の鉄扉を開くのは午前五時だし、その可能性があるかどうかわからない。さらに俺とアウルが皆と合流するために主区画を経由して一階に向かった午前七時まで、主区画側の鉄扉は開かない。つまりマリアは部屋に帰れないのだ。

実際に午前七時前に、剛力によってマリアが部屋に籠もっていたことが確認されている。ゼロに近い成功率に目をつむってもなお、マリアは犯人ではありえない。

ところがそれを聞いてもアウルは落胆する様子がなかった。

「俺が言いたいのは、マリアは夜になる前、すでに副区画にいたんじゃないかということだよ」

夜になる前に、すでにいた？

「昨日の午後六時すぎ、雑賀の遺体が見つかったことでマリアは作戦を離脱した。あの時、マリアがまっすぐ雑賀の部屋に向かったのかどうか、確認したやつはいないだろう。もし彼女が雑賀の部屋ではなく、副区画の遺体の元に行っていたとしたら？」

不木の私室で俺の作戦参加について話しあっている間に、マリアは首を切断し、その後で部屋に向かうことが可能だ。

俺がアウルと副区画に向かった時、首塚にはまだ雑賀の首は転がっていなかった。

だがこれは前に裏井が唱えた説で解決できる。マリアは斬った首を遺体の側に残しておいたのだ。そして午前五時に雑賀の死体のところに来た巨人が、首だけを首塚に運んでくれた。

もしマリアの目的が剛力にかかる疑いを晴らすことだったのなら、極端な話、巨人は来なくてもいいのだ。その場合首は現場に残ってしまうが、その時間なら剛力のアリバイがあるあいだに首を切断するという目的は果たしているのだから。

残る問題は、遺体の側に落ちていた中華包丁だ。マリアはなんらかの理由で、夜間にもう一度主区画に下りる。そこで成島が落とした中華包丁を見つけ、行き止まりの窓から遺体の側に投げ入れ——。

「あ、無理だ」

俺は単純な見落としに気づいた。

「俺たちが配置につくまで、中華包丁は不木の私室のテーブルの上にありました。加えて巨人も出てきていない。彼女には首を一撃で両断できる道具がなかった」

「……くそ、それがあったか」

アウルが悔し気に舌打ちする。なんともややこしいアリバイだ。

日が暮れてから活動する巨人。

乾いていた血痕。

成島が持ち出した中華包丁。

ボスが見張っていた主区画の出入り。

俺とアウルが見張っていた副区画の出入り。

このすべてをクリアできる人間がいない。

複数犯の可能性を疑うべきなのだろうか。二人以上が協力したのなら、この難解な不可能状況にも説明がつくのだが、少ない仲間の中、剛力以外にも二人以上の殺人犯がいるだなんて想像もしたくない。

俺と剛力と裏井は不木の私室に戻ったが、そこには阿波根の姿しかなかった。

ボスと顔を合わせるのが気まずかったので、正直ほっとする。しかしアウルは、

「目を離したらなにをするか分からんからな。探して連れ戻してくる」

と言い残してモップをつきながら出ていった。あの状態でも気後れせずにボスと向き合えるのはさすがとしか言いようがない。

疲れたようにソファに腰を下ろした剛力と裏井に、「比留子さんと話してきます」と伝えて俺は離れに移動した。


裏井から聞いた生き残りの能力と、阿波根を追っていった後の顚末、そしてボスの告白の内容を知らせると、比留子さんは驚いた様子だったが、アウルとの推理に話題が移るとすぐに冷静さを取り戻し、唇を指で押さえながら何度か頷いた。

「なるほど、共犯でない限りは無理だと。確かにこれだけの不可能状況は、困難の分割が行われていないと説明がつかないね」

困難の分割とは近頃はミステリで用いられることもある言葉だが、比留子さんによると元は近代哲

学の祖と言われるルネ・デカルトが著書の中で提唱した考え方で、マジック用語としても使われている。一つの大きな困難でも、分割することで実践が可能になるというものだ。

「問題は分割の方法だね。不木殺しの時は、剛力さんが彼を殺し、別の誰かが首を切断して持ち去った。困難が二つに分割されていたわけだ。雑賀殺しにおいても、殺害と首の切断が別のタイミングで行われている。だけどそれ以上の分割があったとしたら」

「例えば首を切断した人物と、その侵入を助けた人物がいるとか」

比留子さんは頷く。

「もし本当に共犯だったとしたら厄介だね。不木を殺した剛力さんの他に、別の殺人に加担した人がまだ二人以上いる」

そうであれば、俺と比留子さんを除いた五人の生存者のうち半数以上の人間がどちらかの殺人に関わっていることになる。それこそ犯人を突き止めようとする行為が今の秩序を乱しかねない。

「あるいは——もっと単純なことなのか」

比留子さんがなにげなく漏らした一言が引っかかった。

「単純というと？」

「葉村君がまだ検証していない説が一つだけある。剛力さんが嘘をついている可能性だよ」

思わず比留子さんの顔を凝視する。昨夜ずっと阿波根と部屋にいた剛力は、最も容疑から遠いはず。

「嘘って、どんな嘘ですか」

「剛力さんが生き残りで、雑賀さんの死体を見つけて皆に報告した時、すでに首は切断していた。そう考えれば謎はなくなる」

予想外の指摘に固まってしまったが、徐々に意味が理解できてくる。

昨日の昼間なら誰でも中華包丁を持ち出すことはできた。俺たちの目を盗んで包丁を持ち出した剛力は、隠し通路の奥で雑賀をナイフで刺し殺し、首を包丁で切断した。ただしまだ首塚には持ち出さず、その場に残しておく。不木殺しと同様、もっと時間が経ってから死体を発見させ、巨人の仕業に見せる計画だったのだろう。

だが雑賀の姿がないことに気づいた皆が屋敷中を探し始めたので、剛力は計画を変更することにした。第一発見者を装い、雑賀が殺されているとだけ言って昏倒したふりをしたのだ。

日没時刻を過ぎていたこともあり、誰も雑賀の死体を確認しないまま夜の作戦を迎え、午前五時になって副区画に入ってきた巨人が放置されていた首を持ち去った。

誰も作戦前に死体を確認しないという幸運がなければ成り立たないが、これなら夜の間に主区画や副区画を行き来する必要もない。

「でも、どうして雑賀さんを殺すのに自分のナイフを使ったんですか」

「ひょっとすると雑賀さんを殺したのは咄嗟の判断だったのかもしれない。例えば雑賀さんがなにかの目的で剛力さんを隠し通路の奥に誘い、彼女は正当防衛で殺してしまったとかね」

「なぜナイフをそのままにしたんです」

「あえて不自然な証拠を残したのかもしれない。葉村君が探偵めいたことをしているのは皆知っていただろうからね。――まあ、あえてそうしたなんて言い始めたらキリがない。これまでの話をまとめると、彼女が嘘をついているか、他に複数の犯人がいるかのどちらかしか考えられないんだ。そして後者はホワイダニットの面で納得しがたい」

ホワイダニット。なぜその犯行を起こす必要があったか。

「剛力さんと無関係な複数犯であれば、雑賀さんの首を切断する理由が見当たらない。むしろ剛力さんに強固なアリバイがある時間帯に首がなくなったことで、彼女の容疑が晴れてしまった」

「そうですね。前にも言いましたが、剛力さんのナイフを凶器にしたわけですから、剛力さんを陥れたいのか助けたいのか、行動と目的が一致していない」

　ここにいるメンバーは、兄を探しに来た剛力とたまたま出会ったに過ぎない。

　それなのに複数の人間が彼女を容疑から外すために協力し合っているなんて、出来すぎではないか。

　それなら剛力本人が嘘をついていると考えた方が自然だ。

「他に剛力さんについて知っていることはない？」

「デジカメにカニのストラップがついているので、案外可愛いもの好きだと思います」

「他は」

「今月で二十三歳になるそうです」

「え、若っ……ねえ、それ本当？」

　疑わしげな比留子さんの様子を見て、密かに満足する。

　決して俺だけが失礼だったわけではないのだ。

「誕生日や年齢が分かっても、抱えている事情は本人しか分かりませんよ。剛力さんだけじゃない。裏井さんは成島さんに対する不満が弾けたし、ボスは病気の孫のために俺たちを裏切ろうとした。マリアが他人と接触を断って閉じこもっているのも怪しいし、阿波根さんも自分が助かるためならなりふり構わない様子です。アウルはこの仕事が御破算になって、むしろ考えが読めなくなりました」

　ボスの言ったとおりだ。本当になにが起きても不思議じゃない。

　比留子さんは頷いて、再び剛力智のスマートフォンをいじり始める。

「班目機関の研究、ドリームシティの不法就労、指名手配犯の雑賀さん。殺人の動機になりうることはたくさんある。推理だけで真相を明らかにするのは不可能だろうね」

「……お手上げってことですか」

「大事なのは生き残ること。救助がなかなか来ないのは歯がゆいけれど、葉村君たちは不木の私室に籠もっていれば死にはしないでしょう。どうやって巨人を制圧するかは警察に任せればいい」

　比留子さんは間違ってない。

　それでも割り切れない思いが顔に出ていたのだろう。

「君の望むホームズとしては失格かな。そのことについては帰ってからゆっくり話そう。だから今は無事に助かることだけ考えて。情けないけど、今はこんなことしか言えない」

　俺は首を振った。

　比留子さんはなにも悪くない。

　俺の期待したように、比留子さんは不木を殺したのが剛力だと見破ったじゃないか。それでも次の殺人は起きたし、大きな武力がなければ巨人を止められないのは事実だ。

　じゃあ、俺が彼女の考え方を否定してまで押しつけようとしたホームズ像は、いったいなんだったんだ。ワトソンという役柄でないと、彼女に必要とされる自信がなかっただけじゃないのか。

　ホームズとワトソン。

　比留子さんと一緒に行動するようになってから口にし続けてきた肩書きががらんどうに思えてきて、俺は彼女の隣にいる自信をなくした。

《追憶 Ⅳ》

とうとう査察が明日に迫った。

都市部からこの施設までの移動にはかなりの時間がかかるため、査察の関係者たちは今日の夕方に到着して、まずは羽田先生と顔合わせをして研究の説明を受けるらしい。そして明日、私たち被験者の体力測定を見学する予定だという。

いつも通りにすればいいと言われてはいるけど、そうはいかない。

まだ動物殺しの犯人は見つかっておらず、施設内の雰囲気は悪くなる一方だ。大人たちの視線は私たちの一挙一動を縛りつけ、子供たちは表立っては口にしないけど、不満を溜めこんでいる。そのことがまた大人たちの警戒心を煽り――際限がない。

さらに、私には別の心配事があった。

コウタのことだ。

結局ジョウジは、コウタが不木先生と会っていたことを羽田先生には告げなかった。なんでも相談するよう言われたけれど、子供たちに白い目が向けられている状況の中、コウタを追い詰めるような告げ口をするのは気が引けたのだ。

その代わり、私とジョウジは二人でコウタの行動を見張り続けていた。

もしコウタがまた不審な行動を取るようであれば、今度こそ先生に報告するために。

皮肉なことに見張りを始めてからは、動物殺しはぴたりと起きなくなったようだ。

犯人がたまたま凶行をやめたのか、それとも誰にも見つからないよう続けているだけなのかは分からない。私たちとしてはコウタがいつも通りなことに安堵すると同時に、どんよりと黒ずむ雨雲が迫りくるのを知りながらその場で足踏みするしかないような無力さを感じていた。

所長室で聞いた〝予言〟が示す明日まで、もう時間がない。

私は決断した。コウタと面と向かって話をした方がいい。

授業中、私は初めて居眠りするふりをした。そのあと自習をコウタに持ちかけると、疑われることなく彼と二人きりになれた。

ノートを写させてもらいながらコウタの顔色を窺ったけど、いつもと変わりない。それでも普段よりいっそう口数が少ないように思えるのは、私の考えすぎだろうか。

言い方一つで、これまでの関係が崩れてしまう。それでもチャンスは今しかないのだと自分を奮い立たせて、私はお腹に力を入れて本題を切り出した。

「この前さ、宿舎を抜け出してどこ行ってたの？」

私の手元を見ていたコウタの体があからさまに震えた。それを見て、ジョウジの証言が本当だったことを確信する。

「……なんのこと」

「焼却炉で猿の首が見つかる前日の夜、コウタが宿舎から出ていくのを見たの」

ジョウジから聞いたことは伏せて追及すると、コウタは心なしか低い声を出した。

「疑ってるの、僕のこと」

「心配しているんだよ。最近は大人たちに見張られているみたいで、不安になるのは当たり前でしょ。猿博士は怪しい実験に手を出していて、子供に声をかけているみたいだし」

それを聞き、コウタが目を丸くした。

「ケイも誘われたの？」

「も？」

コウタがしまったという顔をする。その意味は明らかだ。

「やっぱり、あの夜見たのはコウタだったんだ」

「話しかけられただけだ。やましいことなんてない」

私の中でいくつもの出来事が嚙み合い始める。

巨大化し、首を切断しないと死なない猿の化け物。実績を上げようと焦っている不木先生。そして夜に宿舎を抜け出したコウタ。

「動物を殺したのも、コウタがやったの？」

「僕は知らない」

はぐらかすけど、目を合わせないことがなによりの答えだ。

「おかしいよ。あんな奴に協力したって仕方ないでしょ」

「仕方ないって、なんだよ」

ずっと冷静だったコウタの声に熱が生じた。

「お前らには分かんないんだよ、本当に弱い奴の気持ちなんて！　皆が楽しそうにしているのを見るだけで自分が嫌いになる気持ち、知らないだろ。僕は強くなりたいんだ。自分を好きになりたいんだ。仕方ないなんて偉そうに言うな！」

初めて聞くコウタの怒鳴り声に、私はなにも言い返せず固まってしまった。

私は運動能力の低さを残念に思うことはあっても、自分を嫌いになったことはない。コウタのことだって、例えばジョウジよりも価値のない人間だなんて決して思わない。それどころかコウタには勉強という特技があることが羨ましいとすら感じていたのに。

だけどコウタにとっては力に代わる長所を見出されることすら、自分を否定されたと感じられてしまうというのか。

愕然とする私に、なおもコウタは本音をぶつけてくる。

「今の大人たちを見ていれば分かるだろ。動物の死骸が見つかったくらいで僕たちを怖れるようになった。次は自分たちが動物みたいにされるかもしれないって気づいたんだ。僕らがその気になれば、大人たちの力では止められないって気づいたんだよ。この先、どこに行っても同じだ。僕は力を持つ人にも、力の弱い人にも理解されない。君だってそうだぞ。いい加減分かれよ、ケイ！」

耳を塞いで、その場から逃げ出してしまいたかった。

私は与えられた場所で生きてきただけだ。生きるのなら、意味が欲しかっただけだ。この場所を与えてくれた羽田先生のために、研究所の皆のために。まだろくに見たこともない世界のために。

大人たちもそれを望んで、私たちはそれに応えようとしていただけなのに、どうして裏切り者のように扱われなきゃいけないの。

なによりも、おなじ境遇で生きてきたコウタと分かり合えないことがつらい。

相手が自分より強いから、あるいは弱いから心が通じ合わないなんて、そんなこと言わないでよ。心が通じ合わないだけでがっかりしないでよ。

泣いてしまいそうになった時、心の中で声がした。ジョウジと羽田先生の声だ。

……それでも私たち、家族でしょ。

理屈もなにもない。でも二人が口にしてくれて私自身が救われた言葉だ。

「私たちは家族でしょ。もっと話してよ、コウタのことを。ちゃんと知らないと私はきっと後悔する。私には神様みたいな力はないんだから、言ってくんないと分かんないよ。その代わり、約束するよ。私は絶対にコウタを嫌いになんてならない。この先なにがあっても一緒だから」

気がつけば頬に涙がつたう感触があった。ぎゅっと目を瞑るとますます涙があふれる。なにも見えなくなった世界で、コウタが息を吞む気配だけが伝わってくる。

人前で泣くのはいつ以来だろう。確か八歳くらいの頃、どんなに頑張って走っても皆より遅いのが悔しくて羽田先生に泣きついたっけ。

私がぐしぐしと腕で涙を拭う間にコウタは手早く教科書を片づけて出ていってしまった。

夕食の時にジョウジと顔を合わせると、彼は私をじっと見て、

「なにかあったのか」

と心配そうに言った。泣いたのがばれたのだろうか。

「コウタとちょっと言い合いになっただけ。大丈夫」

「おい、それって」

慌てるジョウジをなだめ、私はコウタからは話を聞けなかったことを伝えた。

「査察は明日。もし本当にコウタが不木先生と関わっているなら、今夜動くかもしれない」

不木先生の研究に協力するのか、あるいは再び動物を殺して査察を妨害するのか。いずれにしろ明日の査察が終わるまで、彼の動きを見張っておくべきだ。

私たちの会話に気づく様子もなく、コウタは並んだ長テーブルの隅の席で一人黙々とご飯を口に運んでいる。

「こうしよう。夜は同室の俺が寝ずにあいつを見張って、外に行かせないようにする。その代わり明日の昼間はケイに頼む。俺よりもケイの方がコウタの側にいても不自然じゃないからな」

私はそれに同意した。

「もしコウタがなにかおかしな動きをしたらどうする？　大事(おおごと)になったら、査察に悪影響が出るか

も」


「せっかくの羽田先生の晴れの舞台を台無しにはできないな。他の人に知られる前に先生に報告して、うまく処理してもらおう」

「うまく処理してもらおう」


も」

私たちはそう取り決め、それぞれの部屋に戻った。

夜はジョウジに任せると決めたものの、就寝時間が過ぎても私は目がさえて眠れなかった。いつもは授業中にだって眠たくなるのに。

零時を過ぎ、四人部屋には他の子の寝息と山の風が時折窓を叩く音だけが響く。なにも起こらずに夜が過ぎてほしいと願いながら横になっていると、一秒一秒経つのが気の遠くなるほど長く感じた。まるで静止の呪文をかけられた世界の中にいるみたい。なにをすべきなのか分からないまま、焦りだけが体を駆け巡る。

気分を変えるために一度トイレに行ってみようと思い立ち、他の子を起こさないようにベッドを抜け出し、上履きをはいて部屋を出た。照明の消えた廊下には、ガラス窓を透して仄（ほの）かな月明かりが差しこんでいる。大人たちにはそれでも暗闇に変わりないだろうが、私にはある程度先の光景も見渡せた。

その時。中庭を挟んだ向こうの研究棟の扉が開き、中に小柄な影が滑りこむのを視界の隅で捉えた気がした。

嘘。ジョウジが見張っているはずなのに。

どうにかして目を盗んだのか、あるいは力ずくで振り切ったのか。

ジョウジの身が心配だったが、先に影を追うべく急いで廊下を走った。

私は出入口の横にある靴箱に目をやった。外に出るには上履きから外靴に履き替えないといけない。右隅の上から二段目、コウタの使っている場所には上履きが残っている。

やっぱりさっきのはコウタだったんだ。

急いで中庭を横切り、研究棟に入ろうとした私はあることに気づく。

夜の間は当然、研究棟の扉にも鍵がかかっているはず。

コウタはどうやって鍵を開けたのだろう。研究棟にいる誰かが手引きをしたのか。

そんなことをするのは——不木先生しか考えられない。

研究棟の中はやはり静まり返っていたが、私たちの宿舎とは違い、天井灯はぽつぽつと点いたままだ。人影はどこにもない。

コウタが人目を忍んで行くとしたら、不木先生の研究室しか考えられない。以前職員室で激しい剣幕で怒鳴り散らしていた不木先生。猿を異形の姿に変えてしまったのも、明日の査察で自分の研究のアピールを捻じこもうとする焦りの表れだったんじゃないだろうか。そんな彼の元にコウタを行かせるのは危険だ。私は急いで研究室を目指した。

研究室のある二階に着いた時、十メートルほど先、廊下の真ん中あたりにある扉が勢いよく開いて、誰かが飛び出してきた。私は慌てて曲がり角に身を潜める。こちらとは反対方向に駆けていった小柄な白衣の後ろ姿は、間違いなく不木先生のものだ。

彼が飛び出してきた扉には、第二実験室というプレートが掛かっている。

恐る恐る扉を開けると、途端にひどい臭いと耳障りな騒音が噴出した。私は慌てて中に入り、扉を閉める。

壁際に並んだ三列の陳列棚。そこに隙間なく押しこめられた大きな、檻、檻、檻。

驚いたことに、それらの檻の多くは今にも棚から落ちそうなほどゴトゴトと揺れ動いているではないか。

目を凝らすと、檻の中で猿らしき動物が暴れている。

らしき、というのはどれも体の一部が、あるいは全身が奇妙に肥大化していたり、毛が抜け落ちたりしていて、私の知る猿とは似ても似つかない姿をしていたからだ。

猿の化け物たちは怒りとも苦悶ともつかない鳴き声を上げながら、檻の中でのたうち回っていた。見えない敵と取っ組み合いでもしているかのように。

これが不木先生の実験の結果なのか。

呆然としていた私は、本来の目的を思い出す。

コウタはどこにいるんだろう。

部屋の奥の方から檻と猿の狂騒に混じって、熱に浮かされたような唸り声が聞こえた。私は陳列棚の隙間を声に向かって進む。

すると部屋の奥に病人を運ぶのに使うストレッチャーが置かれているのが見えた。

台の上は無人だ。

その手前の床の上で、黒い影が苦しげに身をよじっている。

駆け寄ろうとした私は、驚きのあまり立ち止まった。

「……ジョウジ？」

どうして彼がここに。

「あああ、ううー」

苦悶の声を聞き、私は慌てて彼の側に膝をついた。

「ジョウジ、しっかりして。ねえ！」

何度も呼びかけるが、彼は目を閉じて苦しむばかりでこちらを見もしない。

素手で触れた彼の体は、びっくりするほど熱を持ち、細かく痙攣していた。それだけじゃない。首筋や両腕には木の根のように太い血管が浮き出ていて、はち切れそうなほど皮膚が膨れている。その苦しむ様は檻に閉じこめられた猿たちみたいだ。

私はわけが分からず、名前を繰り返し呼ぶことしかできない。

しばらくそうしていると、驚くべきことが起きた。

「……ケイ?」

呻くばかりだったジョウジが、私の名前を囁いたのだ。

相変わらず目は閉じたままだ。声が聞こえたのだろうか。

「私だよ、分かる? しっかりしてよジョウジ」

「ごめん……ごめんな」

うわ言のようにジョウジが言う。

「焼却炉の首……、やったの俺だったんだ。ただびっくりさせたくて……本当ごめん。それに、ずっと、嘘……ついてたんだ」

「え?」

「もう何年も、体力測定のことで嘘ついてた……。本当は俺、お前よりもずっと悪い成績なんだよ。落ちこぼれは俺の方だったんだ」

どうして今そんなことを言い始めるのか。

ジョウジは今や口だけが自分の思い通りに動かせるとでもいうように、告白を続ける。

「最初は恥ずかしかったんだ。女子のケイに負けるなんて格好悪いから。……でも、だんだん後に引けなくなって。ごめんな、ごめん。だからコウタにも腹が立ったんだ。結果を残せない奴に価値がないなんて、認めたくなかった。だからあいつを見たなんて嘘を」

「後で聞くから! しっかりしてよ」

ジョウジの体は刻一刻と変化していく。全身が服の生地を押し上げるように膨れ、もはや一目では彼だと分からないほどだ。

「結果を残せないままじゃ、この先ケイと一緒にいられないと思ったんだ。だから俺、強くなりたくて。だって、だって俺……あ、ああ」

「もう喋らないで！　大丈夫、私はずっと一緒にいるから。私たち家族でしょ。絶対に助けるから！」

私は変わりゆくジョウジを抱えたまま、どうすればいいのか分からず、ただ必死に呼びかけることしかできなかった。

そしてあまりにも必死だったから気づけなかった。

足音を忍ばせて背後から近づく人影に。

後頭部に爆ぜるような衝撃を感じた。

第八章　裏切り

＊　一階・不木の私室《剛力京》三日目、午後四時三十分

　ソファにもたれたまま眠ってしまっていたらしい。

　時計を見ると時刻は午後四時半を回り、部屋に集まった皆の間にはいっそう重苦しい空気が漂っていた。

「ごめんなさい」

「大丈夫ですよ。まだ外にも動きはありませんから」

　葉村君がそう教えてくれる。

　二十分ほど前にカイドウ氏から先方と再び連絡がついたと報せがあり、救助隊の手はずは整ったから落ち着いて待てと告げられたという。だけど相変わらず外からは賑やかな音楽やアトラクションの騒音が続いており、退園を促す放送が流れる気配はない。警察が動いているとは思えなかった。

「いいように言いくるめられてるんじゃないか？」

　アウルさんが冗談のように言うが、なまじ可能性を否定できないだけに誰も口を挟まない。

　阿波根さんはこれまでの取り乱しようが嘘のように静かになり、奥の寝室のベッドに腰掛けている。

　裏井さんだけは私が眠る前から頻繁に部屋を出入りして、昨日と同じようにおにぎりを用意したり、皆の体調に気を配って声をかけたりしている。申し訳ないがその気遣いもそろそろ鬱陶しく感じるく

らい、誰もが精神的に参っていた。

約二日間眠っていないことによる疲労もピークを迎えている。誰が〝生き残り〟か分からないため、この部屋に集ったメンバーは示し合わせたかのように、誰かが短時間の仮眠を取り、目覚めたら別の誰かが目を瞑る、というサイクルをとるようになっていた。

すると、腕を組んで考え事をしていた葉村君が皆に提案した。

「地下に下りる階段を、バリケードで塞ぎませんか」

集まる視線に、彼は手ぶりを加えて説明する。

「日が暮れるぎりぎりになって救助が来る可能性があります。不要な家具を並べておけば巨人が上がってくるのを少しでも足止めできる」

雑賀さんの部屋にはマリアさんが籠もったままだけど、阿波根さんの部屋の家具や調理室の冷蔵庫、この部屋の戸棚なんかも使える。地下への階段の幅は狭いから、三十分もあればそれなりのバリケードが作れるはずだという。

「俺の足はこんなんだ。お前には二人分働いてもらわないとならないぜ」

アウルさんが包帯で固定された足を指差すと、「任せてください」と葉村君は頷いた。

「階段を封鎖すれば、いよいよ剣崎さんとは合流できなくなりますよ。いいんですか」

裏井さんが心配そうに言う。

「分かっています。実はこの策は、さっき比留子さんから提案されたんです。今はとにかく生き残る確率を一パーセントでも上げるようにって」

まったく、どこまで冷静な子なのだ。

彼の言葉を受けて、ボスさんがこれまでの気まずさを一掃するように指示を出した。

「俺と裏井、葉村と剛力がペアになり、家具を運び出そう。ただし中身は取り出してなるべく軽い状態で運べ。阿波根はその中身を階段まで運ぶんだ。アウルは運ばれてきた中身を家具に詰め直し、できるだけ重くしろ」

なるほど、ちょっとした引越しの要領だ。私でも十分役に立てる。

「マリアには声をかけるか？」

「誘うだけ誘ってみよう」

そう言ってボスさんが部屋を出たのを皮切りに、私たちは早速バリケード作りに取りかかった。

広間から地下の主区画に下りる階段に、各部屋から集められた家具が次々と押しこめられていく。

驚くべきはボスさんと裏井さんの運動量だ。ボスさんは当然だとして、彼とペアを組む裏井さんも一言も弱音を吐かず、次から次へと家具を運び続けた。私と葉村君のペアの倍は働いているかもしれない。細身の彼の体のどこにそんな力があるのかと感心すると、「こう見えても、長いこと引越しのアルバイトをしていたんですよ」と笑った。

結局、マリアさんは姿を現さなかった。やはり協力する気にはなれなかったらしい。

あらかたの家具を運び終え、その中に詰めこむ小物を運ぼうと、私は不木の私室に向かった。

あと一時間ほどで日没だろうか。

太陽がお前たちの命など知ったことかとばかりに消えゆくのを、私たちは指をくわえて見送るしかない。それでも私の心持ちは昨日とずいぶん違っている。待ちさえすれば、きっと救助はやってくる。

問題はその先のことだ。

私は不木を殺してしまった。裁きを受けるのはもうどうしようもない。剣崎さんだけでなく葉村君にも自白したことだし、逃げるつもりもない。ただ一つ気がかりなのは、私が何者として裁かれるかだ。

鬱々と考えを巡らせながら不木の私室に入ると、いたのは阿波根さん一人だけだった。

「手伝います」

「あら、助かります。私はこっちを……」

阿波根さんはそそくさと奥の寝室に行くと、家具を運びだしたことで散った埃を、フロアワイパーで掃除し始めた。彼女の習慣かもしれないが、主の不木はもういないのにご苦労なことだ。

出窓に目を向ける。ガラスごしに聞こえるのは、この二日間ですっかり耳に馴染んでしまった園内のＢＧＭだ。

きっと私はこの先、遊園地に行きたいと思うことはないだろう。

「剛力さん」

寝室の阿波根さんが控えめに私を呼ぶ。

「さっき、剣崎さんがあなたにお話があると」

なぜそれを先に言ってくれなかったのだろう。卑屈な笑いを浮かべる彼女になおざりな返事を残し、私は離れに向かった。

剣崎さんと一対一で話すのは緊張する。向こうは成人したかどうかくらいだというのに。閻魔大王の裁きを受ける時もこんな感じなのだろうか。

鉄格子にもたれかかり、剣崎さんはぼんやりと外を見ていた。それだけで絵になる子だ。

私の姿に気づくと、

「剛力さん、ちょうどよかった」

と居住まいを正す。

ちょうどよかった？　彼女がここに呼んだのではないのか。

「あなたにお願いがあるんです」

無意識のうちに身構える。昨日、これと同じ状況で彼女に脅迫されたことを忘れてはいない。身から出た錆なのだが、今回もなにか命じられるのではないか。

「万一の場合ですが……鍵を取りに行く方法をお伝えしておきたいんです」

私は耳を疑った。鍵を取りに行く？

鍵があると目されているのは鐘楼だ。昨日も成島が殺されている。剣崎さんの頼みでも彼の二の舞はごめんだ。

「馬鹿言わないでよ。このまま大人しく待っていれば助けが来るんでしょ」

「そのはずですが、この通り園内は一切変わった様子がありません。もし私たちの中の誰かが痺れを切らして正面の跳ね橋を下ろしてしまえば、日暮れと同時に巨人が外に出てしまう」

それはそうかもしれないけど。

「私はこの方法を使えませんし、誰も使わないに越したことはない。でも誰かがこの方法に気づいた時、協力してくれる人が必要です」

「なんで私なの」

「葉村君はこの方法を使っちゃいそうですし、〝生き残り〟は目的が不明なので、念のため知られたくないんです。剛力さんは〝生き残り〟じゃありませんから」

「どうして断言できるの？」

「みんな気がついてますよ。不木が『奴らの中に』と書き残していたことから、〝生き残り〟は成島一行の中にいるはずです。それに……」

向けられた眼差しの強さに、すべてを見破られているのだと悟った。

これは私の罪を暴く目。

やはり、彼女はまた――。

「あなたは剛力智の妹ではないのだから」

私は一呼吸した後、敗北を確信しつつも、精一杯の虚勢を張る。

「……どういうことかしら。私の免許証は葉村君も確認しているのよ。顔写真も間違いなく私のもの。なのに剛力智の妹ではない？」

「疑問に思ったのは、剛力智さんのスマホを見つけたあなたが、彼を探す目的でここに来たと明かしたタイミングです。多くの従業員がこの屋敷で消息を絶ったことはすでに私たちの誰もが知っていた。なのにどうしてあなたは剛力智さんを探していることを、その時まで黙っていたのか」

「私に不木を殺す動機があると知られたくなかったからよ」

「だとしたら、わざわざ自分から智さんのスマホを見つけ、身の上を明かしたのが解せません。確かに通信手段の入手は急務でしたが、他にもスマホや携帯電話は見つかったのですから、それらが使えるかどうか確かめてから名乗り出てもよかったはず。となると、あの時にはもう身の上を隠す理由がなくなっていたと考えるしかない」

剣崎さんが智のスマホをこちらに見せる。

画面には私と智が仲睦まじく抱き合う自撮り写真が表示されていた。

フォルダの写真を削除する暇がなかったのが悔やまれる。

「あなたと智さんは特別な関係だったんですね」

剣崎さんは問い詰めるのではなく、確認するような口調で言う。

否定することは簡単だ。しかしスマホは剣崎さんの手にある。私と智の他の写真を彼女に見られた以上、隠しても無駄だ。

「ええ、そうよ。私たちは兄妹でありながら互いに想い合っていた。そんな関係、気軽に口にできないから、黙ってたけどね」

「最初にこの写真を見た時、実はお二人は夫婦で、それを隠すために兄妹を名乗ったのではないかと思ったんです。姓が剛力であることは免許証で確認していますから。でも私たちにそんな嘘をつく意味があるとは思えないし、後で警察が調べたらすぐにばれることです」

そう、調べれば分かる。だから立ち回りが厄介だったのだ。

「その時、思いついたんです。妻や恋人であれば問題なく、妹だからこそ困ることがあるのではないかと。その理由を知る鍵は、剛力智さんとの共通点であるこのストラップでした」

剣崎さんは窓の向こうでスマホを振った。天秤を模したラバー製のストラップが揺れている。

「このストラップは材質といいデザインといい、葉村君が借りたデジカメについていたものと同系統の商品です」

「それがなに？　恋人なんだから、同じメーカーのストラップをつけていてもおかしくないでしょう」

「そうですね。問題は二つのストラップのデザインです。最初あなたのカニのストラップを見た時は、単にデザインが気に入ったか、お土産で買ったものなのかと思いました。でも智さんのストラップが天秤だと分かり、考えが変わりました。カニと天秤、これらのデザインには共通点がある。星座です」

——ああ。

剣崎さんがなにに気づいたのか、分かってしまった。

「二人がそれぞれ自分の星座に合わせたものを購入したのなら、同じメーカーの違うデザインのストラップを持っていてもおかしくないですよね。ですが、剛力さん。葉村君によると、あなたは今月で二十三歳になる。三月生まれであれば魚座か牡羊座のはずです。それなのにあなたは六月か七月生まれの蟹座のストラップを選んだ。なぜか？　あなたは三月生まれではないから。剛力京の経歴を使って生活を送り、免許まで取得した。だけどたかがストラップと思ったのか、あれを買うにあたっては、本当の自分の誕生日に照らしてカニのデザインを選んだ。――あなたは剛力京ではないんです」

参ったな。何年間も隠し続けてきた秘密が、こんな少女に見抜かれるなんて。

あれはたかがストラップだ。それでも、剛力京として生きる私が、唯一本来の私を主張できるように、智が気を利かせて買ってくれたものなのだった。

「あなたが剛力京でないと考えれば、ここに来た目的を黙っていた理由も説明できます。あなたはここで智さんが殺された可能性が高いことを知った。ただその遺体がどこに、どんな状態で処分されたのかが分からない。もし警察が智さんらしき遺体を見つけたらどうするでしょう。通常、身元不明の遺体はまず歯の治療痕を調べます。では遺体に頭蓋骨がなく、歯を調べられなかったとしたら？　そして犠牲者の妹を名乗る人物がいたら？　ＤＮＡ鑑定で両者が肉親かどうか調べるのは当然の流れです」

そんなことになれば、私と彼が兄妹でないことがばれるのは明白だ。それだけは絶対に避けなければならなかった。

「ＤＮＡ鑑定を避けられるパターンは二つ。一つは智さんの遺体や遺留品が一切見つからない場合。これならあなたが彼を探しに来たことさえ黙っていればいい。もう一つは智さんの頭蓋骨が見つかり、歯の治療痕を調べる場合。葉村君の話では、あなたは首塚に転がっている頭蓋骨を熱心に見つめていたそうですね」

智には前歯が欠けているという、分かりやすい特徴があった。でも首塚にあった頭蓋骨の中に智らしきものはなく、私は状況がどちらに転ぶか分からないまま、目的を隠し続けるしかなかった。

「すると今日、状況はあなたに有利な方向に動きました。副区画の壁から見つかった白骨遺体には、頭蓋骨がなく、衣服や所持品も身に着けていなかった。他の遺体も同様の処置をされたと考えられます」

つまり、どの遺体が智か判断する術がないということ。

すぐ後に雑賀さんの部屋から智の遺留品が見つかったけれど、問題にはならない。

剣崎さんはあの時の私の思考をなぞるかのように語る。

「今後もし頭蓋骨が見つかれば、歯の治療痕を調べることができる。頭蓋骨が見つからず、体の骨だけをDNA鑑定されてあなたと血縁がないと判定が出たとしても、智さんじゃないからだと言い張ればいい。嘘がばれる恐れはなくなり、ようやくあなたはここに来た目的を皆に打ち明けることができたんです」

私はいつの間にか拳を握りしめていたことに気づき、力を抜いた。

「その様子だと、証拠もあるみたいね」

剣崎さんは初めて申し訳なさそうに声を落とした。

「失礼であることは承知していますが、カイドウさんに剛力兄妹について調べてもらいました。古い知人関係の電話番号がこのスマホに残っていたので、期待したよりも早く結果が届きました。これは兄妹の学生時代の写真です」

突き出されたスマホに、若い剛力兄妹の卒業アルバムらしき写真が表示されている。

半日も経たないうちにそんなものが手に入ったのか。本当に頼りになる味方がいるんだな。羨ましい。

いや、違う。私にとって剛力智は心の底から頼れる人だった。

私が彼に頼られる存在ではなかっただけで。

「剛力智さんは本人で間違いないですが、剛力京はあなたの顔とまったく違う。そしてもう一つ。アルバム写真を提供してくれた智さんの昔のクラスメイトにあなたの顔写真を見せたところ、見覚えがあると証言があったそうです。——『前田(まえだ)圭子(けいこ)』さん。あなたは智さんの中学時代の同級生だったんですね」

懐かしい名前だ。私にとっては忌まわしい思い出しかないけれど。

「そこまで追えた以上、あなたが〝生き残り〟である可能性はゼロです。子供の頃から通学記録が残っている一般人なのですから。では本物の剛力京はどこに行ったのか」

そう。智の妹、剛力京は架空の人物ではない。

本当に存在する――いや、存在した女性だ。

私は天を仰ぐ。見えたのは大空ではなく、私の行き場のない不安を表したような石造りの天井だったけれど。これも情景だろうか。

「すごいね、あなたは」

智はもうこの世にいない。どっちみち私は一人なのだから、彼女に知られたところで構いはしない。

私は心を決めた。

「その通り。私と智は中学校で出会った。お互い目立たない生徒で、仲がいいわけでもなかったわ。でも似た者同士ということはなんとなく分かっていたのよ」

地元はこれといった産業もない田舎町で、私の両親は小さい頃に離婚していた。私は父に引き取られたが、父は働きもせず家で酒を飲むだけのクズで、毎日のように大家や借金取りから逃げ隠れ、電気や水道が止まった回数も数えきれない。家に呼ぶほど仲のいい友人がいないことがせめてもの救いだった。

一方の智も、幼い頃から育児放棄状態の家庭で育ち、苦労が多かったらしい。

中学卒業後、私は進学せずに地元のスーパーに勤め始めた。一刻も早く父の元を離れたかったからだ。安い賃金で必死に働き続け、二年後に一人暮らしを始めた。でも長くは続かなかった。どこから聞きつけたのか、父が私を連れ戻しにきたのだ。あまりにしつこく訪ねてきては暴れるものだから、私は住まいも職場も転々とせざるを得なかった。

同じことを何年も繰り返した。父はなにもできないくせに私を束縛し続けた。きっと一人で地獄に落ちるのが寂しかったのだろう。そんなのごめんだ。私は父と縁を切るためならなんでもするつもりだった。

智と偶然再会したのは二十歳の時のことだ。彼もすでに自立していたが、相変わらず苦労しているのは身なりで分かった。

昔の同級生と居酒屋に入ったのはそれが初めてだった。私たちは互いに成人式にも出席していなかったのだ。二人がどんなに頑張っても明るい話題は一切出てこなかったけれど、私たちは距離を推し測るように酒杯を傾けながら話を重ね続けた。不思議と心の休まる時間だった。

閉店間際になって、智がこんなことを言い出した。

「妹がね、家に帰ってこないんだ」

「家出？」

彼は重たそうに頭を振った。

「遺書みたいな置き手紙を残して出ていった。三ヶ月も前のことだ。電話も繋がらない」

「大変じゃない」

私は思わず声が大きくなったが、彼は穏やかに「あいつは疲れたんだよ」と呟いた。

「俺も疲れているけど、あいつはもう休みたかったんだ。ただ生きることに必死な毎日を。助けてあげたかったけど、俺も自分のことだけで手一杯だった」

ずっと俯いていた彼の目が私を見た。

「妹の戸籍、いるか？」

「――それって」

「捜索願は出してない。けど俺には分かる。あいつはもう生きていないよ。通帳も保険証も置いていったんだ。剛力京として——俺の家族になって生きなおしてみないか」

それは私の人生に初めて降ってきた希望だった。本名なんて私と父を縛る呪いでしかない。今日から別人として生きていけるなら、どんなに素敵なことだろう。

私は本名の人生を捨て、智の妹として生きる決意をした。

二人で新しい土地に移り、狭い安アパートでの共同生活を始めた。智の勧めで夜間学校に通い、そこでできた伝手で卒業後はライターの仕事に就くことができた。免許も剛力京として取った。

そうして五年余り。生活に余裕はなかったけれど、私は初めて自分の力で人生を切り拓く実感を得ることができた。

だけど、私は智が悩んでいることに気づけなかった。

どこで知ったかは分からないけれど、智は三年前にアパートを出てドリームシティで働き始めた。いつもは仕事が長続きしなかったのに、今度の仕事では給料が上がったと喜んでいた智。次の誕生日にはなにかプレゼントをすると言ってくれた智。そんな智が一年前に失踪した。

今となっては、不法就労者でもなく、私という家族のいる彼が巨人の生け贄に選ばれたのは、どこかで兇人邸の秘密に勘づいてしまったからではないかと思う。それを口に出さなかったのは、初めて生きがいを見つけた私に心配をかけまいとしていたのだろう。おそらく従業員の中に、誰を生け贄にするか見繕う不木の手先が紛れているのだ。

だけど、ひどいよ智。

私たちは家族なのに、どうしてもっと話してくれなかったの。

どうして頼ってくれなかったの。

まさか、こんな虚しい別れ方になってしまうなんて。

「正しい生き方じゃないってことは分かっているの。ただ、どこで間違ったのかはいくら考えても分からない」

いつも私たちが選べる道は限られていた。その中で私も智も、少しでも二人が幸せでいられる道を選んだはずだったのに。

智は殺され、私は殺人者だ。

復讐は遂げた。智の妹になりすますことで手に入れた平穏は、私の手を離れていくだろう。

剣崎さんは悲しげな顔でこちらを見ている。

「もし私が剣崎さんくらい強ければ、智も頼ってくれたのかな」

――それでも、智には私が必要だったんだって思いたいよ。

剣崎さんがなにかを言おうと口を開きかけた時だった。

不木の私室の方から、誰かが叫んでいる声が聞こえる。

阿波根さんになにかあったのか？　悲鳴というよりも怒鳴り声に近い。

「ちょっと見てくる」

そう告げて戻ろうとしたけれど、部屋に通じる扉が開かない。不木の私室の側から鍵がかけられているのだ。なぜ？

私は室内に向けて呼びかけた。

「ねえ、開けてください！　なにがあったんですか」

しばらく扉を叩いていると、向こう側に誰かが立つ気配がした。

「ごめんなさいね、剛力さん。あなたたちを入れるわけにはいかないの」

先ほど聞こえた叫び声とは違い、いやに優しい阿波根さんの声だった。

まだなにかが起きる。そう言ったボスさんの言葉が頭をよぎる。

「どうしてですか」

「もうすぐ救助が来てくれるのに、殺人者が一緒だなんて耐えられないわ。だから私は一人で待つことにしたの。あなたたちが悪いのよ。この屋敷にさえ来なければよかったのに。でも大丈夫よね、あなたたちは仲良しなんだもの。協力し合って待てるものね」

アハハハハ、と高らかな笑い声が扉ごしに響く。

こうして私たちは阿波根さんによって不木の私室から締め出された。

＊　一階・広間　《葉村譲》三日目、午後五時二十分

バリケードはなんとか完成にこぎ着けた。

巨人の前でどれほどの効果があるのかは未知数だが、できるだけのことはやった。後は救助が来るのを待つしかない。

俺が安堵の息をついていると、不木の私室の方からアウルの怒鳴り声が聞こえてきた。比留子さんに救助隊の状況を尋ねに行ったはずだが、どうしたのだろうか。

側にいたボスと裏井も怪訝そうな顔を見合わせた。

すると続けて、金属を叩くような激しい音が聞こえてくる。

様子を見にいくべきか迷っているうちに、血相を変えたアウルがモップをつきながら広間に戻ってきた。

「阿波根が裏切った。金属扉を中から閉じやがった」

一瞬遅れて、自分たちの置かれた状況を理解する。

バリケードは作り終わり、主区画にも副区画にも行くことはできない。

不木の私室に入れなくなったら、どこに隠れるんだ？

日が暮れて巨人が出てきたら、なぶり殺しだ。

全員で不木の私室に向かうと、アウルの言った通り入り口の金属扉は内側からかんぬきが掛けられ、俺たちは完全に締め出されてしまっていた。

「中にいるのは阿波根だけか？」

「分からない。剛力の姿も見えないから、一緒かもしれん」

アウルはそう言ったが、剛力が阿波根と結託するとは思えない。

「もしかしたら、阿波根さんに拘束されているとか」

「そんな乱暴はしませんよ。私は弱いですから」

裏井の懸念に被せるように、金属扉ごしに阿波根の声が聞こえてきた。

「ご安心ください。剛力さんは剣崎さんとお話し中でしたので、離れに閉じこめています。ある意味で誰よりも安全な場所にいますよ」

俺たちは代わる代わる金属扉を揺らしたり蹴りつけたりしたが、かんぬきが緩む気配はない。巨人の攻撃に耐える特注の扉なのだから、当然と言えば当然か。

「最初からこうするつもりだったのか」

怒りを押し殺しながらボスが問うと、阿波根は心外と言わんばかりに反論した。

「まさか。私はあくまでも皆さん一緒に助かればいいと思っていたのです。それなのにあなた方は脱出を邪魔するんですもの。だから仕方なくこうして身を守ることにしたのです」

「不木や雑賀を殺したのはお前か」

「白々しいですね。殺人者はあなた方の中の誰かですよ。助けが来るのが先か、新たな犠牲者が出るのが先か、運命に祈りなさいな」

阿波根の足音が遠ざかっていく。もはや彼女を心変わりさせるのは不可能だろう。彼女が嘘をついていないなら、剛力の身は心配あるまい。だが俺も比留子さんと話ができなくなった。救助の手はずがどうなっているのか知る術がない。

ボスが腕時計を見た。

「日没まであと四十分だ。迷っている時間はない。このままでは俺たち全員が殺される」

となると、俺たちに残された道は一つしかない。

ボスが決意を固めたようにそれを口にする。

「正面入り口の跳ね橋を下ろして脱出する。周辺にいる来場客はできるだけ遠くに避難させるんだ」

「本気かよ」

アウルの口調は反対というより、呆れたような響きがあった。

「このままなら殺されるのは俺たち四人。だが巨人が外に出ちまったら、もっと多くの犠牲が出るぜ」

「日没より先に救助隊が動けば、一人の犠牲も出さずに事態を収拾できる可能性もある。それに賭けるのなら、一刻を惜しんで動く必要がある」

「……仕方ねえな」アウルも頷いた。「俺たちが先に行動を起こせば、余裕をかましている救助隊を動かせるかもな」

俺たちはすぐさま正面跳ね橋の機械室に向かった。

ボスは置いてあったワイヤーカッターを手に取ると、動かなくなった巻き上げ機と跳ね橋を繋いでいる二本の鉄鎖の片方を挟み、持ち手を締めた。だが数百キロ、いや一トンを超えるだろう跳ね橋を吊り上げる鎖は頑丈で、一度では切断できない。

二度、三度、四度。ボスが何度目かの雄叫びとともに力を加えると、ようやく鉄鎖が断ち切られた。

続けてもう片方の鎖も切断されたが、それだけでは跳ね橋は下りない。長年放置されたことで橋板の蝶番が動きにくくなっているのだ。最後は力ずくで押し倒すしかない。

時計を見る。日没までおよそ三十分。

ボスが俺たちの顔を見回した。

「橋が下りたら後戻りはできない。とにかく周囲の客たちを園の外に避難させるんだ」

「我々が真っ先に警備員に捕まるかもしれませんね」

裏井の不安に、片足で踏ん張るアウルが息巻いた。

「どうせなら思いっきり騒ぎにしてやればいいさ」

ボスの号令に合わせ、四人で力を込めて橋板に体をぶつける。

だがびくともしない。アウルが足を負傷しているのがここに来て響くとは。

あまりにも手応えがないので、他にも固定されている箇所があるのではないかという心配が頭をもたげる。

「もう一度だ」

ボスの指示で低く構えた時、背後から声がかけられた。

「いったいなにがどうなったのよ。どうして不木の私室に入れないの」

雑賀の部屋に籠もっていたマリアが、救助の報せがないことに業を煮やしたのか、様子を見に出てきたらしい。

「阿波根が裏切ったんだ」

ボスの口から不木の私室を締め出されたこと、救助の状況が不明であることを聞かされてマリアは天を仰いだが、すぐに俺とアウルの間に体を割りこませた。

「あんたたちを信用したわけじゃないけど、周りの人を避難させなきゃいけないんでしょ。急ぐわよ！」

弱気をねじ伏せるような、強い言葉に勇気づけられる。

今度は五人の力が加えられた。胸の怪我が痛むのか、マリアの口から細い唸り声が漏れる。

時間が経ち皆の呼吸が乱れ始めた頃、敷居と蝶番の間で小さな軋みが上がった。ひどくゆっくりと橋が傾き始め、少しずつ加速していく。

「離れろっ」

十五年の間にこびりついた埃や黴を振り撒きながら、巨大な橋が倒れた。巻き起こった風で周囲の庭木が揺れ、敷地の前の通りから驚いた来場客の悲鳴が上がる。

真っ先に橋を踏み越えて門を飛び出し、辺りに声を響かせたのはマリアだった。

「ここは危ないわ。園から出て！　誰か警備員を呼んでちょうだい！」

＊　一階・離れ　《剛力京》

「開けてよ！　聞いてるの？」

扉を叩き続けて赤くなった手を止め、悔しさに唇を噛む。

阿波根を説得し続けたが、返事はまったくない。どうやっても私をここから出す気はないらしい。

窓から差し込む太陽の光は赤く染まりはじめ、刻一刻と色を変えていく。

「葉村君たちはどうするかな」

剣崎さんに訊ねるが、彼女はこの苦境をカイドウ氏に報告するべくスマホをいじっていて返事がない。

その時、遠くからなにか大きな物が地面に叩きつけられたような音が耳に届いた。

ょう」


「救助が来た？」

期待が膨らんだが、剣崎さんがスマホを耳に当てたまま首を振る。

「救助活動はまだ始まっていないそうです。これはたぶん――正面入り口の跳ね橋を下ろした音でしょう」

なんてことだ！

正面の跳ね橋の鎖を切り、強引に地面に下ろしたというのか。これではもう吊り上げることはできず、日が暮れたら巨人が外に出ていってしまう。

皆の気持ちも分かる。不木の私室から締め出された以上、屋敷から脱出しなければ殺されてしまう。でも、来場客に被害が出るのは避けられない。

そこまで考え、非難に傾きかけた思いを振り払った。

「――こんなのは卑怯よね。誰よりも安全圏にいる私が言えることじゃない」

彼らが生きるために下した選択だ。

剣崎さんも落ち着かない様子で窓の奥を行ったり来たりしている。これまで二度にわたって私の秘密を解き明かしてみせた彼女だが、別館から動けないのでは打つ手がない。彼女が皆の元に駆けつけるには、巨人を躱してさらに私たちが作ったバリケードを突破する必要がある。巨人ならともかく、非力な彼女にはとても無理だ。

剣崎さんは――葉村君が誰より頼りにする探偵は、最後の夜を迎える前に事件そのものから弾き出されてしまった。

「もしかして、阿波根さんが〝生き残り〟だったのかしら」

自らの油断を呪うが、剣崎さんはすぐに否定した。

「阿波根さんは初日の夜はマリアさんと、昨夜は剛力さんと一緒にいましたから、犯人ではないと思います」

「それはそうだけど、結局雑賀さんの首を切断できる人は見つかっていないわ」

「――いえ、一人だけ可能な人がいるかもしれません。その人が〝生き残り〟であれば」

私は耳を疑う。まさか彼女は、あの場所にいながらまたしても真実を暴いたというのか。

「どうやって？　葉村君は巨人を利用して首を斬らせたり、運ばせたりする方法まで検証したけど、それでも駄目だったわ」

「中華包丁の移動と首の切断を、犯人と巨人で手分けして行うということですね。私たちは困難の分割と呼んでいますが、その発想自体は正しいんです。剛力さんが不木を殺し、別の犯人がその首を切断して持ち去ったように、雑賀殺しにおいても困難の分割は行われていたはず」

そう言って剣崎さんは細く長い指を立ててみせた。

「ただし雑賀殺しの分割は二つではなく、三つだったのです」

＊　外・兇人邸前　《葉村譲》

「この建物から爆発物が発見されました！　早く園の外に逃げてください！」

二日ぶりの外気を味わう間もなく、俺たちは客たちに向けて叫び続けていた。

積極的に声を張っているのは、先ほどまで一人で部屋に籠もっていたマリアだ。あれほど望んでいた脱出を果たしてからも兇人邸の前を離れず、上着を腰に巻いた恰好で必死に誘導を続けている。マリアに流暢な日本語で呼びかけられた客たちは戸惑いながらも、その迫力に押されてか文句も言わずその場を離れていく。

アウルも松葉杖代わりのモップを突きながら奮闘している。こういう役割は苦手だろうに、時には日本人のように頭を下げながら声を嗄らして呼びかける。

客の中には不気味な噂で知られる兇人邸の内部を一目見てやろうと、カメラ片手に近づく者もいた。

しかし、

「さっさと離れろと言っているだろう！」

裏井がこれまでの彼からは想像もつかないほど厳しい剣幕で、片っ端から追い返している。

一時は警備員がやってきて、俺たちを制止しようとした。だが遊園地の警備員が、百戦錬磨のボスを相手に敵うはずがない。投げられ、極められ、胸ぐらを摑まれた上に激しく一喝された彼らは這々の体で責任者に連絡を入れ、事情もよく分からぬまま誘導を手伝ってくれている。

救助は、警察はまだなのか。

俺は何度も園のメインゲートの方に視線を飛ばした。夕日はもう山の陰に隠れて見えず、藍色に染まりはじめた空の下、園内では外灯が点いている。

巨人はもういつ別館から出てきてもおかしくない。

そうなれば今の俺たちに巨人の暴力を止める術はない。

分かっていたんだ、そんなことは。

それなのに、結局俺は。

——ここでは探偵は無力なんだ。

頭の中で繰り返されるのは比留子さんの言葉。

違う。比留子さん、無力なのはあなたじゃない。

俺なんだ。ここで立ち止まっているだけのワトソンなんだ。

馬鹿な。ワトソンだって。

ワトソンがホームズから離れてなにをしようってんだ！

俺はまだ比留子さんに期待している。期待したいと願っている。

これまではそれが嫌だった。彼女に期待し、頼ることしかできない自分が。

――だけど。ずっと嘆いていた役割は、実は俺にしかできないことなのではないのか。

俺はなにがあろうと、剣崎比留子に期待する。

たとえ剣崎比留子が自分自身を諦めても、俺は決して彼女を諦めない。

その瞬間、ある閃きが降ってきた。

そうだ！　トラックに俺のスマホがある！

そして比留子さんは剛力智のスマホを持っているのだ。彼女が俺の電話番号を暗記しているかどうかは分からないが、もしかしたら連絡が入っているかもしれない。

思いつくや否や、俺は兇人邸に向かって走り出していた。トラックは人目につかない庭木の影に停めてある。

俺は足元に落ちていた大ぶりな石を拾い、運転席の窓に叩きつけた。ガラスが割れた途端警報音が鳴り響いたが、構わずドアロックを開ける。貴重品を集めた袋は、助手席の足元に置かれていた。俺と比留子さんのスマホを取り出し、電源を入れる。

俺のスマホにはそれらしい着信もメールもない。比留子さんのはロックがかかっていた。

まだ諦めない。なんとかして剛力智の電話番号を知ることができれば。

俺はスマホを手に兇人邸の中に向かった。

脱出したばかりの地獄。巨人の住処。

俺の知るどのミステリからも逸脱した殺戮が行われた場所。

兇人邸の中はしんと静まり返っていた。

まず不木の私室に向かい、固く閉ざされた金属扉の前から、大声で阿波根に向かって剛力に言伝(ことづて)してくれるよう叫んだ。だがいくら声を張り上げようとも反応はなかった。

駄目だ。今さら阿波根を説得する時間はない。

金属扉を離れ、廊下の途中にある跳ね橋の前に来た。

これを下ろしても、離れにいる剛力にも比留子さんにも声を届けることはできない。

それどころか、別館から本館までの最短ルートができてしまい、せっかく作ったバリケードの意味がなくなる上に、首塚は光が遮られ、日暮れより先に巨人が外に出てしまう恐れすらある。

本当にもう、なにもできないのか。

その時、背後に人の気配を感じた。

振り返ると、一人の仲間が立っていた。右手にはぎらりと光る刃物を携えて。

＊　一階・離れ《剛力京》

「分割したのは二つじゃなく、三つだった？」

剣崎さんの言っている意味を呑みこめず、私はおうむ返しに訊ねた。

彼女は説明とともに指を順番に立てる。

「雑賀さんの首の切断は、いくつかの条件が絡んでおり、実行不可能だと思われました。

第一に死体のある副区画には一晩中、葉村君とアウルさんがいたこと。

第二に主区画の入り口の出入りは、ボスさんが一晩中把握していたこと。

第三に現場に落ちていた中華包丁は、成島さんが不木の私室から持ち出したものだったこと。

第四に死体周囲の血溜まりは乾ききっており、首の切断から九時間近く経過していると思われたこと」

早朝にかけて副区画に出入りしたのは巨人しかおらず、かといって主区画側から窓越しに首を切断できないことは検証した。ボスさんや葉村君の隙をついて副区画に出入りする方法もすべて否定された。

「たとえ〝生き残り〟が人間離れした怪力を持っていたり、暗闇を自由に見通せたりしても無理だって、葉村君も考えたはずよ」

「その通りです」

剣崎さんは認めた上で説明を続ける。

「私たちが間違ったのは、雑賀殺しを『夕方に行われた殺人』と『夜間に行われた首の切断』の二つに分割したことです。本当に分割すべきは三つ——『夕方に行われた殺人』と『夜間に仕組まれた偽装』と『早朝に行われた首の切断』だった。そしてそれは〝生き残り〟だけに可能な方法だった」

「〝生き残り〟は私たちの知らない特殊能力を持っていたの？」

「いいえ。私たちは最初の晩からその能力のことをよく知っていました。思い出してください。首が切断されたのが夜間だと判断したのはなぜですか」

「雑賀さんの死体の周囲の血が完全に乾ききっていたからよ。ボスさんの見立てでは、出血から九時間ほど経過しているとされたわ。他の人からも異論は出なかった。剣崎さんだって写真で確認したでしょう」

「ええ。経過時間に関しては私も同意見です。ただあの血が雑賀さんのものだという証拠はないのでは？」

雑賀さんの血ではない？

その言葉は強烈な落雷のように私の思考を停止させた。

「私たちは最初から超人研究の被験者が持つ、特徴的な能力を目にしていたんです。

――彼らは驚異的な人間離れした生命力と回復力を持っている。常人なら致命的な出血があっても、平気で活動できる」

ボスさんたちの銃撃を食らい、血を流しながらも平気で暴れ続けた巨人。

研究資料に記されていたという、被験者の異常な治癒力。

全員が早くから把握していたのに、巨人の暴れっぷりがあまりにも化け物じみていたから印象から抜け落ちていたのだ。

「資料には、羽田博士の被験者も優れた回復力を備えていたと書いてあったそうですから、この予想は当たっているでしょう。つまりこういうことです。犯人は昨夜、副区画に立ち入る必要はなかった。主区画の引き戸の小部屋の窓から、自分の腕を突っこんで血管を切りつけ、遺体の首の真上から血を落とした。あとは中華包丁を遺体の側に放りこんでおけばいい」

中華包丁についていたのは、犯人自身の血だったのか。

ただ血を撒くだけなら他の動物の血を使うこともできるが、あいにく巨人がいるせいでこの屋敷にはネズミ一匹住み着かない。他の遺体は全員首を斬られているため、回収できるほどの血は残っていないとみるべきだろう。使えるのは犯人自身の血だけだ。

「普通の人間なら全血液量のおよそ二十パーセントを短時間に失うと出血性ショックになります。体重八十キロの人ですら一・三リットル程度です。雑賀さんの首の周囲の血溜まりを作るほど血を流せるのは、驚異的な回復力を持つ〝生き残り〟だけ。

そうして注いだ犯人の血は朝までには完全に乾き、まるで夜に切断が起きたように見える。そして早朝の五時頃に巨人がやってきて雑賀さんの遺体を発見する。習性に従ってその場で首を切断し、頭部だけを持ち去ります」

「その時に雑賀さんの首から血は流れなかったの?」

「雑賀さんは胸と腹部の二ヶ所から大量の血を流していました。心臓が止まっていてほとんど血が残っていなければ、首から流れ出た血はごく少量でしょう」

なんと巧妙なことだろう。

不木殺しの時は、巨人の仕業に思わせるかのように首が切断された。

雑賀殺しではその逆。巨人ではない誰かが首を切断したと見せかけるためのトリックだったのだ。遺体の側に中華包丁が転がっていたのも、あれを使って夜に切断したと思わせるための犯人の仕込みだったわけだ。

「雑賀さんの死体が窓に頭を向けて倒れていたのも、犯人にとっては好都合でした。巨人は右腕しかありませんから、もし頭が左側にあったなら切断しやすいよう遺体を動かしていた可能性があります。そうなると犯人が撒いた血と遺体が離れてしまうかもしれなかった」

「どこまでも運がいいのね、犯人は」

行き当たりばったりの犯行のはずなのに、うまくいくものだ。けれど剣崎さんはそれを否定する。

「犯人は最も大事な部分で運に見放されているんですよ。考えてみてください。犯人はなぜ不木、雑賀さんと二度にわたり遺体の首を切断する必要があったのか？　遺体の首がなくなることで得をしたのは剛力さん、あなたではないですか。あなたが疑われやすい立場にあったせいで、犯人はトリックを弄さなければならなかった」

「嘘でしょ。犯人は私を庇おうとしたってこと？」

「ええ。不木殺しにおいては、あなたが部屋を出た直後に死体の首が切断された。そのタイミングのよさから考えても、犯人はあなたと不木のやりとりを聞いていたと考えるべきです。すると疑問が一つ。犯人が剛力さんを庇おうとしていたのなら、あなたの折り畳みナイフを凶器に使うはずがない。どうしてそんなことになったのか。恐らく犯人はそれがあなたの持ち物だと知らなかったんです」

「ナイフの柄の目立つ場所に名前が書かれているのよ。拾った人が気づかないなんて、あり得ない」

「拾ったのが犯人ではなく、雑賀さんだったとしたら？　犯人は雑賀さんと何らかの理由で争いになり、雑賀さんからナイフを奪って刺し殺した。だからあなたのものとは気づかず、現場にそのまま残した」

もしそうなのだとしたら、私が皆の前で自分のナイフだと告げた時、犯人は内心動転したはずだ。自分の犯行が、私に罪を着せる方向に働いてしまったのだから。

「犯人は急いであなたの疑惑を晴らし、かつ自分が犯人だと疑われないための策を練らなければならなかった。そのために考えたのが、血痕という本来なら最も信頼できる物的証拠によって首の切断時間を誤認させるトリックだったのです」

私が雑賀さんの遺体を発見したせいで必要になったトリック。想定外の事態の上、しかも十分に計画を練る時間もなかったため、極めて即興的で、犯人自身も運に頼らざるを得ない部分があったはずだ。そもそも夜の間に巨人が確実に隠し通路の奥まで来るかどうかも分からないのだから。

それでも犯人は、ここぞというタイミングで、状況をとてもうまく活用したんだろう。

雑賀さんの遺体の位置や向きもそうだし、あとは現場に立ちこめていた香水の匂い。雑賀さんを殺した時、香水の瓶が割れたことに犯人も気づいていたなら、徐々に匂いが広がることで巨人を引き寄せられると思いついたのかもしれない。

その読みは半分が当たり、半分が外れた。

巨人は二度も副区画にやってきたけれど、午後九時半の時は隠し通路に立ち入らず、午前五時に遺体の首を斬った時にはすでに犯人が落とした血が乾いてしまっていて、結果的に不可解な現場を作り上げることになってしまった。

そしてトリックを実行できたのは、窓越しに血を撒くことのできた人物——つまり夜に主区画を移動できた人物に絞られる。

「阿波根さんと剛力さんは一晩中一緒でしたし、葉村君とアウルさんは副区画にいました。自由に動く時間があったのはボスさんとマリアさん、そして成島さんを追って五分だけ部屋を出た裏井さんです」

「三人なら誰でも実行できたはず。どうやって犯人を絞りこむの」

「簡単な話ですよ。犯人は不木の首を切断し、首塚に運んだ人物でもあるんです。初日の夜、マリアさんは雑賀さん、阿波根さんと一緒に隠れていた。彼女に不木の首を斬ることはできない」

とうとう犯人が分かる。

私の心臓は痛いほどに高鳴っていた。

「不木の首を首塚に持ち出すのは、葉村君が暖炉の部屋から離れた後じゃないといけません。ですがボスさんは葉村君と合流して以降、雑賀さんとともに不木の遺体の片づけを命じられ、その後も成島さんと一緒に不木の私室の調査にかかっており、首塚には行く暇がなかった。つまり彼でもない。

以上のことから、犯人は――」

私は無意識のうちにズボンのポケットに手を入れ、彼からもらった名刺を取り出した。彼こそが、私たちを混乱に陥れた〝生き残り〟。

名刺に書かれた文字が目に入る。


裏井公太（こうた）。

私たちの沈黙を埋めるように、ここに来てから嫌というほど耳にした忌々しい放送が、軽快な音楽に揺られて窓の外から流れこんでくる。

――ようこそ。現実と幻の間の楽園、ドリームシティへ。
――みなさん一緒に踊りましょう。明けない夜が明けるまで。

第九章　最後の仕掛け

私を眠りの底から引き上げたのは、激しい頭の痛みだった。

ジョウジは？

慌てて身を起こした瞬間、また視界がぐらりと揺れて危うく倒れそうになる。後頭部を触るとぼこりとした腫れがあって、指先に血が付いた。体が熱い。

誰かに殴られたんだ。

立ち上がったものの、吐き気とふらつきが止まらない。以前羽田先生から、脳からの指示で体はいろんな働きができるんだから、頭の怪我だけは気をつけるようにと言われたことを思い出す。

気絶していたのはほんの少しの間のような気がしたけれど、研究室の様子は一変していた。

棚に並んでいた檻の多くが床に落ち、中に入っていた猿が死骸となって転がっている。体の一部が異様に発達していたり、全身の毛が抜けていたり、私たちと違わないくらいに巨大化していたりする化け物。床には薪（たきぎ）を割るための鉈が一本落ちている。どうやらこれで殺されたらしい。

ジョウジの姿を探すが、倒れていた場所にはいない。どこに行ってしまったんだろう。

私は棚に体重を預けながら足を踏み出したが、燃えるような痛みと熱に支配された体はまるで言うことを聞かない。

その直後、頭を叩き割られて、絶命していたはずの猿が突然首をぐるりと回した。私が悲鳴を上げると、「ギャア」と鳴いて飛びかかってくる。

咄嗟に突き飛ばしたものの、反動で私も転倒してしまう。と、右手に先ほど見た鉈が触れた。

目の前の猿に向かって思い切りそれを振るうと、鈍い刃は猿の胴を薙いだ。

驚くべきことに、体が二つに分かれてもなお、猿はもがき続けている。

私の頭に、誰かの言葉が蘇る。

――確実に息の根を止めるために首を切断した……

「わあああっ！」

叫んで己を奮い立たせると、私は床を這っている猿の上半身を押さえつけ、その首に鉈を振り下ろした。重いような柔らかいような不快な感触とともに、猿は動かなくなった。それでもまた起き上がってくるかもしれないと思い、鉈を構えたまま転がった首を見つめる。

頭をよぎったのは、焼却炉で見つかった猿の首だ。


ええと、だから。

ああ、ぼうっとする。全身が痛い。

考えがまとまらない。

けれど、とにかく首と体は遠くに離しておいた方がいいのかもしれない。

ジョウジが、猿の首を燃やしたって、言ってたし。

昔埋められた大量の首が、中庭から出たとも聞いた。

私は朦朧としながら首を中庭に運ぶことにした。

猿の首を手に部屋から出て、廊下の窓を開ける。

ここから落とせば簡単に中庭に届く。

窓から手を伸ばし生首を手放すと、どすんと音を立てて中庭に落ちた。

これで大丈夫だ。さあ、早くジョウジを探しに行こう。

早く、早く。


しかし、考えが甘かった。

廊下を数メートルも進まないうちに、闇の中で怪しく光る二つの目がこちらを向く。

檻から逃げ出したと思しき猿が、耳障りな叫声を上げて近づいてきた。しかも後ろにもう一匹いる。

私は愕然とした。

すでに混乱は研究室に留まらず、施設全体に広がっていたのだ。

耳を澄ますと、猿の叫びに混じって遠くから誰かの悲鳴が聞こえた。

さらに煽り立てるように、火災報知器のけたたましい音が建物中に響き始める。

もうなにもなかったことにはできない。査察どころか、羽田先生は研究を続けられないだろう。

じゃあ私たちは？

次々と湧き上がる不安を抑えつけた。

大丈夫。ジョウジやコウタのような仲間が、大切な家族がいればなんとかなる。

そう自分に言い聞かせ、目の前に立ちはだかる猿に向かって飛びかかった。

一匹は倒したが、もう一匹に左腕に噛みつかれる。

猿とは思えない、すごい力だ。

叫びながら力ずくで引きはがし、鉈で首を切断する。

「……あれ？」

もう一度窓から首を中庭に落とそうとしたのに、いつの間にか窓がなくなっている。おかしいな。

ここにも窓があったはずなんだけど。

仕方なく首を抱えたまま先に足を進めたが、慣れ親しんだ施設の内部は地獄だった。

いったいどこにいたのか、あちこちから猿が現れて行く手を阻む。体躯は一回り小さいけれど、猿は時には道具を使い、数の利を生かして襲いかかってくる。

ああ、噛まれた左腕が熱い。そのくせ動かないし、邪魔だ。右手で摑んで引っ張ると、ぶちぶちと音が鳴る。

私は傷を負いながらもなんとか退け続け、ジョウジや先生たちの姿を探した。

守るんだ。この場所を。

私たちの居場所を。

未来を。

その時、火災報知器の音に混じって、廊下のスピーカーから猿の喚き声が流れ始めた。

とうとう放送設備まで猿に乗っ取られたのか……。

ショックと激痛で朦朧としている頭に、その喚き声が奇妙に変換されて響いた。

――よ■■そ。現実と■■間の楽■、ドリー■シティへ。

――みなさん■緒に踊りま■■う。明けない夜が明■るまで。

＊　一階・中の跳ね橋前《葉村譲》

「そんなところでなにをしているんですか」

汗だくの裏井が廊下に立っていた。その手には先ほど機械室で使ったワイヤーカッターが握られている。

「いよいよ日が暮れてきました。近くにいたお客さんは避難できたようですが、救助隊は間に合わなそうです。このままだと——」

巨人が夜のドリームシティに放たれる。訓練を積んだ機動隊員が来たところで、被害が出るのは避けられない。

「比留子さんと連絡さえ取れれば、できることがあるんじゃないかと思って」

「剣崎さんに賭けているんですね。こんな状況ですが、お二人の関係が私には眩しく思えます」

裏井は薄く笑ってワイヤーカッターを数度開閉させた。その目は跳ね橋の隣にある、機械室の扉を見ている。

「裏井さん、橋を下ろすつもりですか。いったいどうして」

「巨人の元に行くんです」

「いったいなにを……」

「私が〝生き残り〟だからですよ」

裏井は吹っ切れた表情をしていた。これで長年背負い続けた重荷を下ろせるとでもいうように。

俺は突然の告白に、彼の顔を見返すのが精一杯だった。

「皆さんが巨人と呼ぶ化け物の名前はケイ。かつて同じ施設で生活した家族で、私が密かに恋心を抱いた少女でした」

——少女だって！

筋骨隆々の巨体と、あの凶暴な振る舞いから男だと思いこんでいたが、巨人の正体は女性だったのか。

裏井は感情を押し殺すような、淡々とした口調で話し始める。

「葉村さんもご存じの通り、私たちがいた施設では悲惨な事故が起き、職員や被験者の子供たちだけでなく、査察に訪れていた多くの人が犠牲になりました。その実態は、錯乱状態に陥ったケイによる大量殺人だったのです。事態を重く見た機関により、満足に全容が解明されないまま研究は打ち切られてしまい、記録上は私も死んだことになっています。不木もまた、原因となったケイとともに行方をくらませてしまいました」

大量殺人と聞いて、昨年巻きこまれた旧真雁地区の事件が頭をよぎる。かつて予言の研究をしていた研究者の残したノートの中に、班目機関のある施設で起きた大量殺人に関する予言があった。まさかそれが超人研究の施設で起きた事件だったとは。

「私は密かに羽田という研究者に助け出され、育てられました。彼女は五年前に癌で亡くなるまで私に普通の人間として人生を歩むよう願っていましたが、やはり難しいものです」

裏井は過ごした時を懐しむように自分の両手を見つめる。

彼は五十歳近いはずだが、外見は三十代前半にしか見えない。やはり常人に比べて老化が遅いようだ。

それを周囲に悟られないためには何度も経歴を作り替え、生活の場も人間関係もリセットしながら生きなければならなかっただろう。

「結果的に超人研究は多くの人を不幸にしました。生き証人である私も、もはやこの体を誰かの研究に委ねる気はありません。ですがまだ命を絶つわけにはいかなかった。超人研究の秘密を知る不木とともに、ケイが生きている可能性を捨てきれなかったからです……まさかあんな姿になっているとは思いませんでしたが」

裏井が成島グループに潜りこんだのは、羽田から班目機関に出資していた企業名を聞いていたからだという。グループの中での後継者争いに敗色濃厚な成島陶次ならば、必ずや班目機関の遺産に興味を抱くと踏んだのだ。

彼の執念は報われ、不木の居場所を突き止めることに成功した。

「ケイを救い出し、不木を裁く。それが私の目的でした。だから私が手を下すよりも先に剛力さんが不木を殺してしまった時は呆然としましたよ」

裏井は自嘲気味に打ち明ける。

「不木の首を断ったのは、やっぱり剛力さんを庇うためですか」

「ええ。初日の夜、私は本当は倉庫に逃げこんだのです。そこで不木と剛力さんの会話が聞こえ、彼女の事情を知りました。私が不木をもっと早く止められていれば、彼女のお兄さんも死なずに済んだ。彼女に殺人の罪を負わせるわけにはいかない」

自分がもっと――。

〝生き残り〟として優れた能力を備える裏井でさえも、俺と同じ悔恨に囚われていたのか。

だがそれだけでは雑賀殺しの説明がつかない。

「雑賀さんを殺したのは、彼が不木に加担していたからですか」

「それはあくまでも副次的な理由です。私はただ、ケイとの約束を守りたかった。なにがあっても一緒だという、子供じみた、けれど私にとっては何にも代えがたい約束を」

どういうことだ？

一緒にいるという約束が、なぜ殺人に繋がるのか。

「情けないことですが、ここに来るまでその約束もただの思い出になっていたんです。ですがそれは間違いだった」

「間違い？」

「あいつは――ケイはね、一、い、い、い、い、い、い、人たりとも人を殺し、て、い、い、な、い、い、の、か、か、も、し、れ、い、い、ま、せ、ん、い、い」

言っている意味が分からない。そんなはずはない。ここに来てから、何人もの仲間が巨人の手で殺されたではないか。

　だが裏井はそんな考えを見透かしたかのように首を振る。

「私も大きな思い違いをしていました。ケイは無差別に人を殺す化け物になったんじゃない。不木が接種したウイルスによって、脳の感覚領域に重大な問題を抱えているんです。分かりやすく言えば幻聴、幻覚に囚われている。

　――彼女の目には人間が、不木の作り出した猿の化け物に見えているんです」

　事故が起きた日。羽田の躍進を妬んだ不木は、研究所の許可を得ずに未知のウイルスを二人の子供に接種した。その一人、ケイという女の子は正気を失い、研究所にいた人間を手当たり次第に殺害したと裏井は語る。

　この屋敷に来てからも手がかりはあった。

　初日の夜、従業員の頭蓋骨を前に不木が叫んだ言葉。

　――殺したのは狂気ゆえではない。狂気の中の正気こそが奴らを殺した！　奴らは人に非ず。猿を殺してこそ正気が証明されるのであって――。

　執拗に首を切断する巨人。

　そして残された研究資料の内容を見て、裏井は確信した。

「満月の影響により精神の安定を失うと、ケイは忌まわしい記憶を思い出し、あの夜を追体験しているんです。そもそもこの屋敷自体が、記憶と目の前の光景の齟齬（そご）を減らすために、研究所の環境を再現したものでした。

　剣崎さんの居場所が安全なのも、あそこは女子の出入りが禁じられていた男子棟に位置するからなんです。ケイは規則を守る子だったから。

　彼女が遺体の首を首塚に運ぶのは、かつて研究所の土地から大量の頭蓋骨が発見されたという話と、私が殺した動物の死骸を、中庭の焼却炉に運んでいたことなどが記憶の中で混ざり合っているのでしょう。

それに気づいた時、私は愕然としました。

ケイはまだあの夜の中で、戦い続けているのだと！

犠牲者を出さないために。皆が一緒にいられるように、たった一人で！」

巨人は——ケイはただ侵入者を襲っていたのではない。

猿の化け物を駆逐し、子供や研究所の職員たちを助け、そして「なにがあっても一緒だ」という約束を守るため、無限に繰り返される悪夢に耐え続けていたのだろう。

どう受け取ればいい？

ケイという一人の少女が、まともな思考を奪われ巨人に成り果ててもなお最後まで抱いていた〝大切なものを守りたい〟という願いが、こうして数えきれない人間の命を奪ったなんて。

それを知った裏井の絶望たるや、とても想像できるものではない。

「ケイは自分でも気づかぬまま、大量殺人という罪を負ってしまった。私にはそれが耐えられなかった。せめて、彼女が贈ってくれた『なにがあっても一緒』という言葉を、今度は私が身を以て示そうと思ったんです」

「裏井さん、まさかあなたは」

恐ろしい思い付きだった。

彼はケイと同じ、殺人の罪を背負おうと決めたのだ。だが本来彼が殺すはずだった不木は、剛力が手を下してしまっていた。

「あなたは殺人の罪を背負いたいがために雑賀さんを殺したんですか」

裏井は廊下の窓の外を見やり、時間がないと察したのか少し口調を早める。

「私は誰かを殺さねばならなかった。ケイをこの手で止められるのなら一番よかったのですが、今の彼女には敵いません。彼女の罪を増やすだけです。だから剛力さんの口から雑賀さんが指名手配犯だと聞いて、チャンスだと思いました」

「なにを……」

あまりの衝撃に、少しの間言葉を忘れた。

「本当だという保証はなかった。人違いの可能性もありえたんですよ」

「おっしゃる通り。人違いであれば取り返しがつきませんし、こんな身勝手な理由で人を殺すなど、不木と同じです。なかなか踏みきることができず悩んでいたら、葉村さん、あなたがヒントをくれた」

俺がヒントを出した？　いったいなんのことだ。

「あなたは剣崎さんの危うさをこう教えてくれたんですよ」

——どちらかというと積極的に人に手を差し伸べないんです。たとえ誰かが破滅の道に足を踏み入れようとしていても。

「まさに天啓でした。こちらの都合で殺すことができないのなら、相手に破滅の道を選ばせればいいのだと」

その言葉の意味を理解し、俺は驚愕する。

雑賀の殺害になぜか剛力のナイフが使われた理由。そして現場が雑賀しか知らないはずの隠し通路の奥だった理由。それらが俺の発言に端を発していたなんて！

「逆だったんだ。雑賀さんの方からあなたを襲った。いや、襲われるように仕向けた。雑賀さんが殺されるに相応しい人物かどうか見極めるために」

「その通りです。雑賀さんの前で彼が指名手配犯だと気づいている素振りを見せて、なにもしてこなければ諦める。ただし口を封じに来るような悪人だったのなら――」

「自分の身を守るために反撃する。そうすれば正当な理由のもとに、殺人を犯すことができる……」

　それなら現場の状況にも納得がいく。

　雑賀は自分の素性を知られていると悟り、裏井をとっておきの隠し通路に誘いこみ、拾った剛力のナイフで殺そうとした。だが〝生き残り〟である裏井に敵うはずもなく、ナイフを奪われ、殺されてしまった。裏井は反撃の正当性を示すため、凶器すら用意しなかったのだ。

「計画通りに雑賀さんを殺し、私は殺人の罪を背負いました。しかしここでも予想外のことがありました。折り畳みナイフが剛力さんの持ち物だと気づかなかったのです。そのせいでまたしても彼女に容疑がかかってしまった」

　剛力を庇ったり危機に陥らせたりする、一見矛盾した犯人の行動は、裏井の歪な目的のために生じたものだったのだ。

「異常だと思うでしょう。いくら理屈をこねたところで殺人は殺人。私がやったことは身勝手な自己満足に過ぎません。それでも、なにもしないまま終わりを迎えるわけにはいかなかった。なに一つ報われることのなかったケイのためにも」

　裏井は疲れきったように息を吐きだすと、普通の人間と変わらぬ弱々しい笑みを浮かべた。

「我々はいったいなにを間違えたのか。ケイはあの夜に死んでいればよかったのでしょうか。あるいは〝家族〟との未来を夢見たことがいけなかったのか。いっそすべてを忘れていたらケイは楽だったのに。もしも、もしも私との約束のせいでケイが本当の化け物に堕ちきれなかったのだとしたら。

　――あいつを苦しめたのは私だ」

俺は叫びたかった。

こんな報われない話があるか！

大人の身勝手で未来を奪われた少女が、それでも仲間を守りたいと願って、四十年以上もの間たった一人で恐怖の幻影と戦い続けた結果がこれか！

人間とはほど遠い異形に変わり果て、ようやく辿り着いた仲間の言葉も届かず、最後まで大切に握りしめた人間らしさが虐殺を引き起こし、もうじき闇に葬られる。

彼女の人生に報いるひと欠片の救いさえ、この世界には残されていないのか。

裏井は感傷を振り払うように、再び機械室の扉を見た。

「思い出話はここまでです。雑賀さんの首の切断に関しては、おそらく剣崎さんが解き明かしているでしょう。私から申し上げることはもうありません」

裏井は機械室に駆けこむと、俺が止める間もなく二本の鎖を断ち切った。

目の前にある中の跳ね橋は正面入り口の橋とは違い、俺たちが力を加えずともゆっくりと倒れ始める。

それと同時に生じた壁と跳ね橋の隙間から、首塚の頭上を覆う、磨りガラスの天井が見えた。

ガラス越しの空は夕日の赤みがほとんど消え、首塚にとっても永遠の夜が始まった。

「なにをするつもりなんですか」

「閃いたばかりの策ですが、これに賭けるしかないんです」

そう言うと裏井は正面から俺を見つめ、両肩に手を置いた。

「葉村さん、最後の頼みがあります。私は大切な人の手を放したまま四十年の時を過ごし、とうとう最後まで救うことができず、身勝手な贖(あがな)いのために罪を重ねました。そんな私がこうして決断できたのは、剣崎さんのおかげです。これからなにが起ころうとも、あなただけは彼女を責めないでください」

「なにを――」

「そして、どんなに自分の無力さが恨めしくなっても、求めるものに手を伸ばすことをやめてはいけない。弱いのならこれから強くなればいい。私やケイにできなかったことを乗り越えていってほしい。

――期待していますよ」

俺が困惑する間に裏井は身をひるがえし、まだ倒れきらない橋の上を走り出した。

十五メートルほどの橋板を一息に駆け抜け、わずかな足場がある一階の別館の扉に向かって跳躍する。惚れ惚れするような滞空姿勢を経て無事入り口に着地した彼は、こちらを振り返ることなく扉を開け、鐘楼がある左手へと姿を消した。

俺は後を追うべきか迷う。

まさにその時、橋の向こうに大きな影がぬっと現れた。

巨人――ケイだ！

地下にいた彼女が、中の跳ね橋が下りる音を聞いて上がってきたのだ。

俺は襲われるのではないかと身構えるが、わずかな残照でも苦痛なのか、彼女は跳ね橋を渡ろうとはしない。代わりに顔を向けたのは鐘楼の方向だった。

いけない。鐘楼の階段を上る裏井の足音に気づいたのだ。

このままではコーチマンや成島と同じことになる。

俺は力の限り叫んだ。

「裏井さん、早く逃げて！」

警告もむなしく、ケイは唸り声を発しながら鐘楼の方向に猛然と駆け出した。

＊　鐘楼・最上部　《裏井公太》

埃っぽい空気の中、全力で螺旋階段を上りきると、階段にしがみつくような格好で倒れている二人の人影が闇に浮かんだ。

どちらも首がない。コーチマンと成島だ。

階下からはケイの足音がだんだんと近づいている。

急いでコーチマンの遺体に手を伸ばす。

後は、残された者たちを信じるしかない。

追ってくる足音が、すぐ側まで迫っていた。

振り返ると、螺旋階段を上ってきたケイが姿を現す。昔の面影が一切ない、とてつもない巨軀。それでも頭陀袋の穴から覗く両目に彼女の色を探してしまうのは、僕の身勝手な感傷だろうか。

「やあ、久しぶり。僕だ。コウタだ」

万感をこめて呼びかけたが――返事はない。

ケイの耳には僕の声も、彼女を悩ませる猿の鳴き声にしか聞こえていないのだろうか。

本当は、殺される前に彼女を力の限り抱きしめて謝りたかった。

あの夜のことを。これまで待たせてしまったことを。

そしてお礼を言いたかった。

僕たち家族のために戦い続けてくれてありがとう。

でも、僕の姿が彼女を苛む（さいな）ことしかできないのであればやめておこう。

きっと遠くないうちに、僕らは同じ場所に行けるだろうから。

まだ数段低い位置にいるのに、ケイの視線は僕と同じ高さにあった。

「ごめんよ。僕がもっと正直に、悩みを打ち明けていればこんなことにはならなかったんだ。僕はどうしようもなく子供で、意地っ張りで、あの場所が大切だったからこそ、皆に弱みを見せたくなかった」

それはきっとジョウジも同じだったんだろう。

正反対の性格のようで、同じ悩みを持っていた僕ら。まさかジョウジが不木の実験の被験者に志願していたなんて、気づけなかった。

火事の後、現場の状況から君が真っ先に手をかけたのがジョウジだったと分かり、僕は愕然とした。こんなこと君は知らないままでいい。君が悪いわけじゃないんだ。

他の子供全員が犠牲になるような大事故だったのに、僕だけが生き残ってしまったのは、ある意味で天罰だったんだろう。

あの夜、僕は宿舎を抜け出して羽田先生のところに行っていたんだ。以前から先生にだけは悩みを相談していた。いや、自分が皆より劣っていることの不満をぶつけていたと言った方が正しいか。僕の処置だけ失敗したんじゃないかとか、先生にもずいぶんひどいことを言った。先生は親身になって話を聞いてくれたし、誰にも言わないと約束してくれたから、僕は夜に何度も先生の部屋を訪ねていた。

それに僕は知っていたんだ。僕が羽田先生の亡くなったお子さんに似ていたことを。

二人でいる時だけは、先生がつい僕を甘やかしてしまうって分かってた。皆の親代わりだった先生を独り占めすることで、その時だけは優越感を抱くことができたんだ。

悩みを打ち明けられず追い詰められたジョウジ。そんな僕らを心配したケイ。

ごめん。本当にごめん。

思いきって伝えればよかったんだ。話し合えばよかったんだ。

弱さを理由に抱えこまなきゃよかった。

羽田先生も、ずっとずっと後悔していた。

また大切な子供たちを殺してしまったって、心が壊れそうなほどに苦しんでいた。

そんな先生を支えての生活は、まるで本当の母子(おやこ)になれたみたいで、それも皆に申し訳なくて……。

でも、これでようやく終わりなんだな。


ケイが眼前に立って僕を見下ろしている。右手には何人もの命を奪ってきた大鉈がある。

——いいよ。これが最後だ。

僕は頭上にぶら下がった鐘に手を伸ばすと、金属製の舌(ぜつ)を摑んで勢いよく振った。

鐘の音が鳴り響く。

少し遅れてケイの振るった大鉈が、五十五年にわたる僕の生を絶った。

おやすみ、みんな。そして母さん。

先に行って待ってるよ、ケイ。

＊　一階・離れ　《剛力京》

ガラガラガラと滑車が回る音が聞こえたのは、突然のことだった。

「なに、なんの音?」

音源はかなり近くだ。となると、機械室しか考えられない。

剣崎さんの方を窺うと、彼女も同じ考えらしかった。

「別館と繋がる跳ね橋が下ろされたようです」

「どうして？　救助が来たの？」

「それならカイドウさんから連絡が入るはず。いったい誰が……」

剣崎さんは険しい顔をしている。

葉村君が彼女を助けに行こうとしているのだろうか。

救助を待つ今、巨人のいる別館に踏み入るリスクを冒す必要があるとは思えない。それどころか橋は首塚の頭上を塞ぎ、より早く巨人が首塚へと出られるようになってしまう。誰にもメリットなんてないはず。

いや、例外がいる。

〝生き残り〟――裏井さんだ。

彼が巨人の仲間であるのなら、最後の最後で私たちの敵に回ってもおかしくない。

私には、彼が無辜の人々の犠牲を善しとするような人には思えないのだけど。

その時だった。

ガラーン……ガラーン……ガラーン。

今度は甲高い鐘の音が、上から響いてきた。

初日の夜、コーチマンさんが死の間際に鳴らした鐘だ。

橋を下ろした人物は鐘楼に向かったのか？

私は首を捻る。

「ひょっとして、巨人を鐘楼に引きつけている隙に剣崎さんは逃げろっていう意味かしら。でも自分の命を犠牲にしてまで？」

窓の向こうを見ると、剣崎さんの表情が変わっていた。

大きく目を見開いたかと思うとすぐに顔をしかめ、頬の横に垂れる髪を右手でぎゅっと握りこむ。

「そんな……でも」

驚き、焦り、迷い、そして恐怖。

呟く声には様々な感情が入り乱れているように思えた。

これほどまでに感情を露にする彼女を見るのは初めてだ。彼女はどんな状況でも冷静だった。私を脅迫する時ですら、微塵も迷いを見せなかったというのに。

――そうか。

私はやっと剣崎さんの心の一端に触れた気がした。彼女は今、きっと葉村君の顔を思い浮かべている。だから迷うし、焦っているのだ。自分の考えや行動が彼を傷つけないか怖いのだ。そうなるくらいなら、すべて自分が背負った方がいいのではないかと。

そう気づいたら、思わず叫んでいた。

「頼っていいのよ！」

剣崎さんは驚いたようにこちらを見た。

「私を見なさい！　あなたたちはこうなっちゃ駄目なのよ！　一人で抱えて、遠慮して、勝手に諦めて、そんなの思いやりでもなんでもない。失敗や不幸を分かち合ってくれた方が、何倍も幸せだった」

なにを言ってるんだ、私は。感情ばかりが先走ってまとまらず、みっともない。

でもこれは私――いや、私たちにしか伝えられないことだ。

「二人とも、まだ生きてるじゃない。弱音を吐けるのも、不満をぶつけられるのも、甘えられるのも最高のことなのよ！――彼を、侮るなっ！」

意図が正しく伝わった自信はない。

ともに生きていくはずだった相手に虚しい残され方をした人間の、ただの八つ当たりとも言える。

それでも剣崎さんは小さく頷くと、こちらに背を向けて駆け出した。

よかった。

安堵した瞬間、膝の力が抜ける。

放った言葉を反芻（はんすう）していると、智のひかえめな笑顔が浮かんできて、私は声を押し殺して泣いた。

＊　一階・中の跳ね橋前　《葉村譲》

「どうして──。犠牲者を出さないために、ここまで頑張ったのに」

鐘の残響を最後まで聞き、思わず裏井への恨み言が口から零れた。

後悔ばかりの人生から解放を望む気持ちも、この世界が彼にとって生きづらいことも分かる。でも、彼には生きてほしかった。

いつの間にか、この三日間鳴り続けていた陽気な音楽は消え、来場者に避難を促すアナウンスに変わっている。

あまりにも突然の裏井との別れに気持ちが追いつかないが、いつまでもこうしているわけにはいかない。目の前の橋を渡れば比留子さんの元に行けるが、このタイミングで彼女を連れ出す方が危険だ。外にいる皆に橋が下りてしまったことを伝え、避難を急がなければ。

裏井が消えた方向に一礼し、俺は広間に駆け戻った。

「おい、葉村！　どこ行ってたんだ！」

俺を探していたらしく、外から戻ってきていたアウルに怒鳴られた。

「やっと救助隊のやつらがメインゲートまで来たぞ！　俺たちの役目は終わった」

「日も暮れたわ。急いで！」

外ではマリアも急かすように両手を振り上げている。

彼らに従い、駆け足で正面入り口を出た時。

俺の携帯が鳴った。

画面を見ると、知らない番号からのショートメッセージ。内容は、

『広間に』

誰から、とは思わなかった。

「ちょっと、なにしてるの！」

マリアの悲痛な叫びを無視し、再び邸内に戻る。

広間に着き、辺りを見回すと、思いもかけないものが目に飛びこんできた。

「ひ、比留子さん⁉」

この二日間ずっと封鎖されていた、副区画に下りる階段の落とし格子の向こう。

そこに、別館に閉じこめられていた比留子さんがいた。

巨人が裏井を追っていった隙に脱出したのか？　でもなんでそんな危険な真似を。

俺が疑問を呈するより先に、彼女が格子の隙間からなにかをこちらに放った。

「葉村君、それで操作パネルを起動して！」

金属が跳ねる音とともに俺の足元に転がったのは、特徴的な形状をした鍵。

まさか！

急いで拾い上げ、壁際の操作パネルに飛びつく。

鍵を差しこみ捻ると、電源ランプが緑色に点灯した。

「ついた！」

上がっている二つのレバーを下ろすと、低いモーター音とともに主区画に続く通路と不木の私室に続く通路の落とし格子がゆっくりと下り始める。それを確認し、今度は比留子さんがいる通路の格子を上げる。比留子さんは一メートルほど格子と床との間に隙間ができると、広間に転がり出て叫んだ。

「いいよ、閉めて！」

再びレバーを下ろす。これですべての格子が下り、巨人は広間に出てこられなくなるはずだ。

安心した俺が比留子さんに駆け寄ろうとした瞬間だった。

広い廊下の向こう、中の跳ね橋の方向から重々しい足音が響く。

「逃げて！」

比留子さんが叫ぶのと同時に、通路の向こうに巨人が姿を現した。

落とし格子が下りきるまであと数十センチ。

猛然と走り出した巨人はスピードを全く緩めることなく、眼前で閉まった格子に激突した。交通事故のような凄まじい衝撃が建物を揺らし、慌てて後ずさった俺は足をもつれさせ、比留子さんの手前に転がった。

巨人の渾身の体当たりを受けても、落とし格子は無事だった。

「……間に合った」

二人してへたりこむと、比留子さんが不思議そうな顔で俺に訊ねた。

「葉村君、来るの早すぎじゃない？」

そっちこそなんでここに、という突っこみより安堵の気持ちが勝り、俺は苦笑いを返した。

巨人はいまだ落とし格子を破壊しようとしていたが、その動きを不意に止めた。

大鉈を振り上げたままの姿勢で左右に首を巡らす仕草に、これまでの鬼気迫る様子はない。

「……なにが起きてるの？」

巨人は――ケイと呼ばれた少女は、なにかを思い出したかのように後ろを振り返ると、そのままふらふらと歩き出した。

その背中からは、悪夢に対する恐怖は消えているように見えた。

心細さと期待が混じった、友達を探す子供のような足取りだ。

「分かりません。もしかしたら、やっと家族を見つけられたのかも」

それが俺たちが見た、彼女の最後の姿だった。


比留子さんと屋敷の外に出ると、ちょうど到着した救助隊と鉢合わせした。バイザー付きヘルメットと自動小銃という出で立ちからして特殊部隊だろう。

俺たちの姿に一瞬ざわめき立った彼らだが、中の状況を簡単に伝えて鍵を渡すと、統率の取れた動きで邸内に入っていく。

俺たちは残った隊員に待機所を兼ねたバスに案内される。怪我がないことが分かると水とタオルを手渡され、担当者が来るまで待つよう言われた。

ボスたちは別のバスにいるらしい。また話をする機会はあるのだろうかと、少し気になった。

「それで、どうして比留子さんが鍵を持ってこられたんですか」

俺は最大の疑問について訊ねた。

裏井は鐘楼の方向に走っていったが、仮に同じタイミングで比留子さんが動いたところで鍵を手に入れられるとは思えない。二人まとめて巨人に殺されてしまうだろう。

「中の跳ね橋が下ろされる音が聞こえた時、誰かが私と同じことを考えたと思ったんだ。タイミングはギリギリだったけど、賭ける価値はあった」

「もったいぶらずに教えてくださいよ」

ごめん、と笑った後、すっかり埃にまみれてしまった髪をタオルで拭きながら彼女は語る。

「中の跳ね橋が下りた後、しばらくして鐘が鳴ったでしょう。あれは裏井さんがコーチマンさんの遺体に辿り着き、同時に巨人をそこに引きつけたという合図だったんだよ」

わずかな時間ではあるが、比留子さんは別館内を自由に動き回ることができたのだ。

そこまで考え、俺はふと疑問を抱いた。

中の跳ね橋を下ろしたのは裏井だと、なぜ比留子さんは知っているんだ？

俺やボスの可能性もあったのに。鐘楼に向かう裏井の姿を見たのだろうか。

不思議に思う俺をよそに説明は続く。

「鐘の音を聞いた私は急いで隠れ場所を出て、首塚に向かった」

「首塚？　中の跳ね橋に向かわなかったんですか」

「目的は脱出ではなく、首塚に隠れることだったんだよ。ドラム缶で作った焼却炉があったでしょう？　あの中に身を潜めたんだ。そこで君にメッセージを打った」

裏井を助けに行くでもなく、逃げるわけでもない。その行動になんの意味があるのか。

次に比留子さんの口から発せられた言葉は、まったく予想しないものだった。

「隠れたまま待つこと数十秒。私の予想通り、裏井さんは鍵を持ってきてくれた」

「馬鹿な！　裏井さんは巨人に殺されたんじゃないんですか」

「そうだよ。巨人は裏井さんを殺し、彼の首を切断して首塚に持ってきた。鍵は彼の口の中に入っていたんだよ。私は首塚から巨人が立ち去った後、それを取り出して持ってきたんだ」

衝撃が背筋を駆け抜けた。

鍵を取りに行けば巨人に殺され、必ず首を斬られる。

必ず首を斬られるのなら、巨人に鍵を運ばせたらいい。

そんな捨て身の策を、裏井も比留子さんも考えついていたというのか。発想の奇抜さは当然ながら、それを実行に移した裏井の壮絶な覚悟を思うと、言葉が出ない。

中の跳ね橋を下ろしたのは裏井だと、比留子さんが知っていたのも当然だ。

彼女は裏井の首を見ていたのだから。

比留子さんが言うには、裏井は首を切断される時に鍵が零れ落ちないように、鍵に付いたリングの部分を歯の隙間に挟んでいたという。

「この作戦を成功させるために一番重要なのは、中の跳ね橋を下ろすことだった。なぜなら首塚が明るいいまだと巨人が出てこられないから。跳ね橋を下ろすことで首塚の天井が塞がり、真っ暗にすることができる」

あのタイミングで中の跳ね橋を下ろしたのは別館に行くためだけではなくて、巨人が首塚に出てこられる状況をつくるためだったのだ。

「でも鍵を手に入れた後、よく巨人と鉢合わせせずに出てこられましたね」

「簡単だよ。ドラム缶に潜みながら、巨人が首塚のどの扉から出ていったかを聞き分ければいい。もし巨人が主区画か副区画に入ったのなら、私は別館の階段を上って中の跳ね橋を渡るつもりだった。巨人がバリケードに足止めされている隙に、鍵を使って落とし格子を作動させることができるからね。実際には巨人は別館に戻ったから、私は副区画の階段から上がったんだよ」

本来なら、これはもっと早く行うべき作戦だったと彼女は言う。だけどそうできない理由があった。

「この策の欠点は、誰か一人が犠牲になる必要があること。だから私は大人しく救助を待つつもりでいた」

だが日没の間際に、阿波根の裏切りが起きた。さらに救助の遅れも加わり、俺たちは日没を待たずに外に出ざるを得なくなった。いくつもの悪条件が重なった末に決行されたため、時間との勝負を迫られることになったのだ。

「比留子さんはいつこの策を思いついていたんですか」

「昨夜の作戦が失敗に終わってから、残る手段として考えてはいた」

最後まで誰にも話さなかったのは、犠牲になる役目を俺たちの誰かに押しつけないといけないことが分かりきっていたからだ。

裏井がこなした犠牲役は、中の跳ね橋を下ろしたら巨人より先に鐘楼に上らなければいけない。だが比留子さんだけは、巨人のいる場所を通過しなければ鐘楼に到達できないため、その役をこなせないのだ。発案者でありながら、犠牲役を他人に任せなければならない。そんな案を話せるわけがない。

あるいは、俺が犠牲役に手を挙げることを危惧したのだろうか。俺だって死ぬのは嫌だ。だが比留子さんが考えたこの策だけが皆の命を救うとなれば、彼女に黙ったまま犠牲役を買って出ていた可能性はある。

ともかくそんな常識を逸脱した策に裏井と比留子さん、二人が行き着いていたのは奇跡としか言いようがない。

そこまで考えて裏井のある言葉が引っかかった。

「裏井さんは『閃いたばかりの策』だと言っていました。どうしてその内容を俺に打ち明けてくれなかったんでしょう。打ち合わせもしていない比留子さんに賭けるより、俺が首塚で待っていた方が成功する確率は高かったのに」

「もし私と君が同時に首塚に行ったら、広間で鍵を受け取ってくれる人がいなくなっちゃうじゃない」

そうか。地下から広間に上がってくる二つの階段は、それぞれ落とし格子とバリケードで塞がれていたから、他の誰かが広間にいなければパネルを操作することができない。だから首塚に鍵を回収に行くのは俺ではなく、比留子さんでなければならなかったのだ。

納得しかけたが、別の疑問が湧く。

それなら「広間で剣崎さんを待て」と教えてくれてもよかったのでは。もし俺が土壇場で広間に戻っていなければ、彼の犠牲も無駄になるところだった。

と、裏井が最後に残した言葉を思い出す。

「あっ！」

「どうしたの」

「……裏井さんはなにがあっても比留子さんを責めるなと言ったんです。あれは比留子さんが策を実行せず、自分の犠牲が無駄になったとしても責めないでくれという意味だったんですね」

比留子さんが動かず、裏井の死が無駄になり、そのせいでさらに大勢の犠牲者が出る可能性もあったかもしれない。

だから裏井は俺にも策の詳細を伝えなかった。

事前に策を知っていれば、失敗した時に比留子さんが原因だと分かってしまうから。

そんな結果にしたくなくて、裏井はただ黙って行動を起こしたのだ。

狂気ともいえる自己犠牲。

裏井は間違いなく犯人だった。様々な策を弄して俺たちを惑乱させ、自分の都合で人命を奪った殺人者。だが彼は一人でも多くの人命を救うために自らの命を犠牲にして探偵に希望を託し、探偵はそれに応えた。互いに考えを一言も交わさないままに。

——犯人は探偵の敵なのか。

かつて抱いた疑問は、想像以上に複雑な意味を突きつけてくる。

「俺たちは探偵と犯人に救われたんですね」

「違うでしょ」比留子さんはぴっと俺を指さす。「葉村君が私のメッセージに気づいてくれたから作戦がうまくいったんだ。私の忠告をちっとも聞いてくれない君がね。無事に助かることだけを考えてって言ったはずなのに。もっとも、君がスマホを取りに行ってくれる可能性にかけるしかなかったんだけど」

彼女の口から微かな笑い声が零れる。

「裏井さんと私と、そして葉村君。君がいてようやく――ようやく私は人の命を救えたのかもしれない」

俺が驚いて見つめると、彼女は照れたように座席に深くもたれて目を閉じた。その顔は憔悴が色濃く顕れているが、どこか救われたような安堵に満ちている。

それを見て――憑きものが落ちたような気分になった。

比留子さんはこれまで事件を解決することはできても、殺人を防げないことに苦しめられてきた。だからこそ自分や俺の命を危険から遠ざけることを優先し、時には犯人を破滅に導くことすら厭わなかった。

だが今日、比留子さんは初めて、多くの死を未然に防いだ。

もちろん裏井を含め、何人も犠牲になった事実は消えないし、人の命は数ではかられはしない。それでも比留子さんが最後の最後まで考えることを放棄せず、困難に挑み続けたからこそ成し遂げたことだ。

トリックを暴くとか、犯人を見つけるとかいうホームズの役割は、彼女にとって手段の一つに過ぎなかった。

だったら俺も迷うことはない。

彼女の側にいればこれからも様々な事件に遭遇するだろうし、命の危険にも晒されるだろう。今回はたまたま役に立てただけで、比留子さんの足を引っ張ったり空回りしたりするかもしれない。突き放されたり置いていかれたりすることもあるだろう。

だが、それがなんだ。

「俺はワトソンをやめませんよ」

比留子さんが首を傾ける気配がするが、視線を合わせないまま宣言する。

「ワトソンだから比留子さんの隣にいるんじゃない。これからもあなたと生き抜くために、ワトソンという手段を選ぶ。体質だろうが因縁だろうがどうでもいい。俺たちにとってましな結果を得るために足掻き続けたい。俺は自分一人の平穏で満足できるほど、慎ましくはないので」

「――そう」

声音から、比留子さんが微笑んでいるのが分かった。

「なら私も、望む未来を掴み取るためにホームズをやろうか」

比留子さんはこちらを見ないまま、右手を差し出す。俺も右手で握り返した。ぎこちない力加減の握手が温かかった。


しばらくして、俺たちのいるバスの外から数人の話し声が聞こえてきた。

屋敷内の救助活動に進展があったのだろうか。

一人の男がバスに乗りこんできた。救助隊と違い、なんの装備も身に着けていない黒いスーツ姿の男だ。歳は五十手前くらいだろうか、中肉中背でこれといった特徴のない外見なのに、足の運びから視線の動きまでのすべてが計算ずくで行われているような、隙のない印象だった。彼は俺たちのすぐ側の席に腰を下ろすと、名乗りもせずに話を切り出した。

「剣崎比留子さんと葉村譲さんですね。お疲れのところ申し訳ありませんが、お二人にはこれから我我にご同行いただいてお話を聞かせてもらわねばなりません」

「剛力さん……屋敷に残っていた人たちはどうなりましたか」

比留子さんの質問に男は「ご心配なく」と返す。

「お陰様で作戦は順調に進んでおります。ひとまず我々は先に移動することになりました」

話を聞きながら、さてどうなるのやらと内心でため息をつく。

これまでにも事件後に警察や公安らしき人間から事情聴取を受けたことはあった。だが班目機関絡みの事件に関わるのは三度目だし、今回は自ら現場に飛びこんだ。剣崎家の後ろ盾があったとしても聴取だけでは終わらないかもしれない。

「カイドウさんは？」

「移動先で落ち合うことになっています。正直に言いますと、あなた方の扱いをどうしたものか我々も頭を痛めているのですよ。ああ、それから――」

男が入り口を振り返ると同時に、もう一人バスに乗りこんでくる。

彼と同じ、スーツ姿の男だ。何気なく佇まいを眺めて眼前の男に視線を戻そうとした時、俺の頭の中である記憶が火花を散らした。

「えっ、えええっ！」

声を上げたのは比留子さんが先だった。

記憶にある姿よりは少し痩せただろうか。久しぶりの再会にも拘わらず、彼は拗ねたようなむすっとした表情を浮かべている。

俺は見れば見るほどスーツの似合わない、懐かしい小太りの青年の名前を呼んだ。

「どうしてここに。重元さん」

本書は書き下ろしです。

兇人邸の殺人

Murders in the Prison of the Lunatic

二〇二一年七月三十日　初版
二〇二一年八月二十七日　再版

著　者　今村昌弘
発行者　渋谷健太郎
発行所　株式会社東京創元社
〒一六二―〇八一四　東京都新宿区新小川町一―五
電話（〇三）三二六八―八二三一（代）
URL http://www.tsogen.co.jp

装　画　遠田志帆
装　丁　鈴木久美
挿　画　吉田誠治
図　版　本島一宏
印　刷　フォレスト
製　本　加藤製本

乱丁・落丁本は、ご面倒ですが小社までご送付ください。
送料小社負担にてお取替えいたします。

ISBN 978-4-488-02845-9 C0093

〈剣崎比留子〉シリーズ第2弾！

Murders In The Box Of Clairvoyance◆Masahiro Imamura

魔眼の匣の殺人

今村昌弘

四六判上製

◆

班目機関を追う葉村譲と剣崎比留子が辿り着いたのは、
“魔眼の匣”と呼ばれる元研究所だった。
人里離れた施設の主は予言者と恐れられる老女だ。
彼女は「あと二日のうちに、この地で四人死ぬ」と
九人の来訪者らに告げる。
外界と唯一繋がる橋が燃え落ちた後、
予言が成就するがごとく一人が死に、
葉村たちを混乱と恐怖が襲う。
さらに客の一人である女子高生も
予知能力を持つと告白し——。
閉ざされた匣で告げられた死の予言は成就するのか。
ミステリ界を席巻した『屍人荘の殺人』待望の続編。

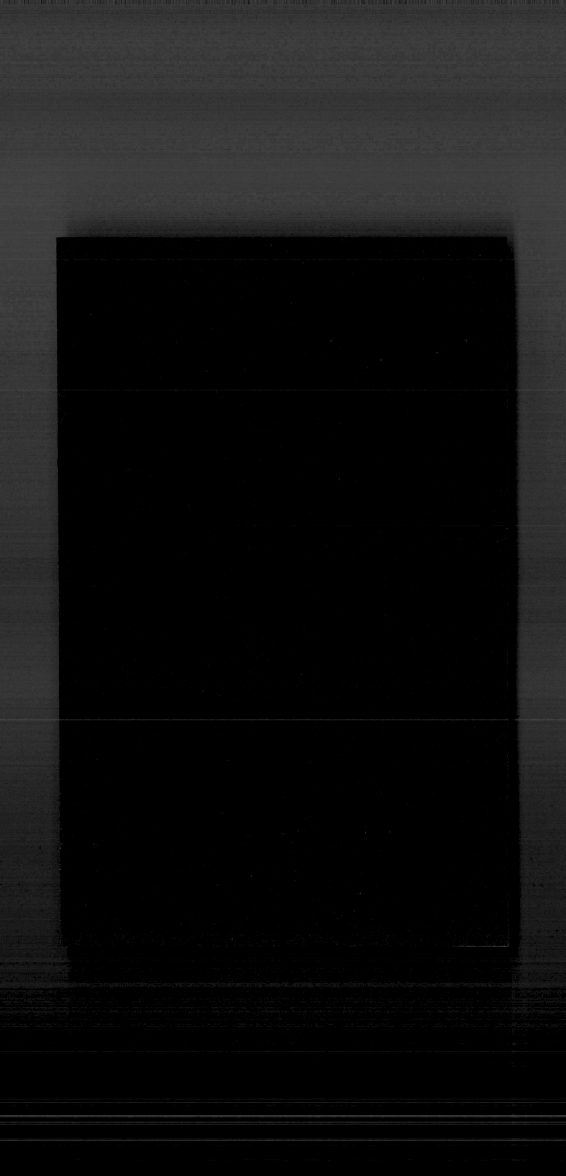